月光下的拉斯維加斯

這是一個最美麗的城市，
也是一個最骯髒的城市。

尹浩鏐・著

月光下的拉斯維加斯

目次 contents

一……010
二……016
三……024
四……031
五……035
六……041
七……044
八……052
九……056
十……068
十一……076
十二……084
十三……090
十四……094
十五……100

目次 contents

十六……105
十七……115
十八……119
十九……125
二十……129
二十一……136
二十二……141
二十三……147
二十四……154
二十五……160
二十六……170
二十七……177
二十八……183
二十九……191
三十……200
【附錄】「欲望之城」的美麗與骯髒
——讀小說《月光下的拉斯維加斯》……209

目次

contents

此情可待

一……221
二……224
三……227
四……230
五……235
六……243
七……247
八……252
九……257
十……264
十一……270
十二……286
十三……288

目次

contents

十四……294
十五……298
十六……302
十七……308
十八……313
十九……319

月光下的拉斯維加斯

這是一個最美麗的城市，這是一個最骯髒的城市；這是一個民主自由的聖地，這是一個無法無天的賊窩；這是閃爍智慧的歲月，這是充斥愚蠢的歲月；這是陽光普照的季節，這是黑夜沉沉的季節；這是充滿希望的春天，這是令人絕望的冬日。我們擁有一切，我們一無所有。作惡多端的人可以上天堂，善良無辜的人卻要入地獄。說它好，是最高級的；說它不好，也是最高級的。

一

早上九點，羅倫・蘇醫生便驅車到達醫院，開始了一天的工作。

羅倫身材適中，皮膚白皙，滿臉書卷氣。剛過而立之年的他，在醫學界已經小有名氣，讓他躊躇滿志。不久前在全國醫學年會上，他宣讀的一篇論文《神經病隱患者的早期診斷及心理治療》得到不少神經病專家的讚賞。不過，更讓羅倫感到驕傲和幸福的是他的妻子裘蒂。

哦，裘蒂！想到裘蒂，羅倫就忍不住微笑。早上醒來，裘蒂仍然像一隻小貓蜷曲在他的臂彎，他不忍心驚醒她，輕輕吻了吻她的臉頰，沒有吃早飯就離家上班了。

羅倫起來的時候，裘蒂其實是醒著的。羅倫的吻沒有讓她睜開眼睛，而是暗自傾聽著丈夫的一舉一動。羅倫一走，她立即起身，把家裏仔仔細細打掃了一遍，將羅倫的衣服洗好、熨好，分類放進衣櫥。

然後，她坐在梳粧檯前，認真地化妝，直到從鏡子中看見秀美的自己才滿意地離開。之後她坐到書桌前，拿起紙筆，開始給羅倫寫信。裘蒂寫得很快，幾乎沒有停頓，寫完後，讀了一遍，在末尾又加了一句：「羅倫，我愛你，永遠永遠！裘蒂。」

加上這句話，裘蒂把信又讀了一遍，吻了吻羅倫的名字，將信放在書桌中間，用鎮紙壓住。她像完成了一件大事似地長舒一口氣，站起身來，朝房間深情地掃視一番後，走進小客廳，拉開五斗櫥最下面的抽屜，拿出手槍，毫不猶豫地扣緊扳機逼近自己的太陽穴。

槍聲驚動了正送孩子上學回來的史密斯太太。一開始她以為是什麼東西掉在地上，想想又有些可疑，尋找了一陣兒，便斷定聲音從裘蒂家傳出。猶豫片刻，她還是按響了裘蒂家的門鈴。許久，無人應答。史密斯太太有些奇怪，疑惑地從窗戶往裏看，只見裘蒂躺在血泊中，手中握著一把槍。

史密斯太太驚恐地尖叫起來。

幾分鐘後，警笛呼嘯著，員警趕到。

《獻給愛麗絲》的旋律突然響起，這是裘蒂最喜歡的一首曲子，羅倫把它設置成自己的手機鈴聲。羅倫抓起手機一看，是一個陌生的號碼。

羅倫忙問：「哪位？」答道：「我是警察局。您的妻子在家中開槍自殺。」

「不可能！不可能！」羅倫詫異地連連否認，但還是飛奔出辦公室。不到半小時，羅倫回到家中，七嘴八舌議論著的鄰居們，一看羅倫過來，不再做聲，同情地看著他。

羅倫進屋，見地上有一具屍體，用白布蒙著，便直奔過去。一名員警出面阻攔，旁邊鄰居說：「他就是這家的主人！」羅倫將白布掀開，只見裘蒂慘白著臉，太陽穴邊赫然一個洞，皮翻肉開，鮮血滿面……

羅倫淒厲地一聲大叫，雙腿一軟，暈倒在地。

三天後，裘蒂的靈柩在公墓安葬。裘蒂和羅倫的親朋好友幾乎都來了，所有認識她的人都很惋惜，就像惋惜一件精美的藝術品被毀掉了一樣。在人們的眼裏，裘蒂是個十分出色的女人：姿容豔麗，雍容高雅，談吐不俗，聰穎慧黠。

一對恩愛夫妻，丈夫是令人尊敬羡慕的醫生，年輕美麗的妻子卻在毫無症兆的情況下自殺身亡。突兀、荒謬、血腥，這件事的發生實在令人震驚和疑惑。親人們得到消息後趕來送葬，看著裘蒂平和安祥的面孔，不敢相信她已經走了。他們也知道這個打擊對羅倫的份量，不知道該如何安慰他。站在裘蒂靈柩前的羅倫神情呆滯，衣衫不整，鬍子拉碴，整個人都脫了形。自從看到裘蒂的屍體後，一直不吃不喝不睡地麻木著，任由朋友替他安排妻子的一切後事。

裘蒂的靈柩放進墓穴，親友們把手中的花扔在她的靈柩上，然後一個個走近羅倫，向他表示慰問。羅倫依然木呆呆的。他是一位腦外科和腦神經專家，一直很自信自己對人的思維非常瞭解，相信任何想尋短見的人找到他，他都有辦法化解，卻萬萬沒有想到妻子會突然自殺，而自己竟然毫無察覺。這個打擊對他來說格外的沉重。

驀然，羅倫神情一變，衝開身旁的親友，想撲向墓穴，但一陣眩暈襲來，腿一軟，便倒在裘蒂墓前。

當羅倫醒來時，已經是兩天後了。他習慣地把手伸向枕邊，卻撲了個空，這才意識到裘蒂真的已經死了。幾天前，裘蒂還像一隻安靜的小貓蜷曲在他身旁呢……羅倫再次感到前所未有的空虛和軟弱，眩暈陣陣襲來。他勉強爬起來走到盥洗室，打開水龍頭，不停用冷水沖洗自己的臉，等到眩暈過去之後，他把頭埋進了一塊乾淨毛巾，未久，猛地抬起頭，鏡子裏的一張臉，憔悴扭曲，他一拳砸去，玻璃碎了，血慢慢滲出指縫，絲毫感覺不到疼痛。

「拉斯維加斯！該死的拉斯維加斯！」他撕心裂肺般地大叫起來。

七、八年前，羅倫第一次到拉斯維加斯時，還只是個醫學院的學生。花了十五美元，他從洛杉磯坐上「發財巴士」來到了這座名聞遐邇的城市。

流光溢彩的拉斯維加斯，在一百年前還僅僅是內華達州路上的一片綠洲，是為從新墨西哥州穿越沙漠前往洛杉磯的遊客們提供的一個落腳地。一九〇四年，這裏通了火車，酒吧和公寓隨之雨後春筍般地出現。二十世紀三〇年代，賭博合法化的法令一出，幾乎一夜之間，這個寸草不生、戈壁沙漠上不起眼的小鎮，便成為名揚世界的賭城。如今的拉斯維加斯已成為世界四大賭城之首，同時也是世界最豪華的酒店之都。

當年，羅倫悠閒地漫步在日間行人稀少、靜幽幽的像座死城般的拉斯維加斯寬敞的大道上，欣賞著兩旁爭奇鬥絕的景觀：巴黎鐵塔、威尼斯廣場、羅馬古城、自由女神、造型奇特誇張的噴泉、精美怪異的雕塑……林林總總，讓他目不暇接。入夜，五彩繽紛的燈光一下子啟動了這座城市。一間間極盡奢華的賭場酒店，閃爍著奇異斑斕的光彩，美輪美奐，宛如人間裏的天堂盛宴。一個個海市蜃樓般的夢幻仙境在豪華的賭場門前姿意弄舞。猛然一聲響，又驚見用現代科技模擬的火山爆發，情景逼真；以及真人表演的加勒比海炮火連天的海盜大戰，氣勢宏偉磅礴。百樂宮前的湖水，幻化作五彩繽紛的舞女，舒卷曼舞，賣弄紅妝。遊客們狂蜂浪蝶般地瘋狂追尋而至。

羅倫進入最豪華的凱撒皇宮賭場，仿佛進入了一座光怪陸離的迷宮，只見成千上萬台老虎機縱橫交錯地擺滿了整個大廳和每個角落，錢幣叮叮噹當的散落聲、女人的尖叫聲與舞臺上歌聲婉轉、濃妝豔抹的表演相伴著。金錢與情色的氣味在空氣中浮動，無盡的貪欲流瀉在人們的臉上。

那一次，羅倫在拉斯維加斯居然沒有賭錢，他從一個賭場轉到一個賭場，感到前所未有的虛幻和眩暈……從拉斯維加斯回去後，羅倫再也沒有過這樣的感覺，但他時常會回味這種感覺，這不僅讓他對拉斯維加斯、更對出入這座城市的各類人充滿了好奇。

羅倫決定到拉斯維加斯定居是在裘蒂的事情結束後。裘蒂被認定是自殺，奇怪的是，屍體解剖時竟發現她已懷孕兩個月，羅倫卻毫無所知。他十分疑惑，要求作了ＤＮＡ檢查，發現孩子的父親並不是自己。他驚呆了，好半晌才回過神來。他幾乎斷定，裘蒂自殺和懷孕有關。他絕對相信妻子的清白，百思莫解。為了維護妻子的聲譽，他強忍悲憤，問親友隱瞞了這件事，暗中發誓要把真相尋個水落石出。警察局讓羅倫在鑒定書上簽字結案，他麻木地在鑒定書上簽上了自己的名字。

當事女警忍不住問：「難道你妻子自殺之前，你一點都沒有注意到她有任何異常行為？」羅倫呆看著女警，搖了搖頭。

「難道她去拉斯維加斯賭博，欠下巨額賭債，你也不知道？」女警尖刻地追問。

「不知道，我真的不知道。」羅倫臉色蒼白，淚水無聲地滑落。回想起結婚五年以來，除了和裘蒂蜜月到歐州旅行兩個星期之外，他一直忙於研究和醫務，就算出國參加會議，也把裘蒂一個人留在旅館房間裏，後來裘蒂索性不陪他出國，寧願一個人留在家裏。出事後，羅倫思量，可能裘蒂趁他出差時，一個人獨自去拉斯維加斯旅遊賭錢解悶。這個金錢與情色的人間地獄，竟能令裘蒂這樣單純的女子失足！

羅倫還驚奇地發現，他們的銀行存款沒有了，連房子也由裘蒂抵押給拉斯維加斯的一間高利貸財務公司。他還收到拉斯維加斯一間叫百樂門的大賭場一張五萬美元的欠款單。他們結婚以來，羅倫因是醫生，怕挨告，所以把一切財產撥歸裘蒂名下，又因忙於事業，一切財務也由裘蒂經手打理。他們已經破產了，羅論竟茫然無知。

三個月後，羅倫結束了在洛杉磯的工作以及一切事務，把房子賣掉，還清財務公司的債務，帶著隨身衣物和一些醫學和文學書籍來到拉斯維加斯。他在百樂門賭場不遠的地方租了一套兩房一廳的簡單公寓，剛把行李安頓好，就急奔百樂門賭場，他想先從這個賭場著手瞭解事情的真相。

他拿著裘蒂的欠單找到帳房主管詹森詢問，詹森告訴羅倫每天有成千上萬的人來賭場，他們只管收取欠款，客人的情況他們是不知道的。得知裘蒂自殺的事，詹森十分震驚並深表同情，他建議羅倫去找負責招待裘蒂的經理人陳愛玲，她可能會提供一些線索，至於欠款，人已死了，賭場不想再追究下去。

二

張志平出生在紐約，父母是廣東梅縣客家人，儘管二老經常提起祖籍原鄉，他們的兒子對中國和故園卻毫無概念。父母希望兒子能讀會計、商業等實用專業，畢業後可以繼承他們在唐人街的雜貨店。張志平從小喜愛音樂和繪畫，對從商沒有興趣，這讓父母十分生氣無奈。外柔內剛，表面溫和，骨子裏倔強執拗的張志平，認定了事，絕不肯放棄。他堅持要學習音樂，同樣性格的父親一怒之下，斷了兒子的生活費。張志平不屈從妥協，發憤自力更生，做家教掙學費，在紐約朱麗雅音樂學院完成了自己的學業。

畢業後，他和幾個朋友合辦了音樂工作室，堅持音樂創作。後來工作室因經濟困難倒閉，張志平隨著朋友蘭頓四處流浪。蘭頓是個吉他手，和張志平相反，性格活潑，放蕩不羈。

張志平和蘭頓偶然來到拉斯維加斯，一到賭場，蘭頓立刻沉迷在老虎機上不肯離開，張志平只好獨自在酒吧喝酒。

昏暗的燈光，喧囂的人群，獨坐在酒吧中的張志平感到前所未有的孤獨和迷茫。

突然，他眼前一亮，一位非常漂亮的姑娘和兩位太太走了進來。姑娘清新淡雅，像朵盛開的百合，超凡脫俗。雷鳴閃電般，張志平的魂魄竟被她緊緊勾住，癡呆呆望著她，幾乎忘了呼吸。

姑娘卻沒有注意到張志平，始終專心地和兩位太太說著話。張志平盯著姑娘看了好一會兒，好想引起她的注意。正無所適從，只見酒吧鋼琴師停止演奏，起立向客人鞠躬後，退身而去。

張志平心中一動，放下酒杯，怕被別人搶先似的，立即奔到鋼琴邊坐下。他突然靈感大發，音符奔湧，雙手好像不聽指揮，自動在琴鍵上飛舞起來。樂音時而輕緩、時而激越地訴說著他內心的彷徨、孤獨和迷茫，以及見到這位姑娘時，心靈的欣喜和震撼。這是一種強烈的無可阻擋的愛的爆發。這支即興創作的嶄新曲子，像一輪皎潔的月光，穿透了拉斯維加斯的昏暗和曖昧，溫柔而強烈、華美而聖潔，使那些傲慢的人造燈光黯然失色……

正和兩位太太說話的陳愛玲，突然被琴聲吸引。她從小喜歡音樂，彈得一手好鋼琴，熟悉不少世界名曲，卻從沒聽過這支曲子。它彷彿是從喧囂燥熱的沙漠中流淌出的一股潺潺清泉，讓陳愛玲感到十分親切暢快，彷彿回到了童年。她有一個幸福富裕的家庭，每當朝陽將新鮮的光芒射進客廳，媽媽便指導她學鋼琴，小弟明明在一邊開心地玩耍著。那時國家雖然有戰爭，卻有爺爺和爸爸堅實地頂著家庭的天空，她和弟弟生活得無憂無慮。

突然，張志平的琴聲傳達出一股無盡的悲傷，令陳愛玲鼻子一酸，淚眼婆娑。童年幸福的時光是那麼短暫，一夜之間，家破人亡。家中的幾個公司全部被洗劫一空，全家人被勒令去農村。一天，突然來了一群士兵，為首的那個臉上有一道兇殘的疤痕，一進門就要把他們趕出去。爺爺奶奶怎麼也不捨得離開家，和那些帶槍的士兵爭吵了幾句。那個疤痕拔槍連發，爺爺應聲倒地。奶奶慘叫一聲，暈了過去。爸爸上前和那個疤痕拼鬥，被他手下的人攔住。疤痕惡狠狠地說：「你們這些人，都是吸血鬼，死了活該！」接著又對爸爸開了兩槍，之後惡狠狠地離開。臨走扔下一句話：「今天你們就得走，不走就得死！」

陳愛玲和弟弟躲在媽媽的懷裏，驚恐萬分地看到血、血、猩紅的血不停地從爺爺和爸爸的心口流出。

媽媽扔下愛玲和明明，撲向爸爸，爸爸微微抬起頭，說：「秋水，走，快走，把愛玲和明明送到愛麗絲那裏。我已經聯繫好了，你們一起走……」

媽媽一句話也說不出，淒慘地嚎哭著。

幼小的陳愛玲還不知道怎麼回事，與明明一起跟著媽媽哭。

往事如煙似夢，回憶總是帶著一層朦朧的陰影。

自從到美國後，十多年了，陳愛玲儘量不去回憶那悲慘的一幕，但張志平的琴聲喚起了她的記憶，兒時親眼目睹的情景忽然間歷歷在目，如今已經二十五歲，不再像小孩那樣動輒掉淚，但淚珠還是控制不住得滴滴答答。

一陣爆發的掌聲把陳愛玲驚醒，原來張志平的琴聲不僅吸引了她，在場的客人亦皆為之動容。陳愛玲連忙偷偷擦去眼淚，掩去自己的失態，也熱情地鼓起掌來。

「愛玲，這位琴師叫什麼？」和陳愛玲一起進酒吧的張太太問。她和李太太都是從香港來的。她們的先生都好賭，喜歡來拉斯維加斯玩樂，兩位太太不放心自己的先生也跟著來了，卻不賭，陳愛玲是賭場經理，陪著她們四處遊玩。

「我也不知道，好像不是這裏的琴師。」愛玲抱歉地聳聳肩說：「我把他叫過來問問吧。」

陳愛玲示意招待員去請張志平

張志平見是陳愛玲叫他，強壓住心中激動的戰慄，連忙走來，說：「你們好，我叫張志平，很高興認識你們。」

陳愛玲讓張志平坐下後說：「我叫陳愛玲，是百樂門的經理。這位是張太太，這位是李太太。兩位太太是從香港來的，她們很喜歡你的音樂演奏。」

張志平忙向兩位太太致謝：「很高興你們喜歡這首曲子！」

陳愛玲問：「這個曲子叫什麼名字？」

「《月光下的拉斯維加斯》」張志平隨即應答。

「《月光下的拉斯維加斯》？沒聽說過有這首曲子。」陳愛玲有些疑惑。

張志平笑道：「這是第一次演奏它，剛給它取的名字。」

陳愛玲和兩位太太大吃一驚。陳愛玲說：「這麼說這是你剛創作的曲子了？」

「是的，我剛即興創作的。這也是我最滿意的一首。」

「你是這裏的琴師嗎？怎麼沒有見過你？」

「我只是陪朋友來這裏玩的。」

「是嗎？彈得真好！」

張太太插話：「這麼說，你是鋼琴師，能問一下你在哪裏工作嗎？」

張志平說：「我從紐約一所音樂學院畢業，還沒有找到工作，現在和朋友四處遊蕩呢。」

陳愛玲問他可否再演奏一次。張志平說榮幸之至。說完走向演奏台，隨手即興又彈出一支新曲。這是一首非常輕鬆調皮的曲子，陳愛玲聽著，忍不住發笑。張志平見陳愛玲在笑，簡直受寵若驚，彈得更加起勁。他從來沒有像今天這樣充滿感情，這樣投入地彈奏。他知道，這是因為眼前的姑娘，這是彈給她一個人的。

一曲結束，張志平又獲得滿堂喝彩。

回到陳愛玲們的桌邊，張太太對張志平說：「你的鋼琴彈得這麼出色，應該到大音樂廳表演，不要糟蹋了才華。」又問他在哪裏學的鋼琴，分明受過嚴格訓練。

張志平老老實實回答：「畢業於紐約朱麗雅音樂學院。」陳愛玲讚道：「果然名校出高徒，非同凡響。」

「有沒有想過找一份穩定的工作？」李太太插嘴問。

張志平笑了說：「當然想，但許多和我一樣從音樂學院畢業出來的人，都找不工作呢。」

「大概你對職位的要求太高了吧，什麼事情都得從頭做起，天下不如意的事情多著呢。你們這些年輕人呀，都不知道是怎麼想的。」李太太借題發揮，指著陳愛玲道：「我本來介紹一位本家的侄兒給她認識，這個侄兒家裏有錢不說，要樣有樣，要學問有學問，還是醫生呢，可她就是不理不睬的，弄得我那侄兒下不了臺，發誓從此不踏足拉斯維加斯。」

「她呀，」張太太說：「你別看這她表面柔弱，內心卻比鐵還硬，故意說什麼不想交男朋友，其實我知道她壓根兒瞧不起哪些追求她的公子哥兒們。我有沒說錯吧，愛玲？」

陳愛玲不知所措，雙頰緋紅，故作生氣狀：「好哇，你們欺負人，我不帶你們玩了，看你們被人拐了去。」

張太太一時弄不清陳愛玲的話是真是假，吐了下舌頭，不再出聲。張志平聽著女人之間的私房話，渾身不自在又不願意走開，更不敢說話。卻也暗自鬆了一口氣，更增加對陳愛玲的好感。

「那你有沒有想過找一個經紀人，有個好經紀才能找到一份合適工作。」李太太建議道。把話題轉回張志平。

「我請不起經紀人，經紀人一般都只要那些已經有名望的人，不會在我這樣默默無聞的人身上浪費他們的時間。」張志平說。

「說不定愛玲能夠幫助你的，愛玲，妳或許可以幫幫他的，對吧？」李太太轉身對陳愛玲說。

陳愛玲笑了笑，說：「我，我哪裏有能力？我也正指望著救世主的降臨呢。」

她的一句話，把大家都逗笑了。

李太太忍不住又轉換話題，對陳愛玲說：「愛玲，張太太說得對，像妳這樣美麗聰明的女孩子，怎麼還不結婚？為什麼在賭場裏做事？賭場不適合妳。」

陳愛玲無奈地說：「還不是為了錢。為了弟弟，妳知道的，別的地方賺不到多少錢，所以我必須做這份工作。其實，只要自己潔身自愛，無論在哪裏工作都一樣的。」

「那妳壓根兒沒有仔細考慮過自己的終生大事？」李太太仍不甘心。

「沒有。」愛玲堅定地回答。

「那這麼多年來，妳就從來沒有相好的男朋友嗎？」李太太覺得奇怪。

「有是有的，我在大學裏有幾個對我非常好的男孩子，我對他們也很喜歡，我病了，他們都會來照顧我，還把所有的東西賣掉，竭盡全力為我繳醫藥費，在我的心中，他們是那麼完美，任何一位都可以做我未來的丈夫。可是我真的沒心思，否則我對不起我爸爸媽媽。」陳愛玲有些傷感地說。

「妳這樣做是不對的！」張太太說：「如果妳爸爸媽媽地下有知，也不會願意妳這樣做的，難道結了婚就不能照顧弟弟了？」

「誰又能料呢？只有我自己才能體會失去親人的錐心之痛。我不能太自私，我爸爸媽媽在天上看著我，他們對我說你要好好地把弟弟撫養成人，讓他做一個頂天立地的好男兒。爸爸媽媽死得好慘，我不能對不起他們。你們知道我離開耶魯的時候，心裏是多麼痛苦嗎？離開我身邊最好的幾個朋友，帶著多大的遺憾嗎？我現在來到這個燈紅酒綠的地方，目的就是為了多賺點錢，賺到足夠的錢，把我弟弟送到最好的學校念書。世界上大概沒有十全十美的事，我選擇了這個，肯定要失去別的。因此，我不能太貪心，又想掙錢，還想得到如意郎君。肯定是上帝認為我太貪心，所以讓我沒人要。」陳愛玲說著，撒嬌地抓著兩位太太手使勁搖。

陳愛玲一席話，惹得大家哈哈大笑。張志平呆呆地看著她，眼中充滿憐愛。

張太太說：「瞧妳說的，恐怕是妳不要人家吧！愛玲，妳一定能找到一個最好的歸宿。」

這時，陳愛玲的手機響了，她接起電話，是賭場總裁威廉找她。她抱歉地對兩位太太和張志平說：「不好意思，我有點急事，需要去處理一下，張先生，麻煩你陪兩位太太坐坐，她們想請你喝杯酒，沒問題吧？」

張志平有些失望，他多麼希望陳愛玲能留下來，哪怕能多看她一秒鐘也覺得幸福。但他不敢表露出自己的想法，只好無奈地說：「好，妳放心去吧，我會照顧好兩位太太的。」

三

陳愛玲走了以後，兩位太太和張志平繼續喝酒聊天。他的心已經被陳愛玲帶走了。其實他不喜歡應酬，特別是和幾乎陌生的人。但想到兩位太太是陳愛玲帶來的，只要和陳愛玲有關係，他都願意奉陪。他想多瞭解一些陳愛玲，想知道有關她的任何事情。

果然沒多久，兩位太太的話題自然而然地就轉移到了陳愛玲身上。從兩位太太嘴裏，張志平得到不少關於陳愛玲的資訊。

陳愛玲是賭場亞洲部的經理。她原來並不負責照顧這兩位太太，照顧她們的是另外一位叫李昂的經理。開始她們對李經理很滿意，後來發現那個李經理經常偷偷摸摸地帶她們的先生出去消遣。經過一段時間的暗暗查訪，她們發現李經理帶他們去的地方原來是一些黃色娛樂場所，還給他們介紹高級妓女在外面過夜，更可怕的是那位李經理貪得無厭地在他們丈夫身上額外要了不少錢。當她們得知後，怒不可遏，便跑到總經理安德魯的辦公室，舉報揭發，並威脅說如果再讓姓李的做她們的照顧經理就再也不來這個賭場了。但她們沒有想到，總經理安德魯和李經理是一夥的，早就和他們的丈夫串通好了，對她們的要求只是敷衍，表面上不再讓李經理照顧他們，卻不另外指定人，不再找另外的經理，而是安德魯本人親自來出馬。不久，這兩位太太又發現她們的先生照常去外面吃飯過夜，有時候根本找不到他們，這才知道他們依然偷偷鬼混。一怒之下，就不允許她們的先生再來賭城。

半年前，張、李兩位先生因為出差到紐約，之後又飛到拉斯維加斯，兩位太太害怕他們到賭場故態復萌，緊隨前來。因為生意談得很順利，兩位先生便慫恿自己的太太和他們一起到賭場。兩位太太擰不過，便一塊來了。那次接待他們的是陳愛玲。

陳愛玲知道兩位先生的毛病，親自陪了兩對夫妻整整一天，大家玩得非常開心，便成了好朋友。從此，只要他們來賭場，便點名要陳愛玲代為安排一切。兩位太太欣賞陳愛玲為人真摰作風正派，彼此無話不談。他們的先生也受影響，不再去外面胡作非為。

張志平還是很奇怪，忍不住問：「陳愛玲這麼純潔聰明的姑娘，為什麼要在賭場工作？」

兩位太太不禁歎氣，說：「唉，愛玲也是一個苦命的孩子。」

原來陳愛玲是柬埔寨華僑。上個世紀三〇年代，她的爺爺從中國跑到柬埔寨金邊做生意，經過三十多年的打拼，終於掙出一片天地。一九七五年四月十七日，陳愛玲一家接到紅色高棉政府的疏散命令，限定必須在三天之內從金邊遷到農村。陳愛玲的爺爺不願離開，被打死，父親為了救爺爺，也當場斃命，奶奶在疏散途中死去。媽媽帶著她和她弟弟逃往農村。二百萬人的金邊從此成了「居民不足三萬，只有一家商店」、「沒有小汽車，人人都靠步行」的空城。

陳愛玲的爸爸去世之前，已經花了大筆的錢，弄好了全家偷渡到美國的通道，沒想到一夜之間家破人亡。她的媽媽到了農村後繼續聯繫通道，花盡所有的積蓄才買到兩個偷渡名額。

李太太不禁抹淚，說：「真是難為愛玲了。她當時才十歲，帶著弟弟，在大海裏漂泊了近一個月，才來到美國。」

張志平聽得心痛，急切地問：「那她來美國後怎麼生活？」

「她媽媽的一個好朋友收養了她們。」張太太說。

愛麗絲是陳愛玲的父母留學美國時的同學好友，母親和她拜了姐妹。柬埔寨打仗的時候，愛玲的父母就已經找了愛麗絲，讓她幫忙。

陳愛玲和弟弟偷渡到美國後，愛麗絲認真履行了對朋友的承諾，對姐弟倆像親生孩子，可惜一場大病突然被奪去了生命。那時愛玲十六歲，明明八歲。愛麗絲在遺囑裏給他們留了一大筆遺產，但愛玲堅決不肯接受。她生性好強，堅持要自力更生，把遺產全部捐給慈善機構，靠打工掙錢供自己和弟弟讀書。

聽了陳愛玲的經歷，張志平對她油然生敬，暗暗希望她處理完事情後再返回來。

然而，陳愛玲始終沒有再露面。張志平悵然若失。

百樂門是拉斯維加斯最豪華的銷金窩，賭場大廳裏，人聲沸騰，擠滿面色疲憊、眼露貪欲的賭徒。他們時而發出淒厲的尖叫，時而哈哈大笑。更多的人，沒有表情地坐在賭桌前，毫不理會周圍的喧囂，全神貫注著手中的、桌面上的紙牌，和面前的籌碼。穿著比基尼露胸短裙的酒女郎穿梭在賭台之間，向醉生夢死的賭徒們頻頻勸酒。

張先生和李先生許久沒來了，心癢難忍，一到這場合，就亢奮激動。他們這兩個月生意奇好，賭興也高。兩人進入百家樂貴賓廳，換了籌碼，一坐在賭桌前就再也起不來了。正賭得高興，百樂門賭場總經理安德魯過來，熱情地連聲招呼。

張先生沒有搭理，李先生性格溫和點，淡淡地應了一聲。

安德魯討了個沒趣，心裏非常不高興。自從這兩位先生的太太大鬧賭場後，大家都知道他帶客人出去鬼混，不僅收取仲介費，還騙取客人的錢，為此他受到總裁的嚴厲批評和處分，手上的客人明顯減少，收入也跟著下降。

安德魯見張、李二人身邊沒有人陪伴，便把一腔快要爆發的怒火硬壓下去，陪著笑問他們需不需要自己的服務。

熱料，熱屁股貼上了冷臉，張先生眼睛不抬，冷冷一句：「是不是又要我們的介紹費呀？」

安德魯非常尷尬，連忙否認。張先生不屑地說：「真的？那倒是新鮮事兒。」

李先生有些過意不去，對安德魯說：「總經理，愛玲經理已經在為我們打點一切了，不用你費心了，謝謝你！」

安德魯聽後，更是怒火萬丈，不由把所有的怨氣都撒到陳愛玲身上，心中怒罵：妳這個小賤人，當年把我的財產全部奪去，現在竟然又來搶我的客人。不給妳一點顏色看看，我就不是安德魯。

原來，安德魯是陳愛玲養母愛麗絲唯一的侄子。愛麗絲突然去世，她在遺囑中把所有的財產留給了陳愛玲兩姐弟，僅僅給安德魯留了拉斯維加斯郊區的一套公寓。安德魯見姑媽的別墅、銀行珠寶，以及洛杉磯的幾處房產都落到陳愛玲姐弟手裏，到嘴的鴨子飛了，很不甘心，立即就請律師打官司，說遺囑有問題，陳愛玲姐弟倆沒有資格繼承遺產。結果安德魯偷雞不成蝕把米，官司打了一年，花了不少錢，還是輸了，陳愛玲姐弟倆繼承了愛麗絲的遺產。雖然陳愛玲最後放棄了所有的遺產，並將愛麗絲在拉斯維加斯郊外的一幢別墅送給了安德魯，但安德魯仍然十分記恨她。更沒有想到，陳愛玲大學畢業後又回到了拉斯維加斯，還做了自己的同事，雖是下屬，但有總裁威廉撐著，平常她也不把他這個上司放在眼裏，還經常壞了他的好事。這讓他更把陳愛玲看成是眼中釘。

安德魯有句口頭蟬；「真他媽的中國人！」可碰到中國來的大客，卻變成：「真了不起的中國人！」他看上去很機警，眼睛忽閃忽閃的，就像秋冬天氣，陰晴不定。

安德魯帶張、李兩人出去鬼混的時候，張先生的太太剛好有急事找丈夫，怎麼也聯繫不上，於是電話打到總裁威廉那裏，威廉讓陳愛玲去找，結果她發現安德魯叫了幾個酒吧女郎，帶他們到鄉下別墅去了。陳愛玲向威廉如實彙報，威廉非常生氣，因為賭場是不允許把客人帶到外面，給他們介紹酒吧女郎的。

張太太因為一直找不到丈夫，便有些懷疑，立即從香港飛來，到了拉斯維加斯，剛進賭場，就看見喝得爛醉的張、李兩人倒在兩個吧女的懷裏，歪歪扭扭地從外面回旅館。張太太大怒，過去就打了自己先生一個耳光，然後打電話叫李太太也立即從香港飛過來，兩個女人一起大鬧賭場，一直鬧到總裁威廉那裏。威廉不得不認真調查這件事情，一調查，發現卻是安德魯唆使的，從中得了很大的好處。安德魯因此受了嚴重警告和威廉的訓斥，最後讓他把這兩位客人交給陳愛玲。當安德魯得知是陳愛玲將他的作為彙報給總裁的，對她更添仇恨，欲除之而後快。

這次，聽到張、李兩人找的又是陳愛玲，新仇舊恨全湧心頭，他尷尬地向二人告別後，直接沖到總裁威廉辦公室。一進門，便對威廉嚷嚷起來：「威廉，你一定要管管，陳愛玲怎麼能這樣對待同事呢？」

威廉正在看檔，見安德魯突然闖進來，忙問發生了什麼事。安德魯嚷道：「威廉，陳愛玲太過份了，她不知用什麼手段，把李昂的客人，還有其他經理、公關的客人全搶去了，弄得同事們都在向我抱怨。」

哦，是嗎？威廉冷淡地說：「你想過客人為什麼喜歡去陳愛玲那裏嗎？」

安德魯惡狠狠地說：「這個女人耍手段，不知怎麼把客人都迷住了。」

威廉放下手中檔，站了起來，冷冷地說：「好了，安德魯，你先回去，我會處理這件事的。我現在有些緊急事情趕著去辦。」

陳愛玲接到總裁威廉的電話，匆匆和兩位太太告別，來到威廉的辦公室，結果威廉有緊急事出去了，留言說讓她過半個小時再來找他。

她決定到自己辦公室先休息一下，再去找威廉。在路過安德魯的辦公室時，被安德魯看見，便對著她大叫：「陳愛玲，妳搞什麼鬼，妳是不是要把全賭場的亞洲客人都拉走，那些亞洲客人對我們十幾個亞洲部的經理充滿怨言，都說要去妳那裏。妳給我解釋一下，妳到底做了什麼手腳！」

陳愛玲覺得很冤枉，解釋說：「我只把我的客人照顧好，從來也沒有想要去搶別人的客人。如果他們有這樣的誤會，我可以出面解釋。」

「我接到三個客人的電話，說他們不喜歡他們的經理，指名要妳，請妳給我解釋一下。妳知道，我們大家都是為公司做事，妳這樣搶這個拉那個的，到處爭功勞，如果每個人都像妳，我們公司不是一團糟了嗎？妳要我怎麼向公司交待？」安德魯一臉的義正詞嚴。

陳愛玲被安德魯的話激怒，大聲反駁說：「總經理先生，如果沒有事實根據，我不想和你辯論，你最好先報告總裁威廉！」

「妳這是威脅我嗎！」安德魯冷冷地說。

「我從不威脅任何人，但也不想受到別人無理的指責！」陳愛玲回答。

陳愛玲說完離去，回到自己的辦公室，努力讓平復情緒。來了公司兩年，雖然位置升高，薪水增加，但是壓力也越來越大，同事們對她充滿妒忌，不斷造謠中傷她。養母愛麗絲臨終前叫她多提防安德魯，說她這侄兒心術不正，和他在一起總會出差錯，所以陳愛玲自養母去世後便獨自帶著明去自謀生計，不幸他們又碰在一起，還在他手下工作。她越想越覺得可怕，她覺得自己實在不能再待下去，成為安德魯的眼中釘、砧上肉不會有好結果。立即寫了一份辭職書交到總經理室。

四

羅倫終於找到了正準備回家的陳愛玲。

當羅倫把裘蒂自殺的事告訴陳愛玲的時候，她簡直給嚇呆了，不住地搖著頭，睜大眼睛看著他。她不敢相信裘蒂為了輸掉那麼一點錢會自殺，喃喃地說：「這不可能，絕不可能。」羅倫見陳愛玲美麗溫柔，眼睛像秋水般明澈，言語誠懇親切，直覺告訴他這是一個可以信賴的人，便把裘蒂輸空存款、抵押房子和婚外懷孕的事一併相告。陳愛玲覺得不可思議，她告訴羅倫，自己第一次見裘蒂時，裘蒂正在百家樂貴賓房全神貫注地賭錢，她被裘蒂美麗迷人的容貌和幸福驕矜的神情所吸引，不由站在房間的一個角落全神凝視起來。那晚裘蒂手氣奇差，帶的現款一下子全輸光了。陳愛玲向她自我介紹之後，裘蒂問她是否可以申請一個信用帳戶，陳愛玲查了一下裘蒂的銀行有二十多萬元的存款，馬上就替她開了一個有五萬元信用的戶口。她見裘蒂純真可愛，一臉稚氣，怕她沉迷下去，常邀她到咖啡廳聊天，找機會提醒她，心想她是個聰明人，絕不會失足的。孰料……陳愛玲眼圈紅了。羅倫知她不是作假，心裏越發難受。

陳愛玲說：「裘蒂的死，我也難辭其咎，如果我當初好好地看著她，關心她，也不會有這樣的結果。但這事有點蹊蹺，以我的觀察，裘蒂絕對不是一個自甘墮落的人，況且你們夫妻恩愛，她又不是缺錢，來拉斯維加斯只不過是解悶而已。」陳愛玲略作沉思，接著說：「也許她被人設奸計陷害了？」羅倫問有什麼人常和裘蒂走在一起？陳愛玲說每次見她都是一個人，有時在酒吧也是單獨飲悶酒，開始以為她一定是感情出了問題，但一提起家庭，她就笑靨如花十分開心地告說：她很得醫生丈夫的信任和寵愛，執掌著家中的財物大權，丈夫事業心重，常常出遠門開會，為了成全丈夫的前程，夫妻計畫暫時不生孩子，以免分心。她也曾跟著丈夫外出開會，但會議期間一個人留在旅館裏很無聊空虛，便不願意再去，卻又擔心別人懷疑夫妻關係出了狀況，便趁丈夫出門，一個人偷偷溜到賭場玩。問她，既然隨便玩玩，為什麼要賭大錢呢？她說，只喜歡百家樂，百家樂貴賓廳的人斯文、有禮貌，玩起來簡單不用多動腦筋，要把主要精力省下來思念丈夫。

裘蒂懷了別人的孩子？這怎麼可能！她自殺，為什麼？簡直不可思議！也許她被人欺騙了，被人設計陷害了！陳愛玲再次提出自己的疑慮。

羅倫聽罷，渾身發抖，萬分羞愧氣惱，心中懊悔地自責不已：為了所謂事業，將年輕的妻子獨自拋在家裏，以致釀成大禍。什麼事業？見鬼去罷！聽陳愛玲說裘蒂可能被人設計陷害，便問：「她一向與世無爭，有誰會陷害她？為什麼要陷害她呢？」陳愛玲說：「這只是一種推測，不然一個玉潔冰清的姑娘，怎會懷了別人的孩子，如果是變心出現了第三者，又何須自殺？」她建議羅倫找個私家偵探調查一下，並表示，需要時她盡力協助幫忙。

羅倫深被陳愛玲的誠意感動，想不到原來賭場裏也有這麼多好人。帳房負責人主動取消裘蒂的欠款，引人賭博的賭場經理竟然是一位通情達理，聰慧過人的好心姑娘，羅倫終於從絕望中拾得一點信心。

陳愛玲的同事賈玉梅認識一位信譽良好的私家偵探湯瑪斯，經輾轉介紹引薦，約好第二天去見面。

好不容易熬到第二天，羅倫按時到了湯瑪斯的偵探社，向湯瑪斯敘述了原委。這位四十出頭尚稱英俊的偵探聽罷，良久沉思，未發一言，含著煙鬥在房間內來回走動。羅倫滿懷期待，焦急不安地等著他的意見。湯瑪斯突然轉身，用一種充滿自信的語言告訴羅倫，裘蒂自殺與她失身和被勒索有關。他分析說，可能某人私下約會裘蒂在飲料中了下藥，讓裘蒂失身後向她勒索，裘蒂為挽救婚姻，不惜用房子抵押提款滿足勒索者的要求。後來發現自己懷了孕，知道這不是羅倫的孩子，即使想偷偷拿掉，沒有羅倫的簽字醫院也不會批准。這使裘蒂陷入絕境。她可能認為，自己已失去被愛的資格，如果苟活下去，將無法面對丈夫過著欺騙的日子，更怕羅倫日後會發現真相。如果謊稱酒後失身，就算羅倫肯原諒她，她又如何逃得過良心的譴責。如果在未被羅倫發現懷孕之前自殺，雖然不能挽回愛情和尊重，至少挽回了面子。

湯瑪斯的分析和陳愛玲的推測竟然不謀而合。羅倫想破腦袋也猜不出裘蒂可能接受什麼人的約會，是什麼人用如此卑劣的手段陷害了裘蒂。殘酷的現實讓他不得不相信湯瑪斯的分析有幾分道理。他恨不能立刻將陷害裘蒂的壞人揪出來繩之以法，問湯瑪斯自己能做些什麼？湯瑪斯勸誡他暫時不要輕舉妄動，靜候他的消息，以免打草驚蛇。

家產盡失的羅倫，急需找工作以應付未來的龐大開銷。幸好，憑他的優秀背景，很快就被這裏的一家醫院聘用。

上班第一天，同事們問他，在洛杉磯已經名成利就，為什麼要來拉斯維加斯重新開始？羅倫不便多說，簡單回答因為好奇。這個奇怪的理由雖然讓新同事難以理解，仍好心地祝他在這個城市過得開心。

開心？羅倫心裏一陣揪心的痛。羅倫說的理由也不全然是搪塞，他確實很好奇，很想看清這座城市，想看清楚這個火樹銀花般的城市背後，到底掩藏著什麼秘密，到底具有什麼樣的魔力，讓這麼多人瘋狂，讓裘蒂喪命。

五

接待完羅倫後的當晚，陳愛玲輾轉難眠，裘蒂的遭遇讓她本就紛亂的心更如雜纏難理頭緒的絲麻。頻頻自問：突然寫辭呈是不是太衝動了？沒有做錯事情，卻平白無故地受到指責，實在是太委屈。她越來越不喜歡賭場的工作，在這個燈紅酒綠的地方，連空氣中都漂浮著金錢的氣味。賭場是個古怪的爛泥潭，在裏面的人都會濺上一身泥巴。坐在貴賓房賭大錢的是正人君子，走路的服務員不值一文，隨便被人當猴耍。誰輸上一百萬，誰就對拉斯維加斯積了大德，是繁榮這城市的大功臣。什麼學問、修養、誠實，在這裏不值分文。對奢華的嚮往魔鬼般咬噬著善良的心，對財富的狂熱追求征服了正常的理智，月入仟元的餐廳侍應開著八萬元的車子滿街亂跑，家裏卻窮得沒錢繳房租；月入二仟的女發牌員寧願出賣肉體也要戴萬元的珠寶；許多無人看顧流落街頭的老人，他們的兒女卻是賭場裏的高級職員。她想起兒時溫曖的家和養母愛麗絲，骨肉親情不再有，她必須面對殘酷的現實：要保持純潔清白就得和惡勢力抗爭，不然就得和安德魯之類同流合污。後者對她來說是絕對做不到的。她不能出賣自己的靈魂，對不起所有愛她的親人。她清楚，安德魯一直很恨自己，恨自己奪走他姑媽所有的財產，無論怎麼解釋都沒有用。反正遲早都要離開賭場，夜長夢多，不如早點走，以免日後惹禍上身。想到這裏，陳愛玲紛亂的思緒漸漸安定下來。

誰知，事情到了第二天又發生了變化。

第二天一早，陳愛玲剛踏進辦公室，便接到總裁威廉的電話，叫她立即去他辦公室。

威廉見到陳愛玲後，嚴肅地說：「愛玲，我不明白妳為什麼要辭職，公司待妳不薄，我們那麼器重你，妳在這裏前途無量，為什麼要離開，妳要給我解釋一下。是不是別的賭場把妳挖去了？如果別的公司給妳更高的薪水，我們願意出比那多一倍的薪水。」

原來，安德魯接到她的辭職信後，心裏高興極了，連夜就送到總裁威廉那裏。心想陳愛玲妳這婊子也有這一天！走出百樂門，連忙到酒吧暢飲慶祝一番，帶醉回到家裏，做夢也在發笑。

威廉昨晚本來是想找她好好談談安德魯的事情的，沒想到未等到她回來，看到的卻是她的辭職信，因此一早就把她找來。

看著威廉真心挽留自己，她有些感動，說：「我不是為了錢，我是怕引起同事之間的誤會，這樣對整個賭場的管理都不好。」

「如果只是這個原因的話，我絕不會讓妳辭職的，妳誠實、美麗、聰明、勤奮，英中法越文皆通，是不可多得的人材！」威廉望著自己的這位得力幹將，堅定地說：「我已經查出來了，總經理安德魯和經理李昂一起串通客人，騙公司和客人的錢，我已經把他們辭退了。從今天開始，妳就是我們營業部的總經理，妳就放手去幹吧！我們辦賭場，並不是要騙客人的錢，我們也不用騙錢，只要把經營方案弄好，營業額就會天天增加。他們那種坑蒙拐騙的勾當，不是我們所願見的。妳的工作方式符合我們的要求，而且我們很器重妳的工作能力，說不定有那麼一天，妳坐到我的位置。我很看重妳的，愛玲，好好幹吧，我決不會同意妳辭職的。」

陳愛玲聽了總裁的這席話，滿懷感激，說：「如果是這樣的話，那我就放手去做。不過，我希望能處理好同事之間的關係，希望得到總裁您的大力支持。」

「妳放心，只要我在這裏一天，就有妳的位置。我們要的不是那種投機取巧的人，我們要的是正派、有能力、有魄力的人，我們需要負責心強的人來做工作。」威廉向她承諾：「愛玲，如果妳願意，我把妳的薪水再增加一倍，還保證妳的紅利比我還要高。」

「謝謝你，總裁，我雖然很缺錢，但不是只為了錢來工作的，我會盡力做好份內的事，其他的不會多想。」她也向威廉保證。

「這樣就好，我相信妳，放心去幹吧，愛玲！希望以後不要再有辭職的念頭，也不要受流言蜚語的影響。」威廉親切地拍拍她的肩膀。

陳愛玲的心情風清雲淡輕鬆起來，充滿自信地回自己的辦公室。

她的辦公室門口的牌子已經換成「營業部總經理」，有三位副手和秘書，還有十多位公關站在那裏歡迎她。大家早已知道陳愛玲出任總經理的消息，一見到她就高興地摟成一團。愛玲知道，她面臨一個挑戰性的工作，心中充滿了激動和緊張。她告訴手下的公關，努力聚集散落的零星客戶，儘量滿足他們的要求。她知道，以前安德魯從不理會他們，因為他們是小客戶，撈不到多少油水，所從他們多半跑到別家賭場去了。陳愛玲說：「他們就像尚未歸巢的鳥兒，無處不在地等待著我們去照料，公關們都應注意把他們的資料收集起來，建立一個強大的關係網，開拓客源，為業績奠立基礎。我相信我們營業部前景是光明的。」同事們都知道陳愛玲為人正直、公私分明，無不歡欣鼓舞，齊聲答應要努力工作，不負她的希望。

在拉斯維加斯大道一家歌舞廳裏，被百樂門辭退的安德魯和李昂兩人在喝悶酒。安德魯把陳愛玲的辭職信交給威廉後，很高興眼中釘即將消失，可萬萬沒有想到，丟工作的人竟然是自己。更讓他惱羞成怒的是，自己的位置竟然被陳愛玲頂替，他不知該如何發洩累積的憤怒和仇恨。

安德魯厲聲說：「我們本來做得好好的，自從陳愛玲這個女人進了公司，弄得我們沒有一天好日子過，錢越來越少，現在還被辭退了。這個可惡的女人！這個可惡的女人！總有一天我要讓她知道我的厲害。」

李昂說：「我不甘心！我絕不甘心！我們一定要想辦法報復她，我不相信我們兩個人男人還鬥不過一個女人！」

安德魯說：「我有一個員警朋友，以前和我說過，他們做員警的每個月都有規定的配額，每個月一定要他們抓到多少犯人，不管有罪沒罪，只要把人抓起來送到法庭，他們就有功勞，案子如何了結，與他們無關。所以他們想方設法亂抓人。有槍有刀的大毒犯他們不敢惹，只敢抓些沒有背景的人，還把一些無辜的人送進監牢。」

李昂問：「你這話什麼意思？我不明白，難道這和陳愛玲有什麼關係？」

安德魯洋洋得意地解釋說：「她讓我們不好過，我們也要讓她不好過。」

李昂見安德魯要來真的，有些驚駭，連忙說：「你什麼意思？我可不敢幹違法的事情！」

安德魯聽到這話，一臉不高興，說：「我們工作都丟了，都是因為這個壞女人。不行，不能看著她風風光光，我們卻狼狽不堪。」

李昂見安德魯越說越真，非常害怕，站起來想要離開，安德魯連忙把他按下：「只要你出面一下，也不會傷害你一根毫毛，可你卻猶豫再三，真沒意思。」

李昂仍不為所動，只是搖頭，也不說話。

安德魯急了，大聲說道：「到底想不想報仇，你這個沒出息的狗崽子！」

李昂說：「我真的不想幹，我不想陷害人。你就當我什麼也不知道好不好？我發誓，我發誓，絕不會和任何人講今天聽到的事，好嗎？」

「沒出息的蠢貨！要報仇就得要出賣良心。要幹非法勾當就別怕弄髒自己的手。要上天堂就得拿上帝開刀！知道嗎？」

李昂全身發毛：「我不相信員警會害人！」

安德魯有點不耐煩，隨即哈哈大笑：「你說那些員警啊，他們手中有的是可以隨便填寫的空白逮捕狀，任意把人投進黑牢。為了晉升，他們可以出賣妻子女兒。在他們之間，你越有心計，就高升得越快，你要毫不留情地計算別人，才能令人生畏，你不當劊子手，就會成為別人的刀下鬼。腐敗是平庸者的武器。老實憨厚只配給婊子當洗腳布！我再問你一句：你幹是不幹？」

李昂知道自己捅了馬蜂窩。他膽小怕事，只好硬著頭皮說：「我不敢幹，不過你放心，我絕不會把你的話傳出去。」

「不行，我怎麼相信你？你不但要幹，而且，你要第一個上臺幹。我們先拿陳愛玲的弟弟開刀，讓她也嘗嘗痛苦的滋味。」安德魯陰險地說。

「如果我不幹呢？」

「如果你不幹，今天就別想活著走出這個酒吧大門！」安德魯惡狠狠地說著，突然掏出一把刀子頂住李昂的後背。

「你別亂來，我聽你的就是。」李昂見安德魯窮兇極惡的樣子，不得不屈從。

安德魯見李昂答應了，馬上收起刀子，嘴裏仍在不停狂喊：「陳愛玲，妳這個陰險的女人，我會讓妳知道我的厲害，妳這個臭婊子，賤女人……」

六

羅倫始終不能從裘蒂的死亡陰影中擺脫出來。他焦急地等待湯瑪斯的消息，多一分鐘的等待，對他來說，就是多一分鐘的煎熬。他真切體會到，什麼叫度日如年。

他很想走進那些昏暗的賭場，親手抓住那個害死裘蒂的魔鬼。每當夜深人靜，一個人躺在床上輾轉反側，回味和裘蒂共同度過的美好歲月，總是愛恨交加。愛的是裘蒂年輕美麗溫柔體貼，恨得是自己為了事業，常讓妙齡青春的妻子獨守空房，終釀大禍。記得他們在新婚之夜，他緊擁著潔白無瑕曲線玲瓏的新娘肌膚相親長驅直入，好似嬌嫩的鮮花突遭摧折，裘蒂連連護痛嬌聲宛轉。一陣狂亂搏擊之後，兩人像剛從海浪中泅泳上岸，渾身水淋淋的。裘蒂的下身也濕了一大片，她拿起毛巾自己揩抹，他拿過來一看，上面斑斑紅點，儘是血跡，分明是處女之身。

裘蒂一向潔身自愛，羅倫相信她不會有什麼舊相好並為之受孕，分明是像陳愛玲和湯瑪斯分析的那樣，受人設計誘姦。作為醫生，他也深知，性在人的一生中，扮演著非常重要的角色，無論誰都無法超脫它。佛洛依德曾經說過，人類壓抑性是為獲取文明不得不付出的代價。如果令每個人的本能自由地迸發，社會將不成其為社會，文明也就會喪失。因此，文明只能是壓抑性的文明，一旦超越了壓制，就會奔放得不可收拾。羅倫不免又作如是想：裘蒂起初可能只為貪玩，後來可能受不了誘惑而致失足，又因失足而羞愧自殺，但是他們夫妻相愛相知，即使偶然越軌，大可坦誠相告，何以要自行毀滅呢？不會！不會！羅倫立刻否定了後一種想法，他的裘蒂絕對不是隨便的女子。

左思右想，胡思亂想，羅倫越想越迷惘，越想越難過。他只好每天發狂地工作，靜候湯瑪斯的消息。工作之餘，他就看當地報紙以及各種資料，希望能找到一點關於裘蒂的消息。

湯瑪斯打電話請他立刻去一下。

他滿懷希望地到了湯瑪斯的辦公室。

托拉斯告訴他，事情有點不怎麼順利，財務公司的人絕不肯透露那個介紹裘蒂向他們借債的人是誰。湯瑪斯說：「通過我一個認識的朋友才知道點情況。我的朋友，說是我的線民也可，是那所財務公司的秘書，她曾看到有個四十出頭的男人和一個還算好看的年輕女子與財務公司的經理密談一筆交易。還無意中看見經理的桌子上放著幾張男女同床的裸照。這事發生的時間和裘蒂出事的時間正好吻合。」

羅倫早已被愛妻的自殺攪得五內俱傷，聽了湯瑪斯的話，更好像挨了當頭一棒，失魂落魄，頭腦一片空白，幾乎暈了過去，大約過了八九分鐘，才回過神來，咬牙切齒地發狠道：「我若不把這些魔鬼揪出來，誓不為人。」

托拉斯十分理解羅倫的強烈反應，他請羅倫提供幾張裘蒂的近照，然後讓他那位朋友設法去和看到的裸照核對一下。他已和賈玉梅聯繫，由賈玉梅暗中在百樂門找尋線索，他從財務公司方面再深入調查，至於羅倫自己，千萬別出頭，以免曝露身份，反而誤事。

湯瑪斯說：「案情本不複雜，但因為裘蒂已不在，只能先推理，再想辦法讓事情還原，其間要運用很多技巧，一不小心，便前功盡費。你自己千萬別貿然行事幫倒忙。」

羅倫情緒漸漸平靜下來，兩人沒有說話。羅倫起身告辭，緊緊地握著湯瑪斯的手，雙眼直直盯著湯瑪斯：「拜託了，一定要找出元兇，錢不成問題。」

湯瑪斯笑了：「放心好了。我辦事不光是為錢。我要你知道，在拉斯維加斯住的並不都是壞人，好人還是多數。」

七

白天的百樂門酒吧，沒有那些曖昧的燈光，陽光照射在桌子上，非常明朗，和晚上的酒吧似乎是兩個完全不同的地方。張志平找到酒吧經理吳非，向他毛遂自薦，希望能擔任酒吧的鋼琴師。吳經理認出張志平就是昨晚彈琴的那個年輕人，十分高興。但以他的才華，為什麼願意屈就一個酒吧的彈琴師呢？便把自己的疑惑，向張志平提出來

張志平臉一紅，嚅嚅地說：「我喜歡這個地方。」

吳非奇怪地看他，問：「是不是喜歡上這裏的哪個姑娘？」

吳非點破心事，張志平的臉更紅了，他還想爭辯，張張嘴又不知道說什麼。吳非笑得更加厲害，拍著張志平的肩膀說：「你不用說了，我替你保守秘密就是。你今天就可以上班，工作是每天彈六小時的琴，分三段不同時間。最重要的一段時間是晚上，從八點到十點，那時候這裏擠滿了客人，有不少客人會點曲目，你得認真為他們演奏，明白了嗎？」

張志平如願以償，得到酒吧琴師的工作，整個人高興得快飄起來了。

他自從遇見陳愛玲後，便決定留下來，不再漂泊。在老虎機上坐了一晚的蘭頓，第二天早上迷迷糊糊一回到旅館，張志平便迫不及待地告訴他自己這個決定。他說，愛上了一個女人，決定留在

這裏不走了。張志平從來沒有這麼興奮過，眼睛裏似乎有兩團火焰在燃燒，整個人處於亢奮狀態，嘴裏不停地哼著新創的《月光下的拉斯維加斯》。蘭頓見狀，兩隻眼睛睜得大大的，盯著張志平足足看了好幾分鐘，才明白他不是開玩笑。蘭頓知道，他已經失去了旅伴。但他也為張志平高興，他知道張志平和他不是一路人。張志平感情細膩，骨子裏渴望安定，看重愛情和家庭，而他是那種天生註定要四處漂泊的人。於是，蘭頓聳聳肩，沒有再說什麼，背著包一個人繼續流浪去了。張志平幾乎天天呆在賭場，不上班的時候，就在賭場轉悠，希望能碰見陳愛玲，然而一連好幾天，他都沒有見到她的身影。好像熱鍋上的螞蟻，他急得團團轉，卻又不知道如何是好，癡癡地發呆，想著那天見到她的情景，不由自主地哼起《月光下的拉斯維加斯》。那天晚上，從酒吧回去後，張志平連夜把這首曲子記了下來，並在標題下寫著：「贈給天使陳愛玲。」一想到她，他心裏就會響起這首曲子的旋律。

有天上班，客人不多，張志平隨心所欲地彈著鋼琴，心裏一直盼望著陳愛玲的出現，思念之下，又信手彈起了《月光下的拉斯維加斯》。一曲彈完，抬起頭，突然看見所思之人正笑吟吟地站在自己的面前。張志平嚇了一跳，脫口說：「陳小姐，是妳嗎？」

原來陳愛玲這幾天因為升為總經理，忙著交接各種事務，又要去招呼客人，一直沒有空。但她也一直惦記張志平和他的那首《月光下的拉斯維加斯》。繁重的工作之餘，那首曲子就不由自主地鑽進她的腦海，久久縈繞著。她很奇怪，來美國這麼多年，從來沒有誰能讓她如此深刻地想起自己的童年，與爺爺、奶奶、爸爸、媽媽一起生活的日子已經恍如隔世了，她以為自己肯定不會再會有那種溫馨幸福的感覺，但是這幾天她又有了那種感覺。她很後悔沒有留住張志平，至少應該問他要一個固定的聯繫方式。她知道像張志平這樣四處流浪的藝人居無定所，很快就會離去，消失在人海中，再也找不到。她很後悔，沒有把那支曲子錄下來，自己可能再也聽不到了。

當日，她剛把張、李二人和他們的太太送走，路過酒吧，想起和張志平的邂逅，不由心動，便走了進去。萬萬沒想到，一進門便看見張志平坐在鋼琴前，傳來的琴音正是《月光下的拉斯維加斯》，平靜溫馨、轉而憂傷激昂，恰如第一次聽到的感覺。陳愛玲驚喜萬分，走到張志平面前，細心聆聽。

對於拉斯維加斯，陳愛玲總有一種格格不入的感覺。雖然她在這裏已經生活快十年了。自從爸爸媽媽的好友愛麗絲收養他們兩姐弟後，她和弟弟便隨愛麗絲生活在這個巨大的娛樂城。愛麗絲結過一次婚，未及兩年丈夫不幸車禍辭世，愛麗絲悲痛欲絕，發誓再也不嫁。丈夫給愛麗絲留下大筆遺產，可惜沒有孩子，陳愛玲姐弟的到來，讓愛麗絲感到十分欣慰，把他們兩個看成了自己的骨肉，送姐弟倆到最好的學校上學，努力不讓兩個孩子想家。

剛到拉斯維加斯的時候，陳愛玲幾乎天天做噩夢，夢見爺爺和爸爸鮮血淋漓，夢見媽媽孤孤單單躺在床上，夢見自己抱著明明，在一個漆黑的地方，不停地哭泣。她常常在夢中哭醒。自從那次坐船偷渡，她從此非常害怕被關在密封的漆黑空間，只要一進入這樣的空間，就莫名其妙地緊張，不能呼吸。

獨自一人的時候，她會想起和爺爺奶奶爸爸媽媽以及明明在柬埔寨一起生活的日子，雖然一直戰火紛飛，局勢動盪，但有爺爺奶奶、有爸爸媽媽，覺得很安全。她最喜歡聽媽媽彈鋼琴。即使爺爺奶奶和爸爸突然去世後，她也從沒有恐慌過，因為還有媽媽。在農村的那一年，她和媽媽一起下地幹活，手上全是血泡也不覺得疼。吃的東西太少，哪怕再餓，她也不對媽媽說，她不想讓媽媽太操心。

有一天晚上，媽媽突然把她叫醒，讓她跟著一個精悍的中年男子走。媽媽告訴她：「妳和弟弟跟著這個人走，他會帶你們坐船偷渡去吉隆玻，那裏有國際紅十字會接待你們，愛麗絲姨媽會到那裏等你，把你們帶去美國，她會照顧你們的。」

「媽媽，妳不和我們一起走嗎？」她揉著眼睛問。

「不，愛玲，你們先去，媽媽隨後去，媽媽現在還走不了。」媽媽憐愛地寬慰兩姐弟，但她知道，自己永遠走不了。她花盡了所有的積蓄，找了以前的許多朋友，好不容易才找到通道，讓姐弟偷渡去美國。她已經沒有能力再弄到一個名額和孩子一塊走。最關鍵的是，媽媽根本不捨得離開家鄉，捨不得離開自己的丈夫。

「愛玲，媽媽不在你們身邊的時候，妳要照顧好明明，妳是姐姐，一定要照顧好弟弟，知道嗎？」媽媽千叮嚀萬囑咐，想到以後兩個孩子要自己獨自面對前途未蔔的生活，媽媽心就疼。

「媽媽，我知道的，我會照顧好弟弟的，但妳一定要趕快來。」女兒對媽媽說。

看著懂事的女兒，媽媽眼圈紅了，但又不敢哭，拼命忍著。

陳愛玲當時根本沒有想到，那竟是她和媽媽的訣別。媽媽已經支撐到極限，送走兩姐弟，就一病不起，每天躺在床上，苦等子女們的消息。三個月後，已經臥床不起的媽媽終於收到愛麗絲的信。她把愛麗絲來信一遍一遍看，把姐弟倆和對她寫的幾句話念了又念。她咬著牙，費盡所有力氣，給愛麗絲和自己兒女寫了回信，把兩姐弟徹底託付給了愛麗絲，並一再叮囑愛玲要照顧好明明，淚水幾乎淋濕了信紙。幾天後，媽媽便去世了，手裏還拿著愛麗絲的信。

離開了媽媽的陳愛玲第一次感到恐慌是在那驚濤駭浪的大海裏。和媽媽告別後的那個晚上，她和弟弟被帶上大船，關進船艙，再也沒有出來，隨船在大海中漂蕩。陰暗狹窄的船艙藏了三十多人，每個人僅有一個躺下的位置，兩姐弟被擠在最偏最低矮的角落裏，幾乎不能站身起來。開始，還有人會按時送吃的進來，把馬桶倒出去，大約十天後，送飯越來越不及時，量也越來越少，船艙裏的人開始煩躁不安。接著，船就不停地搖晃，說是遇上大風暴。人們開始嘔吐，不少人連黃膽水也吐出來了，船依然像一片飄零的葉子，隨時都會被巨浪吞沒。兩姐弟也不停地吐，弟弟還不停地哭，一直嚷著要媽媽，姐姐抱著弟弟好言安慰。其實，她心中也不停地呼喊著媽媽。昏暗中，什麼也看不清，周圍的人都在不停嘔吐、哭鬧，沒有人相信他們還能活著走出船艙。大風暴持續了多長時間沒人知道，只是船艙裏的人再也沒有力氣哭鬧了，任憑風暴襲擊，任憑命運擺弄，靜靜地等待著死亡。有幾次她暈過去醒來，以為自己已經是在地獄。

大風暴終於平靜，卻遇上了一批肆意妄為的海盜，把船搶劫一空。幸好海盜們看這破船沒有什麼值錢的東西，不及細查便離去，陳愛玲姐弟躲在密封的船底小艙得以逃過劫難。

船艙門突然被打開，刺眼的陽光讓人睜不開眼睛，大家茫然地看著，沒有任何反應，直到上面有人喊：「吉隆玻到了，你們出來吧！」

許久，船艙裏的人才明白過來，一個人開始狂喊：「到了，我們到了！」接著，兩個，三個……大家驚喜若狂，為劫後餘生大聲哭泣，爭先恐後爬出船艙。

陳愛玲背著弟弟，最後一個走出船艙，一個中年男人指著迎面來的一位文靜優雅的中年白種女人說：「你們真幸運，一到岸就有人來接了。」

愛麗絲早已從美國到達吉隆玻，日夜祈禱風暴平息。看到兩姐弟被折磨得不成人形，不禁掉下眼淚。

陳愛玲雖然是第一次看到愛麗絲，卻像見了媽媽一樣，所有委屈，霎那化成眼淚，撲到愛麗絲懷中盡情哭泣，把愛麗絲的衣服都弄濕了。

想起養母愛麗絲，陳愛玲心中充滿了感激。這位善良的女人，對她和明明像親生孩子一樣。剛開始，她幾乎每天晚上做噩夢哭喊嚎叫，愛麗絲緊守在她身邊慈愛地不停安慰。在愛麗絲的精心照顧下，陳愛玲和弟弟慢慢忘卻戰爭給他們帶來的傷害，幸福地成長著。

聽到張志平的《月光下的拉斯維加斯》，陳愛玲不由想起了自己第一次見到愛麗絲的情景。

愛麗絲去世後，她一邊上學，一邊照顧明明，從來沒有喘息。去年他在耶魯大學畢業的時候，學校附近的一所大公司要聘請她做經理助理，她不滿意，覺得收入太低。偶然的機會，她看到百樂門賭場應聘的消息，薪水比那家公司豐厚許多，為了多存點錢，把弟弟送到最好的大學，她毫不猶豫地帶著弟弟回拉斯維加斯上班。另外，這裏也是她第二個家，這裏有愛麗絲的亡靈守護著她和明明。

在百樂門，陳愛玲兢兢業業，任勞任怨，工作非常出色。她處事果敢決斷，公私分明，得到所有認識她的人的欣賞和尊敬。不到兩年，她從秘書升到經理的位置，這幾天，又升任了總經理。如此的升遷速度，在百樂門是從來沒有過的。

升職後的陳愛玲，越發小心謹慎，有不少人在嫉妒並造謠生事惡意中傷她。尤其是安德魯，讓她頭疼。她知道，雖然他被除名，離開了百樂門，但他絕不會輕易放過自己。安德魯仇恨陳愛玲，因為愛麗絲去世後，把所有的家產留給沒有任何血緣關係的兩姐弟，作為侄子的安德魯反而沒有得到什麼。

愛麗絲不喜歡這個侄子，因為安德魯從小就是一個花花公子，敗家子，累教不改，他自己的父母從來不知道如何約束他，他的所作所為傷透了愛麗絲的心。愛麗絲相信，她和安德魯之間不可能再有什麼親情的關愛，她的晚年將更變得孤苦伶丁，陳愛玲姐弟的到來帶給她意外的欣喜，對安德魯的失望，使她轉而更加深情地關注兩姐弟。她見陳愛玲雖小小年紀，卻已繼承她昔日同窗姐妹秋水——陳愛玲母親的美德：為人親切正直，溫柔靈秀。

安德魯看在眼裏，知道姑母的龐大財產，可能會落入外人之手，恨不得把陳愛玲姐弟一口吞進肚裏，又不便發作，只好裝作沒事一般，平時有事沒事總往姑母家裏跑，手裏拿著聖經，裝著很聽話很虔誠很純情的樣子，企圖博取愛麗絲的歡心。但愛麗絲早就看透了這個侄兒，知道他心術不正，一切做作，無非想獨吞她的遺產。愛麗絲覺得，把遺產傳給他，不但幫不了他，反而會害了他。陳愛玲明白愛麗絲的心意，但還是覺得對他有些愧疚。

自從愛麗絲走後，陳愛玲心中的委屈從沒向人訴說過。張志平的這首《月光下的拉斯維加斯》，竟勾起了她往昔的憂傷，撫慰著她深埋的創痛。為此她對作曲彈琴的張志平產生了莫名的親近感。

八

張志平和陳愛玲找了張桌子坐下來。兩人都有些壓抑不住的激動。他迫不及待地告訴她：「陳經理，我已經在這裏找到工作了！」

「真的嗎?」陳愛玲毫不掩飾自己的欣喜。在進酒吧之前，她還非常懊惱，以為再也看不見他了呢。

「不要客氣，叫我愛玲好了。」

「好的，愛玲。你也叫我志平吧。蘭頓一個人去流浪了，我想留在這裏，留在這裏彈琴！」

陳愛玲臉飛紅暈。自忖：「也許他是為了我才留在這裏的?」她內心也希望他留下來。

兩人坐在酒吧裏，好像久別重逢的好友知己，話語滔滔。談音樂、談文學，也談起了各自的家庭和經歷。

張志平問：「愛玲，養母不是對妳很好嗎?為什麼拒絕她的遺產?」

陳愛玲說：「你知道前幾天被開除的總經理安德魯嗎?」

「好像聽說了。」

「他是我養母愛麗絲的侄子。愛麗絲去世後，安德魯以為會繼承她的全部家產，沒想到全留給了我和弟弟。他不甘心，請了律師告我們，說我們篡改了遺囑，還四處造謠說我們對愛麗絲的遺產圖謀已久。雖然他沒有任何證據，又輸了官司，倒賠了一筆訴訟費。但人言可畏，我不想讓旁人說三道四，便把愛麗絲給我們遺產全部捐贈給公益機關了。」

「這件事情當時好像鬧得挺大的，各種大型中文報都報導過，我在紐約都看到了。」

「因此，我發誓一定要自食其力。愛麗絲去世時，還好我已經是耶魯大學的學生了，課餘做家教可以養活自己。但安德魯對我們姐弟倆一直懷恨在心。」

「妳要小心點，我才來沒幾天，就聽說了他不少事情，據說他還騙客人錢財，介紹妓女給客人收取仲介費，甚至賣毒品給客人。」

陳愛玲點頭稱是，說：「安德魯是有名的花花公子，無論去什麼地方，都要找妓女過夜。他在賭場裏注意到個長得非常漂亮叫蘇玫的女人，經常在賭場裏賭錢。他發現蘇玫把錢輸光了，便放高利貸給她。我看穿了他的伎倆，想挽救蘇玫，又不好明講，找到個機會，把蘇玫請到咖啡室，好言勸她不要沉迷太深，反被她奚落一番，說我空坐了經理的位置，竟是那麼孤陋寡聞，對社會一課還未及格，勸我別多管閒事。蘇玫輸得越來越多，安德魯就不斷借錢給她，後來實在還不起賭債，索性跟了安德魯。安德魯租了套公寓，偷偷安置了蘇玫。安德魯的老婆發現後，鬧著要離婚。安德魯二話沒說，就和老婆離了婚，把那個女人娶回家裏。兩個人都好賭成性，把家產輸得精光。蘇玫見安德魯無油水可榨，棄他而去。安德魯便到賭場裏做事，從發牌員，經理、總經理，一路升遷。因為他很會拉攏客人，經常帶客人參加各種活動，滿足他們的所有要求，包括找女人和提供毒品。」

「安德魯是這麼一個人，難道百樂門的老闆不知道，就沒有人管他？」張志平有些驚訝。

陳愛玲說：「賭城就是這樣的。這裏的客人千奇百怪，什麼人都有，有些客人賭錢時凶著一張臭臉，惡言惡語的，令人厭煩，安德魯比較能應付，對什麼客人都不怵。賭場也需要他這種人，只是鬧得太不像話，賭場不得不辭退他。這件事因我而起，我對他總有一種虧欠感。」

聊到這裏，陳愛玲的手機叫響，是百家樂貴賓室打來的，說有一個中國大賭客在鬧事，叫她趕緊去處理一下。

原來有一個姓廖的來自香港的大賭客，迷信風水，進百家樂貴賓室以前，把八卦羅盤照來照去，找定了一個地方，認定那個地方能給他帶來好運。恰巧那地方已有一個美國人坐著，他寧願出高價讓那人換個位置，那人不願意換，相持不下。陳愛玲來到時，見廖姓客人鐵青著面孔對經理人亂吼，便把他請進貴賓休息室，溫婉地好言相勸。廖怒氣漸消，終於答應待那白人走後再入座搏殺。

好不容易把廖姓客人安頓好，另一件怪事又發生了。

二十一點貴賓房來了一個喜歡吃鹹魚臭豆腐之類食物的大戶，特別關照賭場經理給他準備，就地用餐。他是大賭客大客戶，賭場不願意得罪財神爺，弄得整個貴賓房臭氣熏天。許多客人掩鼻投訴，陳愛玲只好陪著笑臉，再三道歉，好不容易才把事情平息下來。

她鬆了一口氣，不料手機又響了，是一個中國姓李的客人從機場打來的，只聽他氣急敗壞地叫著：「快快快，快到機場的拉圾箱裏撿回我的手提箱，裏面裝有二百萬咧！」

陳愛玲一頭霧水說：「你不用急，發生了什麼事？」

好半天，她才把事情弄明白。原來李客人在百樂門贏了二百萬，賭場建議給他開張支票，他說他不相信支票，要拿現款。他把二百萬現金放在手提箱裏，準備坐飛機回家。當他在機場排隊進檢查站的時候，看見前面有一個人被檢查員在皮箱裏找出十幾萬的現款，被帶到檢查房審問，不但錢沒收，還被戴上手扣，被處以非法攜帶大量現款出境的罪名。他知道闖了禍，登時手腳發軟，心裏發毛，暗叫好險！便離開佇列，將裝錢的皮箱放在一個角落的垃圾箱裏。安然過關後，立即打電話通知陳愛玲，把手提箱找回來，自已搭乘飛機先走，回中國等錢的消息。

陳愛玲百思不解，明知那錢絕對找不回來，為何李客人非要立即出境，寧願白白損失二百萬元，那可不是小數目啊。

她當然不會去機場，那是枉費心機。潛意識中陳愛玲嗅到一股不尋常的味道，不願意去淌這潭渾水，更不會打電話去中國找這個姓李的客人。

處理完這些事，陳愛玲又去了張志平的酒廊。

他正在彈琴，一見她來了，精神陡增，琴音突然激昂飛揚，整個酒廓充滿勃勃生氣。一曲彈完，接著就是那幻夢般的《月光下的拉斯維加斯》……

陳愛玲正沉浸在熟悉的旋律中，琴音突變，另出一派風光，悠揚婉轉纏綿，若梁祝十八里相送，似司馬相如的鳳求凰。

陳愛玲會心一笑。

九

一大早，陳愛玲剛上班，秘書小姐扣門而入說，有一位姓林的先生要見她。林先生苦著臉告訴她，他太太原是百樂門的發牌員，他在一家房地產公司當經理，有兩個女兒，夫妻生活美滿幸福，但他太太喜歡下班後去別家賭場賭錢，他苦苦哀求她不要再沉迷下去，無奈她早已不能自拔，直到把家裏的錢輸光了還不甘休，到處借高利貸，被債主逼得走投無路跳樓尋死，送到醫院救回一條命，那是半年前的事了。愛玲歎道：「身在拉斯維加斯，很難抗拒賭的誘惑，一點兒不賭是不可能的，但不能沒有節制地濫賭，搞不好迷失了本性，賠上自己。」林先生說，他太太總算清醒過來了，痛定思痛，發誓以後不再賭錢，現在債也還清了，但也給百樂門給開除了，她天天在家發愁，精神快要崩潰，兩個女兒看著媽媽這樣子，哭得死去活來。他太太一向很尊重陳愛玲，知她心地善良，所以冒昧打攪，希望能幫她找回工作。他還說，他太太原是一個好人，他不知前世修了什麼福，才找到這麼好的老婆！。

陳愛玲也知道這件事，這個發牌員原本是工作出色的好姑娘，不幸走入歧途，常為之惋惜，當然樂意相助。她告訴林先生雖然自己無權參與聘請發牌員的事，但她會全力協助。說完馬上打電話給人事部主任。林先生歡天喜地謝了又謝。沒幾天林太太獲准上班。

傍晚，她又來到張志平彈琴的酒廊，約他一起下班。

張志平衝動地握住她的手，一絲異樣的情懷湧上陳愛玲心頭。

陳愛玲從來沒有過這種電擊般的感覺，從來沒有對異性表達過心意。張志平心跳加速，目光直視。陳愛玲給他看得不好意思，說：

「你這睜著眼看我，有什麼事嗎？」

「我是藝術家，凝視美女是我的習慣。」

「天下間那麼多美女，你看得過來嗎？」

「我只看心中的美女，唯一的美女！」

「是嗎，她是誰？」

「我可以向妳問路嗎？」

「到哪裏？」

「到妳心裏。」

「我心路可長呢，怕你走不到。」

「世間本無路，我每走一步，上帝就造一步路，長年累月地走，終會走出一條心路。」

「如你所說，我就是你的美女嘍？」

「是的。」

「我工作忙，你看不到我時，怎麼辦？」

「我要把妳畫下來，天天看，時時看，分分秒秒看。」

「還不成了色盲？好吧，我暫時相信你，往後的日子長呢，誰知道你講的是不是真話。」

「若騙妳，我不得好報！」

陳愛玲被張志平的真摯誠懇深深打動，卻說出這樣一番話：

「世間難料，人生不如意事，十常八九。未來如何，我們無法把握，聽天由命吧。」

張志平見陳愛玲突然又傷感起來，知道她又勾起往事，欲好言安慰，又不知從何說起，只能報以深情的目光。過了一會兒，她平靜下來，對他嫣然一笑。一切盡在不言中了。

賭場的事情，千奇百怪，不論大小事情，陳愛玲都得去操心。不是每件事都能辦得盡如人意，有時難免會得罪人。陳愛玲的同事中，有一個姓馮的公關，經常和客人串通起來騙賭場錢，虛報帳目。客人明明是帶二萬元來賭，他向公司報四萬，結果由公司按照百分之五的回扣計算，他把多出的回扣和賭客平分。被發現後開除離職，沒有一家公司願意雇他。

張志平從別人嘴裏聽到這個馮公關的事後，擔心地問陳愛玲：「作為上司，類似馮公關這樣的人，是否會把自身不檢造成的惡果都算在妳身上？」

陳愛玲明白張志平的好意，但身在江湖，身不由己，只好格外小心，處事光明，不懷私心，不因循苟且，聽命而為。她深知賭場複雜，客人也更加複雜。前幾天就有個從韓國來的客人，輸光錢後到酒吧喝酒，喝完後把酒杯摔到玻璃櫃上，差一點把服務員砸傷，因為他是大賭客，賭場沒有懲罰，只是取消了他來賭場再賭的資格。但第二天早上，在離賭場不遠的大街上有人發現一具屍體，正是這個韓國客人，始終沒有人明白他怎麼死的。很多人猜想是自殺的，但法醫鑒定說是他殺，直到現在員警還沒有破案。

還曾經有幾個客人，從洛杉磯開車到拉斯維加斯，半路被三人打劫，錢搶光了，幸虧沒有人受傷，他們只好原道返回。隔了一周左右，三個劫匪被員警抓獲，未查明原因又被釋放，卻無緣無故地很快被人打死，就死在打劫的地點。

多麼掠心動魄的故事，轉眼就被人遺忘了。賭客們依舊賭得熱烈，賭得興奮、賭到失落。

陳愛玲從不向張志平談及賭場客人之間的事，多涉私隱不該談，且談之無益徒增傷感。張志平總是有意無意，表達他對賭場的厭倦：「賭場蛇龍混雜，每天與這樣那樣的人打交道，妳喜歡嗎？」陳愛玲聽後皺眉苦笑。

有一次，她忙了一整天，受了一肚子窩囊氣，無可發洩，終於忍不住把最近見到的許多離奇怪事，對張志平一口氣吐了出來：

「你問我喜歡不喜歡在賭場做事，當然不喜歡。每次看到那些迷失本性的客人，我心裏就不是滋味。有些客人輸得連回家的路費都沒了，到處伸手向人乞求，有些好心人給了他們路費，轉身又在賭臺上輸個清光。還有些人，整天整夜在賭場流連忘返，累了趴著賭台不肯離去。曾經有個不是笑話的笑話，有個打撲克的客人賭了兩天兩夜，不吃不喝不睡，賭完後走出門口，已經神智不清，糊裏糊塗爬上路邊的一棵樹，就在樹上睡著了，醒過來才發現自己居然在樹上沒有掉下來。」

正談話間，陳愛玲的手機又響了，是百家樂貴賓房打來的，說有事請她去處理一下。

愛玲匆忙趕到百家樂貴賓房，原來有個姓姜的女人，在百家樂賭臺上一連賭了五天五夜，除了洗手間，從沒離開座位，連飯都是服務生送在賭臺上吃。後來發現她不見了，問賭場的發牌員她是否休息去了？發牌員搖搖頭，用手指指百家樂賭台下，原來那女人熬不住，躺在賭台下酣然大睡，百家樂貴賓房的負責人不知如何是好，繼續讓她睡在台下有失體統，把她弄醒又怕她生氣，在賭場看來，他們都是財神爺，得罪不得的，她的籌碼仍在賭臺上，她是愛玲的客人，想請示愛玲如何處理。

愛玲被弄得哭笑不得，先吩荷官把她的籌碼收起來，記在她的帳戶上，然後彎身到台下，把她叫醒扶起來，半開玩笑地說：「好哇，姜太太，妳倒好，睡在台下搞失蹤，難為我找妳老半天啦，來，找陪妳喝咖啡去，提提神。」然後不由分說把迷迷糊糊的姜太太她拖出貴賓房，陪她到咖啡室坐下。

姜太太一杯咖啡落肚，人也清醒了一半，話就多了起來：「愛玲啦，看到妳，我心裏就高興。不像我，被老公當隱形人供著，說是來渡假，把我送來拉斯維加斯，自己連影子都不見，又不知和那個狐狸精鬼混去了，我心裏有氣，但又能怎樣呢？誰叫我們女人沒本事！只好認命啦！我說愛玲，妳年輕美麗，又有本事，妳要為我們女人爭口氣，妳要做我們女權大同盟的主人，告訴那些臭男人：男人統治的世界，世風日下一團糟，此後應讓女子來試一試統治世界。」

愛玲終於明白，為何姜太太寧願睡在百家樂台下，也不肯回套房休息，異地空閨，情何以堪！她實在找不出一句合適的言辭，來慰籍面前這位可憐的貴婦人！

愛玲也累了，但她怎能離她而去？正躊躇間，手機又響了，是高額老虎機房打來的，愛玲不得

不好言勸姜太太回房休息，並答應她隨時見面聊天。

愛玲趕到高額老虎機房，負責人告訴她，她的一位客人，姓黃的老太太，迷信老虎機，她認定老虎機一定會出一大獎。她兩天兩夜在那裏放了不少錢進去，相信只要把錢放夠了，大獎就會出來，因此她說什麼也不肯離開，叫服務員端來吃的喝的，連洗手間都不去，實在忍不住就在老虎機面前小便，十分難堪。負負人不知如何是好，只好請愛玲來處理。愛玲早認識這黃老太太，記得去年她來這裏玩老虎機，三天不吃不喝不上廁所，致引發脫水腎虛竭，經及時住院搶救才檢回一條老命，不意她又來重犯，真在不可思議。愛玲見她一把年紀，知她積習難返，只好對她說：「妳放心，實在忍不住就去洗手間，我可以叫附近的服務員幫妳把老虎機鎖起來，除了妳，不讓別人用。」黃老太歡天喜地千多謝萬多謝，好像她已中了大獎似的，每回尿急了，先叫服務員把老虎機鎖起來，急急忙忙趕去廁所，再急急奔回老虎機旁再玩，繼續玩了一整天，終於把錢輸光了，結果還是沒有中上大獎，一氣之下，大叫一聲：「快中啦，快中啦！」然後眼前一黑，暈倒在地上，終於被人抬出賭場。

後來志平知道這件事，對愛玲說：「真是無可藥救的賭徒！」

愛玲道：「其實，他們也不是真正的賭徒，真正的賭徒是冷靜的、養精蓄銳、理性而有心機的、是有節制力的，知道何時出手何時停手，而他們不是，他們貪婪、孤注一擲，好像過了今天，明天賭場便關門大吉似的，偶爾他們贏了一手，就加碼第二手，再贏又加碼第三手，第四手，直到輸為止，他們非要把錢輸光絕不甘休。」

志平道：「俗語說：貪多一點便成貧，是千古不變的道理。」

第二天一早，愛玲剛踏進賭場，一位姓童的公關小姐向愛玲請示，說有一位新從三藩市來的賭客，賭得蠻大的，把錢輸光了，希望賭場送他回三藩市的機票，因為他沒有開戶口，沒有記分卡，所以沒有紀錄，依例是不能給的；但看他著急的樣子，看來是個老實人，問愛玲是否可以破例幫助他。

愛玲叫童公關把那人帶來見她，那是一個四十開外的中年男子，滿面愁容，他告訴愛玲：他是從三藩市來的廚師，在一間中餐館做事，把賺的每一分錢都存下來。他辛苦存了五年，差不多有十萬元，準備回家討老婆。回去的時候，禁不住朋友的引誘，和朋友來賭場玩。結果把錢全輸光，連回三藩市的路費都沒有了，朋友見他把錢全輸光，早已不見蹤影，他已走投無路，希望愛玲給他回家路費。愛玲說：「你把錢輸光了，鄉下未婚妻怎辦？」他說沒辦法，只好隨她嫁別人了。他也不知道怎麼向家人交代。愛玲交代童小姐安排他回家一切事宜，臨別時對他說：「我相信你是個老實人，交朋友要小心，古語有云：近朱者赤，近墨者黑，千萬要小心。」那人點頭稱是，還說：「以後再也不敢踏進賭場了。」

夜間，愛玲又遇到另一個客人。那是個姓錢的做裝修工的中國人，他從來不賭錢，辛辛苦苦存上十幾萬，本來打算回中國鄉下給家人買房子的，回家那天剛好飛機延誤三個小時，他嫌在機場等得悶，就進了附近賭場，以為偶然賭一次，應該沒關係。他走到一張二十一點的賭台，拿出一百元換成籌碼，先押十元，拿的是一張3、一張6、共9點，荷官的面牌是6，他押雙，再把十元加注，拿了一張惶後，共十九點，高興得不得了，心想一定贏了，不料荷官的底牌是5，再來一張是

9，共二十點，輸了，真邪門。他想剛才輸了二十元，若我押三十元，贏了可淨賺十元，但又輸了，總共輸了五十，他再拿出一百元，押六十元，贏了，這回可好，淨賺十元，他告訴自己，每回輸了就加雙，就算連輸幾次也不要緊，只要下一手贏了就翻本了，若運氣好，贏的多，輸的少，豈不發財了。他心中暗喜，看看錶，飛機還有二個半小時起飛，提前一小時趕到機場，仍有一個多小時可賭。時間就是金錢。非要大賭，才能贏大錢。心一橫，把身上所有的錢掏出來換成籌碼。地勤員立即通知一個姓劉的公關協助開戶，這是賭場的慣例，遇到大客戶時儘量要求客人開戶口，一來可以記錄賭錢的押注大小、時間，以便打卡計分，作為招待客人的標準，好的客人不但可以享受例如機票、食宿及娛樂等免費招待，若輸得多了還可以有百分之三到十的回扣，連公關也可以得到提成獎金。另一方面，賭場亦要提防客人利用賭場洗錢，有了客人的資料，就不怕他們胡作非為。

當劉公關替錢先生把戶口開好，錢就迫不及待地大賭起來，先押一千，輸了，再押二千，贏了，退回一千，輸了，加注二千，贏了，輸二盤，贏二盤，淨賺二千，哈哈，賭場真笨！不成，一千二千的，一個鐘頭也贏不到多少，若贏他幾十萬，回家鄉可風光哩！於是他起注五仟，又贏了，今天碰到財神爺啦，不如改變策略，贏輸都加注，這手是一萬，贏了，變二萬，贏了，四萬，又贏了，八萬，不得了，鄉下祖宗託福啦，已贏了十五萬啦，加上自己原有的十幾萬，總共已有三十萬啦，回鄉也夠風光啦！不成，既然有祖宗託福，非要拿他一百萬不可！看看錶，只有半小時，非要搏殺不可，先推十萬，糟，輸了，難道祖宗不靈了，小心一點才好，先拿贏的五萬打頭陣，兩個8，荷官牌面是個6，好傢夥，機會來啦，拆牌，第一張是個2，乖乖，加雙，共十萬；第二個8再來一個

8，又拆，一個來3共十一點，加雙，又十萬，第二個8來A，9點或19，不成，今天祖宗顯靈，若再加雙，無論來甚麼，反正荷官面牌是6，準爆無疑，這盤我贏定了，共六十萬，好吧，六十萬也夠啦，不然祖宗說我太貪心，不幫我啦，他把剩下的五萬元推出去，示意荷宮加雙，又來一個A，變二十點，他高興得跳起來大叫：財神爺要送我錢，我想不要也不成！不然對財神爺不敬！他叫聲太大，把周圍的人都引來圍觀，連愛玲也來了。荷官示意他坐下，好讓她發牌，她先露出底牌，是一個2，共8點，再來一個3共十一點，錢的額頭登時冒冷汗，若再來一張十或公，就變二十一點，錢眼睛睜大，盯著荷官的手轉動，是一張4，十五點，好險，不禁又大叫：好！真好！荷官手一轉來了一個A，十六點，好！真是好！奶奶，來個大牌吧，不要折磨我啦，我心臟病快發啦。只見荷官手起牌落，是一張5，共二十一點，通殺！錢眼前一黑，變成五顆金花，好一會才回過神來。飛機坐不成了，回鄉夢碎了，更別說回家見父母了，難道應了老祖宗的庭訓：財散人安樂？

陳愛玲看在眼裏，連忙吩咐劉公關到會計處寸一下，把應退回的錢退回給他。如果他有時間，可以約他一道到咖啡室談一談。

三人剛坐下，愛玲見他一臉茫然的樣子，瞭解他的底細後，知道這一次對他打擊不輕，便說：「錢先生想必是初涉賭場，對賭錢還認識不深，你想一想，賭注有上限，若你每次都加注，以為總可從一手把輸的錢贏回來，殊不知若你運氣不好，連輸五、六手，就超過上限，不讓你加注了；還有賭場的錢相對你的錢來說，是無限的，而你是有限的，賭場連輸幾次是小事，你連輸幾次便輸光了，哪來的錢翻本？所以還是把賭錢作為一種娛樂，小小玩玩就好，犯不著和賭場去碰身家，錢先生以為呢？」

錢若有所悟。說：「小姐身為賭場中人，卻說出這番言論，真是難得。小弟謹遵教誨，從此腳踏實地，從頭做起。」劉小姐說；「我們歡迎你來這裏玩，來前打電話給我，我會為你安排一切。」錢點頭稱謝。」

一天，陳愛玲接到公司服務員從機場打來的電話，說有位客人帶一張一百萬的期票過來，交給去機場接他的服務員，讓服務員打電話通知賭場給他安排最漂亮的豪華套房，準備很多香檳和美食在裏面。愛玲趕忙安排一切，並告知服務員把他接來後，先送他到豪華套房休息吃飯，誰知那位客人拒絕進房休息，直奔百家樂賭台，一連賭了兩天兩夜，把錢輸光後直接回機場走了，根本沒有到房間去。

又一天，有一個千萬身家的客人，讓賭場在豪華套房準備很多鮑魚燕翅等最名貴的中國食品，並有兩個特級廚師和保姆隨身服侍。當他在賭桌上輸了一千六百萬後，跑回房間，把廚房裏的鮑魚、燕窩之類東西，統統打翻在地，吩咐廚房為他準備稀粥、薯粉、炒飯、菜包、煎蛋……

陳愛玲感慨萬分，那些視錢財如糞土的富豪，可曾想到這世界上有許多窮人，正在死亡邊緣掙紮？

有一天，賭場來了一位常客，是她早認識的，一位名門家族出身的年輕人，來自加拿大溫哥華。他的家族在印尼有很大的生意，一家人移民到加拿大，生意還是在印尼。他常常來賭錢，一輸就輸一百多萬，有一次把三百多萬全部輸光，家裏也沒有了錢，便馬上坐飛機回印尼，把祖傳的一幢大房子賣掉，拿了錢飛過來再賭。又輸得精光，也不知道他後來怎樣了。

下班後，陳愛玲想起賭場發生的林林總總怪事，難以釋懷，便將無關客人隱私的故事，向張志平稍吐一二，以舒解胸中鬱悶。

張志平本來對賭場就沒好感，聽了陳愛玲講述，更讓他心驚肉跳，毛骨悚然，萬分憤慨：豪華璀璨，溫情脈脈的賭場，不過是個殺人不見血的魔窟。他不由想起了羅倫，也不知道裘蒂的事情調查得有什麼進展。

陳愛玲打開的話匣子一時收煞不住，沒太留意張志平的表情，仍然講個不停：

「有個來自澳大利亞名叫史坦克的白人，是澳洲首富，每次給的小費等於賭場裏發牌員一天收入的總額，常常幾千、一萬的，賭場的發牌員一聽他來了，搶著加班。這位老先生實在輸錢輸得太多，家人怎麼限制也沒用，他的錢好像永遠用不完似的，後來這位老先生在澳洲病故，很多發牌員為之流淚哭泣。」

「我經常出差，在各地設宴招待客人時，都會跟客人說，我個人不是很喜歡賭錢，因為職務在身，不得不出面招待。如果是我的朋友，我就勸他們不要去賭，十賭九輸，賭錢輸的機會多，贏的機會少，即便偶爾贏一次，時間長了也一定會輸。小賭怡情，大賭就要命了。」張志平插嘴：「說得好聽是怡情，不好聽是貪婪，人為何就不能安份滿足呢。」陳愛玲說：「我越是勸客人不要去賭錢，客人越是喜歡來找我，最後我也沒辦法，客人來了，我還是得熱情為他們打點一切。」

「愛玲，妳叫客人不要賭錢，老闆知道，可不得了啊！」張志平擔心地提醒。

陳愛玲笑說沒關係。「我有一次出差回來，被威廉叫到辦公室。見威廉裝出一副生氣的樣子，覺得很好玩，就假作很害怕，趕緊問發生了什麼事。威廉繃著臉對她說：『愛玲，妳做得好事！妳勸我們的客人不要賭錢，難道妳要我們，也包括妳，都去喝西北風嗎！』我理直氣壯承認自己這樣做了。威廉二話沒說，從抽屜裏掏出個白信封給我，並說：『妳好自為之吧！』」

「他要你辭職？」

「是一張支票。」

陳愛玲說：「老闆很欣賞我的工作作風。他一向主張，開賭場的人不要鼓勵別人來賭錢，還辦學習班教人如何戒賭。就像有的香煙盒上寫著吸煙危害健康一樣。不知道這是不是有點既當婊子又想立牌坊。不過，我勸人不要賭錢確實是真誠的。很奇怪，無論我怎麼講，賭場的客人總是越來越多，賭場收入節節攀升。老闆一高興，就賞了我個大紅包。」

「用白信封裝紅包，紅白喜事，威廉玩的是心跳。」張志平說。

「無論如何，我還是覺得賭場不適合我們，如果要在賭場消磨一輩子，我實在有點不太甘心。」

陳愛玲眼圈潮潤：「我知賭場絕非是有才華的音樂家和畫家的藏身之所，你是一個很有抱負和潛力的藝術家。我只想待幾年就走。這裏的薪水很高，我想讓明明讀名牌大學，一定要讓他成材。等明明事業有成了，我們立即離開這裏好嗎？」

張志平握住陳愛玲的手，表示理解。

十

陳愛玲的家，坐落在拉斯維加斯西南區一個高級住宅區內。弟弟明明已經入睡，她一個人坐在客廳門外的亭子上，這裏可以看到全拉斯維加斯的燈光，那燈光如空中繁星，密密麻麻，又像節日焰火，滿天燦爛。陳愛玲的心也像這些燈光似的，閃閃爍爍。月兒靜悄悄地探出頭，漸漸變得又大又圓。耳邊突然響起了《月光下的拉斯維加斯》……她終於明白，自己已經浸入愛河。

過幾天便是中秋，適逢陳愛玲休假，她約張志平下班後來家裏賞月。等張志平下班趕來時，陳愛玲早已在亭子上擺好月餅水果，正在欣賞嬌美嫵媚的月輪。

明明說：「志平哥哥，你那首《月光下的拉斯維加斯》真好聽，我和姐姐都特別喜歡，你是專為我姐姐作的嗎？」

張志平被明明的率直弄得有點不好意思，臉騰地紅了，脈脈含情，望向陳愛玲。陳愛玲大膽地迎著他的目光，張志平得到了啟示和鼓勵，說：「是的，是專為你姐姐作的。」

陳愛玲滿心高興，卻故意問他：「你是多情歌唱明月？還是明月多情引你想起故人？」

張志平有些糊塗，問她話裏的含意。她說：「蘇東坡有一年中秋想起他的弟弟子由，寫了那首傳頌千古的《水調歌頭》，末句是：但願人長久，千里共嬋娟。」

「哦！原來明月不但歌頌愛情，也歌頌親情。」張志平說。

「我在耶魯讀書時，最喜歡坐在清靜的湖畔，詠頌中國古典詩詞，當讀到李後主的故國不堪回首月明中時，我的心就飛回到故鄉，回到我的親人身邊。現在時過境遷，那種心情已無複當初。」

「我也喜歡中國古典詩詞，常把它們融入到音樂創作中。」

「真的？那我們各人吟幾句喜愛的詩句，看看會不會引起共鳴。」

張志平靈機一動，何不借詩傳情，遂念道：「關關雎鳩，在河之洲。窈窕淑女，君子好逑。」

陳愛玲：「蒹葭蒼蒼，白露為霜。所謂伊人，在水一方。溯洄從之，道阻且長。溯游從之，宛在水中央。」

兩人會心地對視一下，接著繼續唱和。

張志平：「迢迢牽牛星，皎皎河漢女。纖纖擢素手，箚紮弄機杼。」

陳愛玲：「春江潮水連海平，海上明月共潮生。灩灩隨波千萬裏，何處春江無月明。」

張志平：「江天一色無纖塵，皎皎空中孤月輪。江畔何人初見月？江月何年初照人？」

陳愛玲：「白雲一片去悠悠，青楓浦上不勝愁。誰家今夜扁舟子？何處相思明月樓？」

張志平：「海上生明月，天涯共此時。情人怨遙夜，竟夕起相思。」

陳愛玲：「中庭地白樹棲鴉，冷露無聲濕桂花。今夜月明人盡望，不知秋思落誰家？」

張志平：「花間一壺酒，獨酌無相親。舉杯邀明月，對影成三人。」

陳愛玲：「湖光秋月兩相和，潭面無風鏡未磨。遙望洞庭山水色，白銀盤裏一青螺。」

張志平：「銀燭秋光冷畫屏，輕羅小扇撲流螢。天階夜色涼如水，坐看牽牛織女星。」

一人一句，二人越念越興奮。明明在一旁，吃著月餅，留神地聽著，雖然不大明白，見姐姐高興，也就特別開心。過了一會兒，明明說要回房裏打遊戲機，逕自離開，留二人在亭子裏繼續品茗趣談。

月輪高懸，四野寂靜，只聽到偶然的蟲鳴。

陳愛玲覺得張志平是個可以陪她度過一生的人，但畢竟認識沒多久，不敢斷定可否能終身相託。試探地說：

「志平，願意聽我講個故事嗎？有一天，柏拉圖問他的老師什麼是愛情？老師就叫他先到麥田裏，摘一棵全麥田裏最大最金黃的的麥穗，只能摘一次，並且只可以向前走，不能回頭。柏拉圖照著老師的話去做，結果兩手空空地走回來。老師問他為什麼摘不到？他說：『因為只能摘一次，又不能走回頭路，開頭見到一棵又大又金黃的麥穗，想到前面可能還有更好的，就沒有摘；走到前面時，又發覺總不及之前見到的好。原來麥田裏最大最金黃的麥穗，早就錯過了，所以我什麼也摘不到。』老師說：『這就是愛情。』之後又有一天，柏拉圖問他的老師什麼是婚姻？老師叫他先到樹林裏，砍下一棵全樹林最大最茂盛、最適合放在家作聖誕樹的樹。同樣只能砍一次，只可以向前走，不能回頭。柏拉圖照著老師的說話做。這次，他帶了一棵普普通通，不是很茂盛，亦不算太差的樹回來。老師問他，怎麼帶這棵普普通通的樹回來？他說：『有了上一次經驗，當我走到大半路程，還兩手空空時，看到這棵樹也不太差，便砍下來，免得錯過了，又什麼也帶不出來。』老師說：『這就是婚姻。』」

張志平當然聽懂她的暗示，暗自慶幸愛玲用情之深，說：「愛玲，如果我是柏拉圖，我就摘下最先遇到的那棵又大又金黃的麥穗，正所謂有花堪折直需折，莫待無花空折枝呀！如今我遇到了妳，又怎麼會想到別的女孩呢？」

陳愛玲道：「我不是這世間最美的。」

張志平答：「因為我愛的不只是妳的青春靚麗。韶華易逝，紅顏易老。我對妳的愛戀已經超越了這些表面的東西，也就超越了歲月。我愛的是妳整個的人，地老天荒，永志不渝。」

「真能經得起時間的考驗？」

「哪還用說。可惜……」

「可惜什麼呢？」

「可惜妳再也不會遇到一個比我更窮的追求者。」

「窮的定義是什麼？金錢？」

「當然不是。」

「既然你都知道了，還故意胡說，要怎麼罰你呢？」

「作一支曲子吧！」

「什麼名字？」

「真誠的心。」

張志平突然用扣人心弦的聲音：「表達一顆火熱、忠貞不渝的心，一顆不懂人情世故，但始終如一、無怨無悔，甘心為妳付出一切的愛心。」

陳愛玲說：「同時你的心也終將潛移默化地將愛情轉變成親情，對嗎，志平？」

張志平不解：「親情？」

「當愛情到了一定程度，是會在不知不覺中轉變為親情的，你會逐漸將我的親人也看作你生命中的一部分，這樣你就會多了一些寬容和諒解，無論我的親人是好是壞，你都要不講任何條件的接受他們，對他們負責對他們好，對嗎？志平？」

張志平想了想，點頭說：「妳是說，明明？」

「是的。」

「那還用說，何況明明是個好孩子。」

陳愛玲笑了：「愛是因為相互欣賞而開始的，因為心動而相戀，因為互相離不開而結婚，但更重要的一點是需要寬容、諒解，習慣和適應才會攜手一生。」

張志平：「愛情也是一種宿命。」

「沒有感情的歲月，我輕得像風。原以為今生與愛無緣，從不曾想到會遇上你。」陳愛玲說。

張志平非常感動，緊緊擁著愛玲。一陣暖流像電一般衝擊著陳愛玲，她顫聲說：「志平，留下來吧，今晚明月照人，我要把月的美景，溶進我們的心中，也讓我們的愛，留下永恆的記憶。」

他們在半醉半醒的狀態下攜手步入陳愛玲的閨房，月光穿窗而入，在它的見證下，一對相愛的男女，終於完成靈與肉酣暢淋漓的完美融合。疾風暴雨過後，她倦慵地躺在他的臂彎裏，急速的呼吸吐著醉人的芳香。他偷偷望著貼在自己胸前高聳的一對玉乳，暗歎：「美哉！今生何幸，得此名花！愛玲啊愛玲，當以我有生之年，常伴妳左右，不會讓妳受到任何傷害。」他的目光沿著她的曲線下移，看見斑斑血跡，心痛地連說對不起，我太魯莽了。愛玲展開海棠般的笑靨，充滿甜蜜。

愛情點燃了張志平的生命之火，他每天都好像生活在陽光普照百花爭豔的美麗幻覺中，他把這種虛渺而堅實的幻覺，以及陳愛玲的美——外表及內在的——編織的情絲，融入樂曲，流瀉畫布。

今天是陳愛玲生日，已經約好她到他家裏慶祝。他告訴愛玲，有一件東西要送給她，沒說是什麼。再過兩個鐘頭她就來了，他要趕在她來之前將畫作最後的潤色。他畫這幅畫的時候，用色及筆法一絲不苟。一個多月來，除了工作，與愛玲在一起的時間和每天不足五小時的睡眠，剩餘時間全用在畫這幅畫上了，可謂日以繼夜。

陳愛玲的形像在他腦中日夜盤旋，像一團美麗的光影，重重疊疊，從額頭到眼簾，從鼻尖到嘴唇，從下巴向下的弧線，每個眼神及一舉手一投足，皆如在眼前，觸手可及。太美了！他陶醉在自己的畫作中，為畫中愛玲的魅力心醉。

門鈴響了，他趕忙把畫蓋起來，再看看簡陋餐桌上的紅燭、蛋糕，定了定神，拿起畫臺上的一束紅玫瑰，才去開門。陳愛玲一踏入門，就聽到日夜在她腦中迴旋著的樂曲《真誠的心》。她滿心歡喜，問：「這就是你說要送給我的生日禮物嗎？」

他神秘地牽著她的手，說：「妳閉上眼睛，我帶妳去欣賞一個世上最美的姑娘。」

她說：「在哪兒啊？你要我閉上眼睛，又怎麼看得到呢？」

他把她帶到畫跟前，輕輕把蓋畫布拿開，對她說可以睜眼了。

她睜眼一看，驚呆了。真不敢相信，這麼高水準的畫，居然會出自張志平之手。她全神貫注地看著，心頭震顫著，抱住志平，喜極而泣，卻故作怨嗔：「志平，這是誰啊，你在哪裏認識這個不食人間煙火的姑娘呢？」

張志平湊趣道：「我那天問路時捉來的，怕她跑掉，所以把她關在畫裏，等會兒還把它鎖上鏡框，看她飛到天上去！」

陳愛玲對著畫出神，喃喃自語，讚不絕口，好像這幅畫與自己不相干：「巧笑倩兮，美目盼兮。妙極，妙極！意態由來畫不成，你是怎麼做到的？」

張志平的畫，將愛玲超凡脫俗、聰明靈秀的神韻，脈脈含情、婀娜飄逸的的風采，表現得惟妙惟肖。被讚的張志平容光煥發，渾身舒泰，有點飄飄然。看在眼裏，陳愛玲又想逗他：「你好像還未回答我她是誰呢？」

張志平跟著她故意裝糊塗：「還是哪句話，不告訴妳，讓妳猜破腦子。」

陳愛玲開心地說：「我若腦子壞了，你還會為我慶生嗎？」

一句話提醒了張志平，他急忙走入廚房，準備把他精心設計的燭光晚餐端出來。她沒有跟著他走，月光射入了斗室，她趁著月光端詳著他的起居室。

「愛玲堂」三個大字橫掛在主牆的正中央，顯然是張志平的獨家書法。一張寬大的畫案、被歲月摧折陳舊的書架、破舊得看不出顏色的沙發，不大的房間裏，所有比較醒目的東西都刻著歲月的痕跡。

他們坐到餐台前，張志平從搖曳著的燭光中看著如花似玉的愛玲，心頭一陣顫動，拉起她的手，柔聲說：「愛玲，我希望妳知道，我原是一個懶散放縱無用的人，一個世俗眼光中不值一文的頹廢的窮藝術家。原以為我的一生會像夢一樣自生自滅，來無影，去無蹤，但自從見到了妳，我忽然聽到了那種以為再也不復存在的促使我發奮向上的聲音，使我早年的願望重新甦醒。我原以為，在我的生命裏，愛情是永遠無法得到的東西，因為人太現實了，誰會去愛一個家無恆產的藝術家呢？而我也無法去改變自己去迎合現實的環境，但潛意識中，我總存在一份癡望，祈望有一天得到上天垂憐，讓我遇到一個瞭解我，願意和我度過一生的人，使我不再感到茫然和空虛。愛玲，我要妳知道，妳是如何突然點燃了我的心，儘管我不過是一堆枯葉，妳卻使我燃燒起來，使我對未來生活充滿了希望。愛玲，我好感謝妳，感謝妳給了我愛情，給了我第二個生命。」

陳愛玲靜靜地聽著，深深地被他的話打動，喃喃地說：「其實人生處處是荊棘，並不是一片坦途，人在快樂的時候，不要忘記背後的危機。」志平笑道：「所以我們不要太囂張地享受幸福，惹得老天妒嫉，將它拿走。」愛玲對著燭光許願：「祈求上蒼體諒我們的苦心，讓我們永生相愛，地久天長。」

十一

星期天，拉斯維加斯的舊貨市場，明明拿著一批泰國運來的廉價衣服蠟燭之類的東西到地攤上去賣。這是他從自己一位朋友那裏拿來的，一般都在三到五元之間，賣給一些遊客。為了減輕姐姐的負擔，明明經常利用假期或週末去賺點零用錢。從柬埔寨來美國的時候，他只有四歲，對於爺爺奶奶爸爸媽媽，已經沒有多大印象了，他只知道有姐姐。明明是個懂事的孩子，自從愛麗絲去世後，姐姐為了他很辛苦地工作，因此，他總是千方百計地想方設法減輕姐姐的負擔。雖然他只是個高中生，還是找機會打工。而且，他認為利用假期掙錢，也可以鍛鍊自己的能力。

清早，明明就把攤子擺好了，開始等待著陸續增多的遊人。這時，帶著一副名貴眼鏡的李昂走了過來，隨意地看了看明明攤子上的東西，拿起一對情侶蠟燭，看了又看，裝著十分喜歡的樣子，問：「請問這對蠟燭怎麼賣？」

明明看了一下說：「五塊錢。」

李昂把蠟燭放下，摘下眼鏡說：「五塊錢，倒是不貴，你看下我這副眼鏡怎樣？」

明明接過眼鏡一看，是名牌，金邊，水晶磨片，他估計在市場上至少值兩百元。

李昂說：「哦，是這樣的，這副眼鏡我已經戴了兩三年，不喜歡了，我喜歡你這對情侶蠟燭，我們交換一下怎樣？」

明明覺得很奇怪，怎麼會有這樣的客人，然而這筆交易實在太划算了，他想，大千世界，無奇不有，在拉斯維加斯，什麼樣的人都有的。想到這裏，明明毫不猶豫地答應：「好的，先生，只是你別後悔，你的眼鏡比我的蠟燭貴多了。」

不會的。李昂說完匆匆放下眼鏡，帶著那對蠟燭走了。

明明覺得很奇怪，拿起李昂留下的眼鏡不停地看，心中不停猜測這位奇怪的遊人做這個交易的原因。

遠遠地，安德魯看著這一幕，一絲奸笑浮現在嘴角，他拿起電話，撥通了警察局。

過了一會兒，警佐利柏克和菲力浦出現在明明的攤子前，說：「你是叫陳偉明嗎？」

明明還在仔細檢查那副眼鏡，總覺得可能哪裏有問題，突然聽到有人問，抬頭一看是兩位員警，十分疑惑。

警佐利柏克嚴肅說：「對不起，陳偉明，我們接到報警，說你這裏在出售贓貨，我們要沒收你這些東西，拿去做檢查。」

明明一聽，丈二和尚摸不著頭腦，傻乎乎地望著利柏克，好像要試圖弄懂一種外國語似的。引得旁觀的人哈哈大笑。明明好一會兒才回過神來，終於弄清楚是怎麼回事，急忙說：「警官，你們是不是弄錯了，我這些都是很一般的東西，是我從批發市場買來的。」

警佐利柏克說：「對不起，我們接到了報警，需要公事公辦。」

說著，便拿出手銬，不由分說便把明明銬了起來，菲力浦則把明明地攤上的東西一古腦兒扔進一個編織袋中。

明明急了，大叫冤枉。

警佐利柏克和菲力浦不再理會明明，把明明和他的東西全部扔進警車，呼嘯而去。

角落裏，安德魯和李昂目睹了明明被抓的全部過程，看著警車開走後，安德魯不由哈哈大笑起來，李昂卻非常難過。

原來這一切都是安德魯一手策劃的。他知道陳愛玲最關心最心疼的人就是弟弟，她所做的一切都是為了弟弟。當年，就是他們姐弟倆，讓他不能繼承愛麗絲的遺產，現在又弄得他丟了工作，他恨陳愛玲，卻怎麼也抓不住她的把柄，因為她做事非常小心。無奈之下，他決定拿陳愛玲的弟弟開刀。現在他終於報了一箭之仇，心裏大快，暗叫：「陳愛玲，妳這臭婆娘，咱們走著瞧！」

他知道，只要明明被起訴，明明就會入獄，任何被檢察官起訴的人，大概沒有幾個人能脫身的。檢察官們有數不清的陰謀詭計，即使證據不足，如果需要，他們也會無中生有，編造出一大堆罪狀來。他們早已習慣從各種案件中找出對控方有利的因素將犯人繩之以法，會千方百計去證明，凡是被他們起訴的人，沒有一個是無辜的！這對他們的晉升至關重要。何況明明現在是人贓並獲！想到陳愛玲一定會被折磨得死去活來，安德魯心裏有說不出的痛快。

因為明明認識安德魯，安德魯便逼著李昂出面。讓李昂把那副眼鏡換給明明，然後他給警佐利柏克打電話。兩年前，安德魯因給客人提供毒品，被利柏克抓到，他為了逃脫責罰，主動要求給利柏克當線民。其實，利柏克也不是一位好員警，他非常好賭，輸得很凶。安德魯借錢給他，甚至介紹高利貸給他，他倆臭味相投一拍即合，經常狼狽為奸，合夥騙賭場客人的錢財。

這次安德魯被賭場開除，馬上跑到利柏克面前大肆詆毀陳愛玲，說陳愛玲之所以能被提升為賭場總經理，把他擠走，是因為和一些客人有見不得人的勾當，別看陳愛玲是一個年輕的丫頭，可是她的手段很多，心狠手辣，非常狡猾。她為了錢，什麼事情都會做。當年就是陳愛玲奪走了他姑媽愛麗絲的財產，若不是因為他起訴了陳愛玲，揭露了兩姐弟倆霸佔愛麗絲財產的真面目，姐弟倆現在說不定正住在愛麗絲的房子裏，花著愛麗絲的錢。陳愛玲當初把財產全部捐掉是被迫無奈，所以一直對他懷恨在心。自從陳愛玲來賭場工作後，就不停地針對他，陷害他，這次終於得逞，陳愛玲這個歹毒的女人，居然把總經理的位置奪去了，還把他趕了出去。

利柏克雖然是員警，但他少年時代原來是街頭上的小混混，因為偷東西多次被抓到拘留所裏，弄得一身濕疹，時好時壞，脾氣更壞了。他不忿地想：「他媽的，老子只隨便偷點小東西，就拉到法院被人當猴看，可那些所謂正人君子偷上幾百萬，捐一點錢就和那些政府的大官們稱兄道弟。不成，我非要將他媽的天地反倒過來不可。」

他費盡心機，終於找到了個機會，警察局把他送到警官學校裏培養，他就稀裏糊塗地當上了員警。利柏克長得眉清目秀，加上頭腦靈敏，思維慎密，很快就被提升做了警官，但他還不滿足，心中盤算著：「拉斯維加斯有上萬警官，可員警總長卻只有一個，若不費些心眼，給自己製造機會，光是拿警官這份薪水，養得起自己卻包不了女人，孤獨不說，還窮得丁當響。哭窮誰都不愛聽，漂亮的女人更不愛聽。」

心術不正、性格暴躁，心狠手辣利柏克，在沒有案子的時候，會去做一些假案領功，不管自己是否冤枉好人。在執行員警職務時，也常常越權橫行霸道。有一次，沿著五十一路公路開車，他在出公路的小路上，忽然看見有人搶劫一位老太太後，順著他的方向逃走，他很氣憤把車開到路中攔住，掏出手槍，搶匪揪住身旁一個路人作為人盾擋住他的視線，利柏克大聲叫喊，要他把路人放開，搶匪堅決不放，還先向他開搶。緊急之下，利柏克也拔出手槍，不顧路人的危險朝搶匪開槍，結果把路人打傷，子彈穿過胸口，從前面進後面出。搶匪見勢不妙，拔腿就跑，利柏克為了追到搶匪邀功，把倒在路旁受傷的人丟在一邊不管，也不叫救護車，結果不但沒有追到搶匪，路人送到醫院後因流血過多死亡。後來上級追查這件事情時，他一點悔意都沒有，他說以為路人只是受了輕傷，所以只管追搶匪，沒有留意路人。事情調查結果，他不但沒有受到懲罰，還記了一功。死者家屬不服，把他告上法庭。誰知法院也判決他不但沒罪，還表揚了他英勇執行公務、奮不顧身的精神。那可憐死者的家屬不但沒有獲得任何賠償，還賠了訴訟費，最後連殮葬費都負擔不起，還是在朋友的幫助下，才把後事辦理好。

還有一次他出城，看見兩個墨西哥的小孩子從教室裏出來，教室的門鈴響了，他以為兩個小孩子是偷渡犯，下令小孩子站住，把手舉起來。其中一個小孩子莫明其妙把手放在口袋裏，利柏克不分青紅皀白，一槍就把那個小孩子打死了。事情鬧到法院，利柏克說他以為小孩子是拿槍，為了自衛才把小孩子打死的，結果法官判他無罪，理由是如果他不搶先一步反擊，自己生命就會受到危險。這明顯是不公平的。因為那只是一個小孩子，首先不是罪犯，只是偶然從教室跑出來而已；其次，那個小孩子的口袋癟癟的，根本不可能藏有槍。事情鬧了一陣子後，最後仍然是不了了之。

安德魯還沒有去賭場工作的時候，利柏克便和賭場的人狼狽為奸，勾搭在一起，每年都從賭場拿到不少好處。自從和安德魯勾搭上了，兩人更是臭味相投，變本加厲，經常一起做各種非法交易。安德魯被開除，怨恨陳愛玲，便與利柏克勾結，圖謀出了陷害的詭計。

星期天的賭場，客人比往日的更多，晚上在酒吧喝酒的客人也比往日增了許多。

張志平彈著琴，不時有客人點上曲子。他有些煩躁，全天居然不見陳愛玲的身影，這是從來沒有過的。之前她再忙，不方便坐下來聽琴，路過酒吧的時候也會在門口停留一會兒，哪怕只能對著他笑一笑。但今天陳愛玲始終沒有露面，他的琴越彈越浮躁，幾乎沒有心情彈下去。好在酒吧亂哄哄的，即便是客人點的曲子，也沒有人認真聽。

好不容易下班了，他急忙穿起外套，直奔陳愛玲辦公室。她不在，燈都沒亮。他有一種不祥的預感，掏出手機想給陳愛玲打電話，匆忙中撞到一個人，手機落地。

張志平彎腰撿起手機，並連連道歉。

「志平，你是找愛玲嗎？」一個女人的聲音傳到他耳中。

抬頭一看，是陳愛玲的同事，亞洲部的經理賈玉梅。賈玉梅的性格和陳愛玲相似，活潑、熱情、嫉惡如仇，敢說敢當。賭場亞裔工作人員不多，經理以上職務的亞裔更少，因此，賈玉梅是陳愛玲為數不多的好友之一。兩人不僅在工作上談得來，私下也交情很深。因此，張志平一看到賈玉梅，連忙問：「玉梅，妳知道愛玲去哪裏了？我今天一天都沒有見到她。」

「啊，天哪，你居然還不知道！」賈玉梅大叫：「明明出事了，愛玲都急瘋了。」

「什麼事？明明出什麼事了？愛玲她現在在哪裏？他們人現在在哪裏？」張志平急得連連發問。

賈玉梅讓他別著急，說愛玲已經回到家，接著把事情的原委講了一遍。

陳愛玲早上剛上班，處理完一些文件，正要去酒吧，就接到警察局的電話，告訴她，明明因為銷贓被抓。

如五雷轟頂，陳愛玲全身發軟，連忙向賈玉梅求助。賈玉梅陪她到警局想保釋明明，奇怪的是，警局怎麼不肯讓保釋，說人贓並獲，要立即提出公訴，法官會儘快審理這個案子，甚至不讓她見明明一面。

陳愛玲焦急萬分，賈玉梅勃然大怒：「真是豈有此理！明明這個無辜的孩子怎麼會抓到監獄呢？簡直不可思議！愛玲，妳放心，我立即去找朋友，我會把這個事情弄個清楚的。」

賈玉梅交際甚廣，立即找到她的朋友海倫。海倫在警局做記錄員，是位非常有正義感的姑娘，熱心公益事業，對少數民族移民的遭遇滿懷同情。賈玉梅就是在參加少數民族的啞語社會活動時，認識海倫的，他們還經常一起打網球，幾乎無話不談。

當賈玉梅把明明被抓的經過告訴海倫後，海倫立即覺得事情不太妙，她答應把事情真相弄清楚，她讓賈玉梅轉告陳愛玲：「誰會有心設計陷害一個無辜的孩子呢？我看這個事情不簡單，背後肯定有黑手在操縱，一定要小心，這裏員警都是不好惹的，在沒有把事情弄清楚之前，千萬不要輕舉妄動！」

然而，海倫打探了一整天，也沒有問出個子丑寅卯。賈玉梅只好讓陳愛玲先回家，自己需要回辦公室拿點東西，沒想遇見了張志平。

張志平聽罷十分著急，越發想見到愛玲。他似乎看到她又孤零零陷入滔滔大海，在淒風苦雨中飄零，便迫不及待地去找愛玲。

陳愛玲一個人正害怕、著急，無法入睡。她一會兒想明明怎麼會銷贓呢？是不是對他太疏忽，學壞了，自己都沒察覺？不由深深自責，覺得對不起爸爸媽媽；一會兒又想明明雖然很調皮，其實很懂事，從來不做壞事，不可能學壞的。是不是真如海倫所說，有人在陷害他？又為什麼會陷害他？她百思莫解。白天在百樂門上班，她要竭盡全力保持冷靜，處理公司的業務，下班後的每一個小時都是對她的煎熬，她頭腦中總是出現明明在獄中孤苦無依的情景，而自己連明明的影子都看不到。她越想越心煩，卻是一籌莫展。

張志平到來後，她七上八下的心，才稍覺安穩。

十二

明明的案子很快就要開庭審理了，在這期間，陳愛玲一直想把他保釋出來。一開始，陳愛玲病急亂投醫，自己找了個律師，誰知那個律師非常無能，除了老是喋喋不休地吹噓自己的本事之外，一直強調案情嚴重，明明無論如何無法脫身，希望她接受事實，只要求法官從輕發落。陳愛玲一時還弄不清楚，這律師想幫助她呢，還是想她絕望。在賈玉梅的介紹下，她又請了很有名望的律師克林，專門替明明打這場官司，然而奇怪的是，克林律師還沒有到看守所，明明又被轉到另外一個看守所，好像員警故意和他捉迷藏，不讓明明保釋出來。

待到預審結束，直到開庭前一天，律師克林才見到明明。明明把事情的原委告訴了律師，他怎麼也想不出，為什麼自己會有銷贓的罪名。

明明委屈地說：「我的貨都是從一位朋友那裏批發來的，員警可以去查的，我根本沒有偷東西，也不認識什麼盜竊團夥的！」

律師克林問：「你那副眼鏡是從哪裏來的？」

明明怔住了，突然反應過來：「你是說，那副眼鏡！」

「是的，那副眼鏡有問題！」克林點點頭，說：「員警鑒定，那副眼鏡是前不久一個失竊案裏的一件物品，那場失竊案裏還有更多物品丟失，包括珠寶、現金，因此你要告訴我那副眼鏡是從哪裏來的。」

明明有些驚訝，說：「那天，我剛擺上攤子，一個客人過來，看中了一對蠟燭，非要用他的眼鏡換。」

克林問：「你現在還能找到這個人嗎？」

明明一愣，說：「我真的不知道去哪裏找那個人。當時就覺得那個客人挺奇怪，我貪便宜便做了這筆交易，可是我真不知道這是贓物。」

克林安慰他：「別急，你先說說那人的樣子，我們可以立即去找這個人，你還想想有沒有別的證人？」

明明向克林描述了那位奇怪客人的外貌：「三十多歲，亞裔，身材魁梧，相貌一般，留有稀鬆的落腮鬍。對了，他的手臂上刻有一個刺青，是一隻老鼠，很奇怪的老鼠。我記得特別清楚，那老鼠的頭很大，兩隻門牙很誇張地突出到嘴外，幾乎遮去了半個身子。」

除此之外，明明再也不能提供更多的線索了，也不能提供其他的人證，因為那是個自由市場，往來頻繁，根本沒有人注意到這個奇怪的遊人。

克林告別明明後，把明明說的一切告訴了陳愛玲和張志平。兩人一聽，慌了，也不知道如何去尋找那個奇怪的陌生人。克林律師明確表示，若是能找到那個換眼鏡的客人，對明明的審判非常有利，在庭上和檢方辯論攻防，等於拿到一支強有力的武器，雖不能完全脫罪，但肯定會減輕刑責，哪怕能找到其他在場的證人，事情也好辦；若找不到，明明就比較麻煩，要知道陪審團不會相信明明一面之詞，而檢察官隨便接到員警的控訴就會立案起訴，而某些員警非常熱衷於踐踏他們作為保護法律尊嚴的神聖權利。檢察官就算明知你被冤枉也會千方百計使你入罪，他們將證人的證詞斷章取義，並誘導證人說出不利被告的證詞。各種鬼計層出不窮。法官對檢察官總有無限的包容，在法庭，人權及尊嚴只是被用來作卑鄙勾當的遮羞布。法官認為引人入罪是天公地義的事，如果你是一個好公民，不貪小便宜，就不會被人引誘。明知一支洋燭的價錢抵不上一副名貴眼鏡，為什麼會答應與人交換呢？即使有人設計陷害你，引你入罪，你做了就是犯法，就算你抓到陷害者，你也脫不了關係，你只能請求法官從輕發落，想完全脫罪是絕對不可能的。一旦被判了罪，你就是壞人，判罪就是壞人最好的證明。你若不是壞人，法官就不會判你有罪，所以有罪就是壞人最好的標記，這標記要印在你一生的記錄上，永遠不能抹掉。而法官不會花一分鐘去質問陷害者為什麼要去陷害人，更不要說去懲罰他們，說不定還送他們一張獎狀呢！

陳愛玲和張志平聽了克林的話，心裏涼了半截。陳愛玲想，可能錯怪第一位律師了，原來天天把人權放在嘴上吹得比雷聲還大的美國，這個向全世界標榜以人權治國的國家，人權卻被壞人糟踏得不值一文。陳愛玲難掩失望之情，內心更受熬煎。不過，克林告訴他們，即便如此，還要沒法把元兇找出來，這對明明的審判還是有利的，若天可憐見，將案子改入民事法庭，明明就不會留有底案，否則將來會被社會當成壞人，飽受岐視，前途不堪設想。或若能因此而找到背後的黑手，克林亦懷疑背後有黑手，陳愛玲便可以避免受到更大的傷害。

心情落入谷底，陳愛玲還得硬撐著，她告訴自己，過去多少苦日子都熬過來了，今後還得勇敢面對，什麼好人壞人，人不知道，上帝知道。她一定要與惡人抗爭，絕不低頭。張志平緊緊地握著她的手，她感受到他的溫暖和支持，增加了信心。

兩人一有空就跑到自由市場，逢人便問，有沒有人看到星期天早上和明明進行交易的那個奇怪的遊客。那裏的人都非常流動，甚至沒有人記起明明被捕的事。一連跑了兩天，腳都磨起泡，什麼收穫也沒有。克林律師分析，這是有人故意陷害，根本不可能在自由市場找到這個人，他讓明明仔細想想，最近是否得罪了什麼人，然而明明怎麼也想不起有什麼人要這樣對付他。

開庭的時候，明明又把事情經過原委講了一遍。控方律師說：「試問，世界上有誰會那麼傻，用價值兩百多元的名貴眼鏡換一對價值五元的蠟燭？這都是你的謊言對不對？」

明明堅決否認：「沒有，我沒有撒謊，我說的是真的，那個人真的用他的眼鏡換了我的蠟燭，你們要相信我！」

控方律師不再發問。明明呆呆地站在那裏，無力地說：「我沒有撒謊，我沒有撒謊。」

陳愛玲看到明明委屈的樣子，非常心疼，坐在庭下，不停地掉眼淚。

因為明明沒有找到一個有利的目擊證人，雖然律師克林竭盡全力，多次為明明辯護，甚至把明明學校的成績都拿上法庭做證據，但法官還是判決明明到少年勞教所管教兩年，不准上訴。聽到這個宣判，明明在法庭上不禁大叫：「我冤枉，我冤枉！姐姐，妳救救我，妳救救我，我沒有偷東西！」

看到明明被獄警拉走，心裏一急，陳愛玲暈了過去。

接下來幾天，張志平日夜陪著陳愛玲不停開導。這個打擊對她實在太殘酷，卻又無可奈何。

克林律師對她講了一個故事：「有對中國夫妻，開了一個雜貨店。中國人做生意，一般都是拿現款的。有一次，他們拿了五千塊錢從拉斯維加斯到洛杉磯買貨，結果被員警攔住，要搜查他的車子，搜出那五千元，硬說他們這錢是賣毒品賺來的，要沒收，如果他們不願意被沒收的話，就要控告他們，說他們帶著贓款去買貨，理由是沒有人會帶那麼一大筆現款做買賣的，一般都是用支票和銀行信用卡。無論那夫婦倆怎麼解釋，員警都不理睬。員警對他們明說，要麼五千元沒收，不帶他們回警局，不立案；若是不同意沒收，就帶他們回警局，控告他們私帶贓款。因為員警很清楚，無論他們向任何人提出控訴，檢察官鮮有不立案的，而法官對檢察官總有無限的寬容，因為案子越多，對他們的晉升就越有利。被告人很少會被判無罪的，至於被告人是否被冤枉，他們很少肯花時間去深入調查。一般人都知道，只有被告人有錢請得起好律師，才有機會把案情弄清，洗脫罪名。但那些好律師一般收費之高，不是一般平民百姓負擔得的。和員警抗爭，絕對是一件吃力不討好的事。在審理過程中，他們準會把你折磨得夠嗆，所以一般人寧願把冤屈吞下去，也得避一避員警的虎威。因為打官司要請律師，要繳堂費，計算下來花的錢也不只五千塊，官司輸了，不僅拿不回那五千元，還要罰款，說不定還要坐牢。而且中國人一般怕事，寧願讓員警把那五千元吞掉，也不願招惹他們。」

克林律師還告訴陳愛玲，在拉斯維加斯，員警早已聲名狼藉，為了邀功，經常到自由市場去逮一些他們認為是罪犯的人，只要抓到那些他們認為是可疑的罪犯，哪怕沒有明確的證據，他們也會千方百計地立案。這樣他們就可以有事情做，甚至立功得賞。雖然有時候，他們確實能抓到一些罪犯，但他們為此也做了不少冤案，把一些無辜的人，特別是那些本質不壞、只是一時糊塗犯錯了青年抓起來。

這麼可怕蠻橫的事情，陳愛玲還是第一次聽到，非常憤怒，卻也無可奈何。她仔細分析，覺得這件案子從一開始便撲朔迷離，員警和檢察官好像串同一氣，不讓她接近明明，希望她和律師無法在預審前瞭解全部案情真相找到辨護的證據，令被告律師在審判時措手不及，將明明輕而易舉地判決有罪。這是為什麼？明明只不過是個孩子，從沒和人結怨，為什麼有人要害他？難道真的只是為了升官？如果只是為了這個單純的企圖，也用不著把案子弄到法院去審理，在那兒被告甚至無法在預審前見到家人和律師。不對，這案情不簡單，它的背後是否隱藏著更大的企圖，但這企圖又是什麼？陳愛玲苦思冥想，想不出一個所以然。她越想越怕，越想越迷惘。

十三

陳愛玲因為弟弟的事心煩意亂無暇他顧，便把羅倫介紹給了賈玉梅，並托賈玉梅代自己幫助羅倫找出裘蒂自殺的真相。賈玉梅慨然允諾。

賈玉梅來到百樂門酒吧坐在吳非對面的酒廊，叫了杯可口可樂。她和陳愛玲同為百樂門的當家花旦，二人的容貌和風采不相上下。吳非有點納悶，一向忙個不停的賈玉梅為何這麼有空閒？賈玉梅似乎看穿了吳非的心思。故意笑眯眯地逗他：「喂，吳非，我一個人好悶，你也不來打個招呼。」

吳非更加迷糊起來，他素知這小妮子雖然待人和氣，但等閒也不輕意和人說話，今天好像轉了性，但吳非也不敢亂了分寸，說：「今天什麼風把妳吹來了。」

「吳大哥——」玉梅溫柔地叫了一聲，擠擠媚眼，一下子把吳非弄得飄飄然起來，心想這小妮子今天古怪得很，不知胡蘆裏賣什麼藥。沒等他出聲，賈玉梅說：「你記得以前有位叫裘蒂的客人嗎？好久沒見她來了，掛念著她呢？」

「當然記得，一位美麗高貴的姑娘！我也好久沒見她了，聽說她輸了很多錢呢。」

「她常和朋友一起來飲酒嗎？」

「不，她多半一個人來。不，最後一次，她好像遇到一個熟人。不，她們不可能是朋友，不像同一類的人！」

「哦，那又是什麼人呢？」

「那人我認識，就是安德魯的舊情婦蘇玫。」

賈玉梅故作驚訝：「那就奇了，裘蒂怎麼會認識這種人，八成是你看走眼了！」

「我看得很清楚。」吳非神秘地笑笑：「老實告訴妳，每回那裘蒂來這裏，我都是很留意的。那蘇玫啊，一看就令人噁心，那回好像是蘇玫故意與裘蒂攀交情的，那晚裘蒂喝得半醉，不久，兩人一起走了，我覺得挺怪的，像裘蒂那麼好的姑娘，怎麼會和蘇玫這種女人走在一起呢？所以記得很清楚。」

「是最後一次見到她麼？」

「對，以後就不見裘蒂再來過。」

「那是什麼時候呢？」

「大概也有一兩個月了，我也記不清了。妳問她幹嘛？沒有什麼事吧？」

「沒什麼，隨便問問而已。」賈玉梅的心涼了半截。

賈玉梅陪羅倫坐在湯瑪斯偵探社辦公室的園桌旁。湯瑪斯的朋友已經從羅倫提供的照片中證實，那些偷拍的照片中的女人是裘蒂無疑，而男的很可能就是安德魯。賈玉梅從吳非哪裏獲得的資料亦間接說明蘇玫串通安德魯作案。依湯瑪斯的分析，那晚極可能蘇玫暗中在裘蒂酒中放了催情藥物，然後在裘蒂半昏半醒的情況下帶入旅館房間，安德魯乘裘蒂迷失本性和她發生關係，蘇玫在旁拍下照片，再串通財務公司利用照片勒索裘蒂。裘蒂為保顏面和婚姻，被迫將全部存款交出，甚至將房子抵押給財務公司才將照片連底片取回，但後來發現不幸懷了孕，走投無路而自殺。

羅倫這才明白，何以裘蒂在遺書中沒有提及孩子的事。賈玉梅也解開了疑惑：裘蒂為什麼只輸了一點錢就走上絕路。她從百樂門裘蒂的戶口紀錄中查出，除了本人初次帶來的一萬元現款輸掉之外，她的戶口記錄中，只輸了五萬元，而這筆欠款，也根本沒有還，可能所有存款來不及還債就被人騙光了。

羅倫面色鐵青，兩耳嗡嗡作響，心臟如被刀捅了一下，雙手互握得骨節格格響，忿忿地叫道：難道這個世界上真沒有地獄，這些壞蛋們就不怕死後被蛇咬，我就不相信他們能一輩子逃得出法律的裁判。

湯瑪斯拍拍羅倫的肩膀，讓他安定情緒，低聲說：「親愛的朋友，請你相信我真誠的好意，可能你覺得整件事又荒唐又離奇，但在這個光怪陸離的城市，卻是司空見慣的事。你可以把這些人當作毒蛇猛虎，或者是瘋子，但他們卻不是蠢才。現在我們還只有間接的證據和推理，缺乏實質性的材料。要想辦法把證據從安德魯或蘇玫身上套出來。這不是件容易的事。安德魯整天作奸犯料，狡滑得像條蛇，也許先從蘇玫處入手比較有希望，這女人貪心膚淺，容易上鉤。」

湯瑪斯問賈玉梅安德魯和蘇玫是否還在一起。賈玉梅說，自從安德魯破產之後，那個女人就跑了。後來安德魯在百樂門當了總經理，他們又在一處，安德魯被開除，她又跑了，不知為什麼沒多久，又回來了。看來他們在裘蒂身土弄了不少錢。湯瑪斯讓賈玉梅先穩住那個女人。他相信，終有一天他們會落網的，飛不到天上去！

賈玉梅沒有為湯瑪斯自信的話感到輕鬆。陳愛玲和羅倫的事，好像兩座山壓在她的肩上，陳愛玲有張志平在身邊支持著，羅倫卻是孤家寡人。被羅倫一臉茫然悲痛的神情感染，她也好像被包裹在陰慘的愁雲裏。

十四

為了疏解陳愛玲胸中的苦悶，賈玉梅建議陳愛玲和張志平同去自己的湖畔別墅度週末。

出身上海知名大學的賈玉梅，到美國後在百樂門找到工作，並於較短時間從助理秘書晉升為經理及客戶主任。她聰慧過人，知識廣博，具有較深的藝術修養，在同客人們交談時，常有獨到的見解，令人尊敬和喜愛。

投資房地產賺了錢，賈玉梅用它購買了拉斯維加斯郊外的一套住房。美麗的義大利式建築，半月形的拉斯維加斯湖，藍天邈遠，彩雲輕揚。風景雖美，卻不能慰藉陳愛玲的憂傷。她靠在一棵楊樹下，盯著月亮出神，想起遙遠的家鄉，想起臨別的前夜，母親眼淚汪汪地把明明交給自己，叮囑無論將來處境多麼艱難，一定要把明明帶好，好好地培養他，讓他成才。她那時還以為媽媽不久就會來美國與他們團聚，一口承諾，未曾想過自己能否有力量扛起這份重擔。當然，即使媽媽不囑託，照顧好弟弟，當姐姐的也責無旁貸。

見陳愛玲對著月亮出神，賈玉梅走到她身邊，拉起她的手說：愛玲，外面寒氣很重，還是進屋子吧。

賈玉梅的別墅佈置得非常精緻高雅。白色地毯，紅桃木傢俱，淡黃色輕紗窗簾，碧玉花瓶上的玫瑰花飄香，客廳牆壁上掛著一幅齊白石的畫，雖然不是真品，畫裏的蝦卻也憨態可掬，活靈神現。

陳愛玲在餐廳坐下，看到熟悉的中國茶和碗筷，想起小時候跟爸爸媽媽坐在一起的情景，又禁不住暗自神傷。

賈玉梅緊摟著陳愛玲的肩頭，顛過來倒過去地說著安慰話。張志平也竭力勸慰：「愛玲，命運在我們手上，明明有妳這樣愛護他的姐姐，將來一定會成為很出色的人」。賈玉梅說：「明明這次受了很大的委屈，對他的一生來說，只是個小挫折，說不定成為他日後發奮圖強的動力。妳放心，我們一定會幫助妳，讓我們攜手共度難關。」

陳愛玲非常感動，溫馨的友誼讓她的心情好了一些。晚飯後，賈玉梅和張志平拉著她的手，把她送進客房，張志平特別留下來，緊緊握著她的手陪在身邊。

過了一會兒，他見陳愛玲有些累了，告辭回到自己的房間。陳愛玲躺在床上，不禁又悲從中來，想起多年來那些無法成眠的漫漫長夜，對奶奶、父母親和愛麗絲那種痛徹心腑的思念，陰陽相隔，那麼遙遠，無可企及，閉上眼可以見到，睜開眼卻一片茫然，那是怎麼樣的造物安排！朦朧中她看到媽媽躺在床上，接著又是愛麗絲躺在醫院病床上，她們都對她說：照顧好明明照顧好明明……

陳愛玲覺得自己被關在一個沒有光的黑匣子裏，被人激烈的敲打搖晃，驚恐地不停喊：媽媽！媽媽！

張志平剛剛躺下，突然聽到陳愛玲在房間裏哭鬧，連忙跑過去。原來她又在做噩夢，發夢魘，連忙搖醒她：「愛玲，愛玲，別怕，別怕！有我在！」

被搖醒的陳愛玲，見張志平在身邊，這才知道剛才自己是在做夢，一把抱著他哭了起來。他在她耳邊輕輕說：「可憐的愛玲，妳要變得堅強！我們都得學會如何承受生離死別的痛苦，那是每個人都得面對、無法逃避的痛若！我知道自己是一個沒用的人，但在我的心裏，妳就是我的一切，為了妳，為了妳所愛的人，我什麼都願意做。」陳愛玲深情地看著他幽幽地說：「我相信你，謝謝你安慰我。」為使她安心，他留了下來，兩人相擁而臥。

從賈玉梅的別墅度假回來之後，陳愛玲的心情好多了，她知道自己不能倒下，還要繼續堅持上班，為明明打官司花了不少的錢，現在更得努力掙錢。

讓她感到幸運的是，有玉梅這樣的好朋友，現在又有了個理想的愛人。自從明明出事後，張志平一直陪伴在她身邊。她越來越離不開他了，張志平成為她生活的慰籍，精神的支柱，只要聽到他的琴聲，一切煩擾就會被驅散。只要有空，她就會去他上班的酒吧坐坐，聽他彈琴。看到她來了，他便彈得格外投入。

轉眼到了除夕。每年除夕賭場都要舉行盛大的晚會，所有員工在這天可以不穿制服上班，參加晚會隨意喝酒，很多女孩子穿得離奇古怪，在年尾最後一分鐘，爬上賭台，脫下衣服，露出內褲，有的甚至脫掉上衣大秀身材，博得觀眾的各種怪叫聲和口哨聲。

新年過後，又開始了上班的日子。陳愛玲陪完客人，在辦公室處理完一些事務後，習慣性地朝張志平上班的酒吧走去。遠遠地，她就聽到了充滿激情的琴聲。像張志平這樣有才華的人，埋沒在賭場太可惜了，無論如何也要想辦法闖出來，不能讓他在這裏無謂地虛耗一輩子。

陳愛玲正想著心事，突然電話叫響，是總裁威廉打來的，百樂門來了幾位很重要的客人，威廉讓她過去看一下，看他們有什麼服務需要提供的。

她立刻將進酒吧的腳步改轉賭場的貴賓廳，進門看見五位衣著講究的高貴客人，兩男三女，每人面前擺著一大堆一千塊五千塊一萬塊的籌碼，其中一位中年女子，相貌端莊，舉止優雅。陳愛玲對著她微笑點點頭，她也優雅地朝陳愛玲報之一笑。陳愛玲見她從臺上拿起一個五千塊的籌碼，押莊家，牌翻開後，她輸掉了，又把五千塊的籌碼壓在莊家上，結果又輸掉了。不到幾分鐘，她就接連輸了四萬塊，但她臉上，絕無絲毫不悅神情。接下來第五把，她又把一萬塊籌碼壓莊家，這一把她贏了。然而無論輸贏，她的臉上始終保持著微笑，一點也看不出她內心的憂喜。

同這位中年女子同桌的另外兩男兩女，看起來像是兩對夫妻，他們賭得也很大，每次出手都是幾萬塊錢一注，有時壓莊家有時壓閑家，兩個女人常常打和，打和就是兩邊點數一樣，所以兩人基本是一盤錢的賭注。陳愛玲從這五個人的臉上都看不出贏輸，仿佛戴了面具，毫無表情，唯一可以看得出來的是他們並不在乎輸贏，尤其是朝陳愛玲微笑的那個中年女人，只說英文，眼睛只看牌桌，從來不看別的客人，她等客人全部下注後，才輕輕下注。看起來她是獨自來的，與另外兩對夫妻沒關係。一般都是女人陪著男人來賭，很少一個女人來賭的。她是什麼人呢？陳愛玲不免奇怪。

大約十分鐘過去，陳愛玲一直靜靜地看著這些人玩牌，他們沒有一個人注意她。一般說來，她的工作只是靜靜地看著客人賭錢，從來不會騷擾也不會和客人說話，除非客人有需要的時候，向她招呼，她才會走過去問他們需要什麼幫助。一般情況下，出手闊綽的賭客她是知道的，這幾個人好像從來沒有見過。

她走到櫃檯上檢查電腦，查看這幾位客人是怎樣拿的籌碼，結果發現那兩對夫婦在賭場已經申請了帳戶，說明他們是賭場裏的常客。單獨女子好像是第一次來，用現款買的籌碼。奇怪的是，一般買那麼多籌碼的人都會申請賭場的帳戶，因為用帳戶的話，在賭場可以得到很多優惠，其中包括免費住宿、免費機票以及各種各樣的優惠，為什麼這個女子不在乎這種優惠？

她走回賭台，又觀察他們二十多分鐘，她更驚奇地發現，她根本不會賭錢，是亂押的，她好像連想都沒想，隨便把籌碼往莊或閑一放，對輸贏都顯得無動於衷，一副不在乎的樣子。等到發牌員重新洗牌的時候，她走到中年女人的身旁問，可否需要服務？女子抬頭向她微笑，並自報家世說名叫莫妮卡，來自香港，第一次到賭場觀光。陳愛玲接著問她是否一個人來的，她得到了肯定的回答。莫妮卡還主動告訴她，自己在三藩市有一套房子，偶然到那裏住住，很少來賭場。

陳愛玲說：「需不需要在賭場開個帳戶？有了帳戶可以享受各種各樣的優惠，包括機票、食宿，觀看表演等。妳不是從香港來的嗎？請妳把飛機票給我，可以為妳報銷的。」

莫妮卡說：「不必要了，我來這裏是為公事，不是專門來賭錢的，我的公司不希望我來這裏賭錢，我賭錢的事，希望妳保守秘密好嗎？至於什麼優惠不優惠的，我不在乎的，謝謝妳的好意。」

陳愛玲說：「請放心，所有客人的資料我們都會保密的。是否開戶口一切都隨意。」

莫妮卡說：「小姐妳精明能幹，能和妳交上朋友是我的榮幸，如果有什麼需要，我會和妳聯繫的。」

「歡迎！那我就不打擾妳玩牌了，有什麼需要我做的，請隨時找我。」陳愛玲說完遞上自己的一張名片，在賭桌前稍站，見無事可做，便退出百家樂房回到辦公室。

十五

自從安德魯破產之後，蘇玫便離他而去。後來安德魯在百樂門當了總經理，他們又在一處，安德魯被開除，她又跑了，不知為什麼沒多久，又回來了。

賈玉梅把蘇玫約在拉斯維加斯大道米高梅大賭場旁一間豪華的西餐廳。蘇玫滿腹狐疑，弄不清賈玉梅這個百樂門的大紅人，為何突然要約見她這個窮愁潦倒的失意人。二人向無往來啊。賈玉梅非常熱情，斟茶倒酒，頻頻舉杯勸飲，好像招待久別重逢的老朋友。她突然神秘兮兮地把頭湊近蘇玫，咬耳輕語：「蘇玫，許久不見了，近來可好？」

蘇玫覺得好笑，只不過很普通的一句問候，用得著這個樣子，抿嘴笑答；「還好，當然和妳比就差遠了。」

賈玉梅突然沈默，漸漸眼圈有點紅。蘇玫見狀，大惑不解，問她發生了什麼事。賈玉梅長歎一聲，反問蘇玫，近來是否還和安德魯在一起，兩人還是那麼親密？賈玉梅誇獎蘇玫有本事，把個安德魯弄得服服貼貼的，感歎自己無能，連男朋友也保不住。

蘇玫不聽猶可，聽了不禁粗聲大罵：「什麼男朋友，見鬼去罷，有錢的時候是好老公，好情人！錢輸光了，就飲醉酒打人，恨不得妳去找男人睡覺，弄錢讓他使！所以我說男人都靠不住，還是身邊的鈔票比什麼都親！」

賈玉梅偷偷看她的手，故作驚訝地問：「妳不是結婚了嗎？怎麼沒戴戒指？」

蘇玫不屑地說：「結婚戒指是圈套，替這窮光蛋戴戒指，老娘才不希罕！」

賈玉梅不想再胡扯下去，轉彎抹角把她引回正題：「我說呢，還是妳有本事，妳不要看我在公司風風光光的，在家裏可受盡娘的氣！說什麼世上最好的差事，是在家做少奶奶，自古男人賺錢，女子花錢，是天經地義的事。本來嘛，我以為找到一個金飯碗啦，現在卻被人搶走了！」說著說著，賈玉梅不禁眼睛紅了起來，一臉委屈的樣下。

蘇玫噗哧一下笑了起來，心想天下間竟有這麼純情的傻爪

「沒聽說妳交男朋友啊。」賈玉梅說，是新交的。那個男人自稱是香港千萬富翁的大少，樣子老實憨厚，不料卻是個喜新厭舊的花心蘿蔔，不到三個月，便跳到另外一個女人的床上了。賈玉梅說著落下淚來。蘇玫見狀，覺得十分好笑又可氣。好笑的是像賈玉梅這麼冰雪聰明的人，竟然也會被男人騙；可氣的是，天下怎麼儘是像安德魯這樣壞心肝的東西。賈玉梅說，她今天所以約蘇玫，就是希望向她討計，懲罰那個花心蘿蔔，出口惡氣。

蘇玫對賈玉梅出不出惡氣不感興趣，她只關心那個男人新傍上的女人是否有錢。賈玉梅說那個女人年紀不輕，樣貌平平，比東施強不了多少。「東施？」見蘇玫不懂，賈玉梅便給她講了東施效顰的成語。

蘇玫聽罷，面露貪婪，哈哈大笑：「這麼看來，她一定是個富婆了。我們的機會來了。」賈玉梅不解「何來機會？」蘇玫笑得更兇，掰著指頭算計了一番，湊到賈玉梅耳邊：「一百乘一千是

多少？十萬吧？我如果幫妳教訓他，這個數，就是我的報酬。妳幹不幹？」賈玉梅表示願意，只是湊不出那麼多的錢給她。蘇玫笑罵她真是笨到家了「錢哪裏用妳出，不但不用妳出，妳還能掙到錢哩。」賈玉梅說只要替她出了氣，她一分錢也不要，全給蘇玫。蘇玫半信半疑地盯著她，她再次保證，自己志不在錢。好奇地問，蘇玫用什麼辦法做這件事。

第一步先接近那個女人。蘇玫想都沒想就說出了辦法：「打個電話給她，說妳的男朋友有新情婦了。妳若想知道，我可以告訴妳。然後約她到一個酒吧見面。還怕她不來？」

「來了又怎樣？難道把她吃掉不成？」

蘇玫放低聲音：「等她來了，找個機會在她的飲料裏放下催情藥……」

「催情藥？」賈玉梅一驚一咋地睜大了眼睛。蘇玫趕緊悟住玉梅的嘴，示意她小聲點，提防隔牆有耳：「這可是靈丹妙藥，喝下去，她就軟了，管她是王母娘娘還是觀音菩薩，轉眼就成了潘金蓮！」賈玉梅笑她歡牛，問她是不是自己試過。蘇玫得意地說，自己是天生的潘金蓮，要誰，誰來，用不著那玩意兒。

賈玉梅暗自鬆了口氣，湯瑪斯真的料事如神，看來裘蒂就是這麼上的圈套，這頓西餐算沒白請。她佯裝高興，挺出拇指：「好主意，錢妳拿，我只要出口氣就成！」

「妳比那死人好多了，他還要八成哩。」蘇玫說的死人是安德魯。她和安德魯合夥害人後，八成利潤被安德魯吞掉。賈玉梅故作驚訝：「妳和安德魯那麼好，他怎麼能欺負妳，沾妳的便宜呢。」

「好個屁！安德魯只認錢不認人，他的做人哲學就是錢的哲學，他以前在百樂門做總經理，本來有一個姓範的副總，又能幹又聰明，可惜為人太正直，不肯夥同他騙公司和客人的錢，結果被他反告貪錢被公司開除，連帶老婆也失了業，迫得人家走投無路，差點要去自殺，後來他找到一個叫李昂的經理，替他出面給客人拉皮條，還想把我也拉進去，說我風騷身材好，一晚可以撈幾千。不要臉的東西，人常翻臉無情……」蘇玫還想說什麼，突然把話咽了下去。賈玉梅也不便多問，擔心言多語失，露出馬腳。便告訴蘇枚，約了客人，先走一步，改天再找她具體商量。

結賬時，賈玉梅故意多付了小費，一百美元給了服務員。蘇玫見她如此闊綽，決心要交這個朋友。又擔心她以為自己吹牛，被放鴿子，便把賈玉梅拉到一個角落，湊近她耳邊低聲說：「妳記得以前百樂門有一個很漂亮的女賭客嗎？」

賈玉梅心頭一震，卻故作漠然：「漂亮賭客多著哩，我怎會記得？」

「那個叫裘蒂的女孩呀。安德魯看上了她，想勾引人家，碰了個大釘子。但他不死心，背後盯著裘蒂，趁裘蒂把錢輸光，假稱可以借錢給她翻本，那女孩不懂事，落入他的圈套。安德魯千方百計，就是不能把她弄到手，後來和我商量，給她用了催情藥，終於把她弄上床，還拍了照，逼得那女孩交出所有存款，還把房子底押給財務公司。我把得來的錢全交給安德魯，說好賺了錢平分，他卻只給了二成。總有一天我會和他算清這筆帳！」

賈王梅大喜過望，卻仍不動神色，故意問：「妳是說故事吧？我不信，哪能真發生這種事，除非妳把照片拿來給我看。」

「照片給那女孩買回去了。」

「底片呢？」

「一併給她了。」

賈玉梅佯作惋惜，說：「怎麼那麼蠢，留住底片不是等於一張長期飯票，予取予求嗎？」

蘇玫道：「妳比我還厲害呢。故事都講給妳聽了，還報不報仇？」

「報！怎麼不報！我們再電話聯繫。」說完，賈玉梅輕鬆地向蘇玫揮了揮手離去，直接找羅倫。

當羅倫得知賈玉梅瞭解到的這些情況後，如萬箭穿心。賈玉梅氣憤地說：「裘蒂的死，安德魯難辭其咎，安德魯沒殺裘蒂，裘蒂卻因他而死。她主張控告安德魯和蘇玫。」

不明真相的時候，羅倫一心要把陷害裘蒂的惡人送上法庭；當瞭解了全過程後，他反而猶豫起來。裘蒂沒把被迷奸成孕的事寫上遺書，顯然是為了顧全她和丈夫的聲譽。假若依賈玉梅的建議和自己當初的想法，去控告安德魯和蘇玫，鬧到法庭上，很快就會沸沸揚揚滿城風雨，裘蒂和自己將成為大眾茶餘飯後遺興的談資。裘蒂人已死，再無生還的可能，何必翻出老底被人指指戳戳；但若不把兩個壞蛋繩之以法，對不起裘蒂，自己的良心難安，而且不把壞人壞事揭露出來，他們以後還會害人。

羅倫再次陷入深深的矛盾中。

十六

陳愛玲離開百家樂貴賓室，回到自己辦公室不到二十分鐘，電話就響了。原來是莫妮卡打來的。她在電話裏告訴陳愛玲，一個人很無聊，是否願意陪她喝點酒聊聊天。

這類事是陳愛玲的份內工作，她毫不猶豫地應承下來。兩人約定在法國餐館裏的貴賓房。

陳愛玲到了約定地方，莫妮卡早已經等候在那裏。剛落座，莫妮卡便拿出一萬塊錢的籌碼給她，說：「我贏了不少錢，這是給妳的，希望妳能接受。」

「對不起，我不能接受客人的小費，雖然這個籌碼抵得上我幾個月的薪水，但我還是不能接受，謝謝妳的好意。」愛玲禮貌地拒絕了。

莫妮卡有些吃驚，說：「我走遍了所有的賭場，還沒有看見過賭場裏的經理拒絕收小費的，妳真讓人吃驚！」

陳愛玲說：「哪裏，哪裏，我只是履行我的職責罷了。我的職責是不允許我收小費，希望妳多包涵。」

莫妮卡說：「聽說如果我輸了錢，妳可以向妳們公司提成的，是真的嗎？」

愛玲說：「如果妳開帳戶，公司會考慮退回部份妳輸的錢，大概百分之五到十，數目越大退得越多，還有包括妳的機票、房間、及其他一切費用。」

莫妮卡卻說：「我說過我不想我的公司和家人知道我賭錢，我只希望妳能從我身上拿到一筆錢，既然妳不拿我的小費，那麼通過我，我意思是說，如果我開帳戶，我應得的錢全歸妳，還有妳的提成，這總可以吧？」

愛玲感到不可思議，說：「提成是給公關的，我是總經理，按公司規定，是不能拿客人的錢的。」

莫妮卡說：「如果我不說出來，又有誰知道呢？」

愛玲不悅：「對不起，我不做見不得光的事！」

莫妮卡哈哈一笑：「妳陪我吃一頓飯總可以吧？」

「陪客人吃飯是我的職責，很樂意為妳效勞，這是我的榮幸。」愛玲也笑了。

兩人邊吃邊繼續聊天。莫妮卡告訴陳愛玲，她出生在一個豪華的家庭，有三個姐妹，丈夫是做出口貿易的，她幫助他打理全球的生意，尤其是亞洲的生意。他們在香港、澳門、義大利、日本、韓國、新加坡、馬來西亞都有很大的生意。丈夫太忙，沒有辦法陪她到處玩，只好自己一個人出去玩，在三藩市有一套很大的房子，希望陳愛玲有空去玩，她會好好招待……

陳愛玲禮貌地聽著，忍不住嘀咕犯疑：為什麼第一次見面的客人就這麼熱情，還向她講了這麼多家事？但她怎麼也看不出莫妮卡有什麼惡意。不過有一點，莫妮卡整晚都在說她家是做生意的，到底是做的什麼生意，卻一句也沒有說。當然，陳愛玲也不會問，因為賭場不允許打聽客人的事情。

飯後，莫妮卡推說很累不再去賭錢，希望以後有緣與陳愛玲再見。陳愛玲表示願意長期為她服務，讓她有賓至如歸之感。她想莫妮卡這樣的豪客，一定入住貴賓房。不料莫妮卡竟住在普通客房。陳愛玲覺得她有資格住總統套房，要幫他調換，莫妮卡急忙阻攔，說不必了，房子太大，會讓她感覺空虛。不過，假若陳愛玲肯陪她住，倒可以考慮。

陳愛玲面露難色，說：「這事恐怕我很難從命，我們規定是不允許到客人房間裏去，如果妳別的地方還需要我，我會盡力。」

莫妮卡盯著陳愛玲的臉看了一會兒，笑了起來，說：「妳看我真是不懂事，把妳這位公司的高級職員請到房間裏來，太不成體統了，我太冒昧了。」

陳愛玲說：「哪裏，能有機會認識妳這位高貴的客人，是我極大的榮幸呢。」她覺得莫妮卡有點神秘有點奇怪，不像個簡單人物。是婚姻出了毛病，獨自出來發洩？還是有其他特別的什麼原因？

愛玲好奇地問：「我曾仔細觀察妳打百家樂，妳好像不大留心，隨便亂押似的，妳真是喜歡百家樂嗎？」

莫妮卡心裏一震，不想這女孩觀人入微，絕不能掉以輕心，故而輕描淡寫地說：「其實亂押就有語病，因為百家樂是沒有規律的，出牌完全是不能計算的，又有誰能知道下一張牌是什麼呢？隨便亂押就行了。」

愛玲想想她說得也對，其實她對賭錢技巧也是一知半解的。

莫妮卡問：「我有一個夏威夷來的朋友，作買賣冰生意的，帶了很多十元廿元的細碼鈔票，攜帶很不方便，他說可以用一〇五的細鈔換妳一百元的大鈔，越多越好，不知妳有沒有興趣？」

愛玲覺得好笑：「他何不把錢放進銀行？」

「他交易很快，放銀行不方便。」

愛玲不懂，但亦無意再深究下去，只簡單地說：「我沒錢，也沒有興趣。」

莫妮卡好像突然想起什麼似的，輕鬆地對陳愛玲說：「我真糊塗，幾乎忘了問妳，我的一個墨西哥朋友，是皇室後裔，作賣冰生意賺了一大筆錢，想在賭城投資，妳在這裏人面廣，不知可否從仲介紹一下，他說可以給妳一成的仲介費，比妳在賭場打工強多了，意下如何？」

陳愛玲聽罷，心裏有氣，卻又不能無禮，強裝笑臉，卻斬釘切鐵地回絕說：「對不起，我只想安分守己做好工作。請妳以後不要對我談別的事情。說罷，告辭而去。」

但她做夢也不會想到，其實這個莫妮卡是警察局派來的臥底。

新年除夕之夜，賭場發牌員金賽在盥洗室吸毒過量死去，引起了上級的震怒。這已經不是第一次在賭場發現毒品。還發現賭場有洗黑錢的跡象。賭場比較複雜，一直找不到毒品的來源和洗黑錢的證據。警察局決心好好整頓一下賭場。密爾頓警長決定主動出擊，於是派莫妮卡來臥底，誘使毒販子上鉤。

根據線民安德魯提供的線索，毒品很可能是由總經理陳愛玲提供的，因此先把目標瞄準了她。莫妮卡扮演成一個富婆，想誘使陳愛玲吸毒洗黑錢。然而莫妮卡和陳愛玲接觸後，發現她很難上當。莫妮卡覺得，陳愛玲一點都不像安德魯說得那麼壞。她想，這個陳愛玲要麼是個單純無邪的人，要麼就是個老奸巨滑的慣犯。她覺得陳愛玲更像是前者。如果她真是一個善良純真的人，那我們的計畫豈不太歹毒了！莫妮卡對自己的任務突然生出些厭惡感。回到房間，拿起手機，她給密爾頓電話，告訴他陳愛玲不上釣：「她跟本不知冰為何物，別想她會入我房間吸我帶來的毒品，她連房間也遵循公司規定不肯上來，房間的錄影機是白設了，我看你們是找錯人了。」

「那是賭場前總經理安德魯提供的線索，假不了！」

「我怕萬一我們真的找錯人，引誘她洗錢吸毒，萬一她貪小便宜、或意志薄弱，上了我們的當，我們豈不把好人做成壞人，卻放走了真正的壞人？」

「你什麼時候變得這麼婆婆媽媽的，只見幾次面就把她當作好人。不成，我非要你再在她身上下點功夫，證明她犯案，用什麼方法都成！」密爾頓不等莫妮卡回答，就把電話掛上。

其實，陳愛玲也對莫妮卡產生了懷疑，她的談話有很多漏洞。自己和她可以說是素昧平生，她為什麼把那麼多的家事甚至隱私告訴自己，還雜七拉八的盡講些毫不相關的事情。陳愛玲甚至對她的身份也有疑問。但賭場的紀律不允許過問客人的事。陳愛玲便把她置之腦後。

回到辦公室，她看了看錶，已近淩晨四點，張志平鋼琴伴奏差不多結束了。她原本有件事想告訴他，現在看來再無必要。幾天前她碰到從印尼來的一個賭客，他和陳愛玲在咖啡廳酒吧喝酒的時候，無意中聽到了張志平彈的琴聲，隨口說了句：「可惜，這麼高的水平，被埋沒在這裏做賣藝的。」

這句話正好擊中了陳愛玲的心事，說：「那位鋼琴師只是暫時落魄在這裏，其實他一直想辦一個音樂學校的。」

誰知那位印尼客人聽到這句話，興趣大起，問：「是不是沒有錢呀？我一直想投資學校，妳能替我問問那位鋼琴師，是否願意替我辦一個音樂學校？」

陳愛玲喜出望外，一口答應。印尼客人因為有事，第二天就走了，讓陳愛玲等他的電話，商量如何合作。

這幾天她一直在等那位印尼客人的電話，卻始終沒有任何消息，也許他只是嘴巴講講而已，並沒有真心幫忙的意思，自己怎麼還這麼幼稚，希望依靠別人呢，還是好好依靠自己的力量，老老實實過日子吧。

這樣一想，她便把這件事情拋在了腦後。但張志平這麼一個有才華的人，怎能總窩在賭場的一個酒吧里彈琴呢？而且還是為客人免費演奏，常常得不到應有的獎賞和尊重。她為張志平感到委屈和不值。

和張志平相處以來，她知道張志平是一個清高驕傲的人，絕不會低聲下氣求人，這種性格在拉斯維加斯是吃不開的。在拉斯維加斯，物理博士作發牌員，妙齡女郎為擁有汽車洋房賣淫。拉斯維加斯是用金錢堆起來的，不少人都是金錢的奴隸，為發財不擇手段。

陳愛玲下班路過百樂門貴賓房時，看見那兩對夫婦還在賭錢。她看了看錶，他們已賭了十七八個小時，不知是輸是贏？

抱著好奇心，也出於禮貌，她走進貴賓房和他們打招呼，他們眼睛都紅了，看起來每個人都輸了不少錢。那兩個男人露出很不耐煩的表情，對著發牌員，大聲嚎叫：「快一點，為什麼這麼慢，看妳發牌的樣子，就是一個不熟練的發牌員！」

發牌員是個金髮白種女郎，二十來歲，面對兩個粗暴的客人，大氣不敢吭，連忙說：「對不起，對不起，我會快點的。」

兩位女客中的一位，連眼皮都睜不開了，把錢壓在賭桌上後，就立即把頭趴下，在賭臺上睡覺。陳愛玲知道，有一些客人賭得輸急了，怎麼也不肯罷手。除非把他抬出去，否則是不會離開座位的。明明累得已經不能撐下去了，還要賭，有時讓站在台旁的服務人員代勞，無論輸贏都算他們的。她曾見一個客人，昏天黑地賭了三天三夜，吃飯喝水都在賭臺上，連上洗手間的一分鐘都不放過賭錢的機會。還有一個客人，賭了七天七夜，把家裏的生意都輸光了，把房子也輸掉了，從一個千萬富婆變得一貧如洗，結果丈夫和兒子都離她而去。她便一天到晚在賭場轉來轉去，到處向人家借錢，最後被趕出賭場，不准進門。她也見過把命都賠上的賭客。

在百樂門賭錢，贏錢有百分之四十九的概率，如果你是莊家，贏錢的時候賭場還要扣下百分之五，只有閑家贏錢的時候才不扣。但就是那百分之一的概率，也足夠令賭場把客人的錢全部贏去。因為賭場的錢是無限的，客人的錢有限的。客人賭一百次，賭場就得贏五十一次。幾天下來，你就是有再多的錢也不夠賠進去。雖然許多輸光的賭徒都對這種概率表示理解，因為他們知道賭場的利潤絕對不止百分之一，但他們仍然希望能靠運氣贏到大筆錢，他們以為自己有很高的賭技，所以在賭場不停往返，結果卻輸得越來越多。

第二天，莫妮卡打電話告訴陳愛玲，說她有一筆不小數目的錢要從香港彙到拉斯維加斯，想在拉斯維加斯做一些業務，必要時還想開一家分公司，她希望陳愛玲能幫她把錢存下來，順便也可以用這個戶口賭賭錢。

陳愛玲回答說，這個事情她不能作主，她要請示公司的總裁威廉。她向總裁威廉彙報了有關莫妮卡的一切，威廉也覺得非常可疑，他調查了一下莫妮卡提供的資料，發現香港根本沒有莫妮卡所說的那家公司，提醒她，對這位客人和她的公司要小心點。

聽了威廉的話，陳愛玲立即給莫妮卡打電話，把公司的決定告訴她。她在電話裏對莫妮卡說：「很抱歉，我很難幫妳，我們賭場的工作原則是不允許這樣做的。我已經向我們總裁彙報了，他不同意把錢存入賭場。」

莫妮卡聽後，覺得自己想的沒錯，陳愛玲確實是一個很老實本份的人，她還想再試探試探一下，說：「愛玲，妳可以為我想想別的辦法嗎？如果妳能幫我把這個事情辦好的話，我可以給妳一百萬作為回扣的。」

陳愛玲十分不高興：這個女人果然很可疑，看樣子她接近自己是有目的的，對她真的要小心。不過，她在電話裏沒有表露出半點的不高興，只是十分有禮貌地拒絕，說：「十分抱歉，莫妮卡，我的工作只是安排客人食宿及機票等雜務，沒有那個能力幫客人把錢運到賭場來。」

莫妮卡佯裝掃興和無奈：「好吧，愛玲，我不勉強妳。」其實，她非常高興，覺得自己真的沒有看錯，這個陳愛玲不是壞人。但為了完成警局安排的任務，莫妮卡不得不繼續試探陳愛玲。

她又給陳愛玲打電話，希望陳愛玲能帶她出去買點名貴的衣服手錶之類的東西。這種事情愛玲經常為客人做，幾乎是責無旁貸。她雖然知道莫妮卡肯定別有用心，卻無法拒絕，只好利用休閒的時間，陪莫妮卡到拉斯維加斯最有名的珠寶店，看了不少的首飾。莫妮卡不只一次要送名貴的首飾給她，都被陳愛玲拒絕了。她知道，無論如何都不能接受莫妮卡的禮物，一旦接受，很難拒絕為她辦事，陷入她的圈套，為她利用；即使莫尼卡沒有什麼不良企圖，她也不會無端受禮，若然，她的行為和被公司開除的李昂和安德魯們又有什麼區別！她會看不起自己。

莫妮卡見陳愛玲悶悶不樂，但還是堅持讓她陪著購物，兩人接連逛了幾天的商場，陳愛玲不僅沒有接受莫妮卡的一件禮物，反而還為她結了不少帳單。

莫妮卡只好作罷。她偷偷向警局報告了情況，說自己真的沒辦法拖陳愛玲下水。可是警長密爾頓還不死心，繼續要莫尼卡想辦法。這下子莫妮卡火了：

「你老是叫我去勾引一個無辜的女子上勾，從不想想你身邊的人究竟是否可靠，依我看，那安德魯就不是個好東西，利柏克也是一個害人精，建議倒不如從他們自己身上落手，更可能找到真相。」

密爾頓給氣昏了，冷冷地說：「依妳的意思，我這個警長有眼無珠，盡用些壞人，我倒很想把我這警長職位讓妳來當，我們來交換一下，妳當警長，我當警司，妳還可以請出妳的娘兒們來一起來辦我們的案，把我們通通關到牢裏去！」

莫妮卡自知失言，對上司不敬，不過她也不是一個容易屈服的人，要她去陷害好人，她絕對不幹！何況他對女人的鄙視，更引起她的反感，沈默了一會兒，用冷靜的口吻說：「我為頂撞你向你道歉，也請你收回剛才對女人不敬的言辭，這對你的職位極不相稱。」密爾頓也自知失言，便同意讓莫妮卡撤退。

莫妮卡佩服陳愛玲的正直和堅持，也為自己的無能感到可笑，留在賭場已經沒有什麼作用，接到命令後，決定立即離開。臨走時，她還是有些不死心，對陳愛玲說：「看樣子百樂門不歡迎我這位客人，如果百樂門改變主意的話，妳隨時可以打電話給我。」

陳愛玲敷衍道：「好的，如果公司同意，我會給妳打電話的。」

十七

拉斯維加斯警察局位於老城區的一棟大樓內，是一幢灰色的建築物，外面看起來髒兮兮的，讓人感覺有些寒酸，通常裏面有二十幾個員警在辦公。

走廊盡頭是密爾頓警長的辦公室，他正在和警員莫妮卡、利柏克和菲力浦開會。

莫妮卡彙報了她在賭場試探陳愛玲的情況，然後總結說：「我向陳愛玲提出要求後，她馬上向她的公司作了彙報。看樣子，陳愛玲不會做越軌和違法亂紀的事。」

扮成印尼賭客的警佐利柏克雖然內心恨不得把陳愛玲立即抓起來，卻也不敢造次，假意同意莫妮卡的看法。但密爾頓警長以前從利柏克的彙報中，一直認為陳愛玲是一個壞女人，所以對莫妮卡的彙報半信半疑。

利柏克看在眼裏，馬上改口說，陳愛玲是一個非常會偽裝的女人，連百樂門的老總都被她騙得團團轉，只有她養母的侄兒安德魯才知她那些騙人的伎倆。他批評莫妮卡辦事不力，讓陳愛玲識破不上套。自詡他的辦法非常高明：「我一說幫幫她男人辦一個音樂學校，她就上鉤了。」利柏克所說的資助金就是販毒品得來的錢。利柏克說：「我當時對她也說錢是賣冰賺來的，她也沒有反感呀，我覺得她很可能參與洗黑錢，可以繼續試探他們。到時我只要我把辦音樂學校的錢交給他們，如果他們收下，就可以告他們洗黑錢。」

菲力浦有些遲疑，說：「如果沒法證明他們知道冰就是毒品，你怎能控告他們洗錢？」

利柏克大笑起來：「只要在錄音上加一點手腳，說他們知道就成了。」

莫妮卡怒道：「怎麼可以這樣？這豈不是故意陷人犯罪？」

菲力浦也說：「不能設計害人的。」

利柏克毫不在乎地說：「這又怎樣？不先引她入籠，又怎能捉她，再查她。」

菲力浦說：「可是我們沒有辦法把音樂學校辦起來呀？」

利柏克說：「我也沒有計劃把學校辦起來，只是裝模作樣地找地方，儘量把錢讓他們過手，錢一到他們手上，就可從把他們抓起來交給員警了。」

莫妮卡反對，說：「這樣是不是太勉強了，我看檢察官是不會接受立案的。」

「妳說檢察官啊，為了晉升，他們可以編造罪名……」

莫妮卡怒不可遏，打斷利伯克的話：「住嘴！你這騙子！別冤枉好人！」

利柏克反唇相譏：「妳可以說我是下流胚、流氓、惡棍，但不能叫我騙子。妳罵吧，妳儘管罵，我才不在乎呢，而且我也會原諒妳，等我們把陳愛玲抓起來，證明她真的洗錢，妳就笑不出來了。」

莫妮卡知道他心虛，故意在警長密爾頓面前裝作理直氣壯，不屑再和他爭吵。利柏克以為莫妮卡被他說服了，得意洋洋：「陳愛玲本來就很可疑，去年她的弟弟就因為參與盜竊團夥被判刑。這個女人不能小瞧，否則她怎麼能坐上賭場總經理的位置呢。」

警長密爾頓沉吟了好一會兒，說：「現在上面壓得很緊，我們一定要找到毒品來源，不管陳愛玲有沒有參與，我們都需要去試探一下。俗語說得好：要想不上木偶戲的當，你就必須走進戲棚，而不能只在外面偷看。」

聽了警長的決定，莫妮卡對陳愛玲驟起憐憫：「陳愛玲這個姑娘，我很喜歡，真不相信這麼一個聰明漂亮品行端正的人會參與販毒和洗黑錢。」

「人不可貌相，越漂亮的女人越陰險。我看她非常囂張，非常可疑。我那位線民安德魯姑媽的財產就是被她奪去的，現在還奪去了安德魯總經理的位置。這個女人不簡單。」利柏克強辯。

莫妮卡知道安德魯的為人，也隱約聽說利柏克和安德魯的交易，本來就對利柏克很有看法，一聽利柏克這麼說，便毫不客氣地回擊：「你們在賭場做的都是些違法亂紀的事，常常和賭場的工作人員串通一氣騙客人和賭場錢，你們還給客人拉皮條。這些事情大家都知道得清清楚楚，難道這些也和陳愛玲有關？」

利柏克被莫妮卡說得臉發燒，莫妮卡仍不依不饒，逕自繼續說下去：「我真的不知道你們的心是什麼做的，那個安德魯的線索非常可疑……」

警長密爾頓連忙阻止莫妮卡：「現在不是講道理的時候，自古以來都是以黑制黑，你不找安德魯做線民，難道去找一個大學教授做線民嗎？要找線民一定要在他們當中去找，不能在外面的人中去找，不找他找誰呀？」

莫妮卡爭辯：「那也不能顛倒是非冤枉好人啊！」

利柏克說：「做大事要有手段。你以為我願意五千、五萬的大筆錢去賭，要是輸掉了怎麼辦？我也是想從中找到線索。」

莫尼卡沒好氣地說：「又不是你的錢，你緊張什麼？」

「好了，好了，不要再吵了。」警長密爾頓比著手勢叫停：「我們不能自己內部先亂，我建議還是繼續做下去。」

莫妮卡說：「如果我不願意參與這個案子呢？」

警長密爾頓說：「妳沒有權力選擇，這是妳的工作。」

「好吧！」莫妮卡說：「我也會最後再試探陳愛玲一次。如果她還找我的話，那就說明她心術不正，我就會繼續扮演下去，引她上鉤。」

警長密爾頓和幾個員警詳細制定了計畫，佈置了任務，然後各自離去。

十八

自從明明被判刑關到監獄後，已經快一年了，陳愛玲想盡辦法也沒有找到和明明交換眼鏡的人，她只好接受這個殘酷的事實，憂傷也被光陰漸漸沖淡。

週六，有一次探監的機會。一大早，陳愛玲和張志平兩人帶了許多明明喜歡的東西去了監獄。見到姐姐，明明就忍不住哭了起來。她也跟著掉淚。明明流著眼淚告訴他們，看守監獄的人對他比較好，常常教導他不要犯錯誤，在監獄如何免受欺負，但還是經常遭到一些兇狠惡徒的淩辱。開始他會找獄警告狀，次數多了，獄警不僅不管，還責怪他老惹事。那些惡徒知道他告狀後，越發變本加厲。明明還說，有一位管監獄的女人好像知道他是冤枉的，多少次暗示他，員警抓人不擇手段，還讓他轉告姐姐，不要相信任何人。

陳愛玲和張志平聽得心驚肉跳，雖然強顏安慰明明，卻有一種不祥的預感籠罩心頭。拉斯維加斯真的不能再呆下去了，等明明刑滿後得趕緊離開。他們知道，也相信，拉斯維加斯絕大多數是好人，賭場老闆為人正派，否則也不會把壞人一個個開除出去，更不會全心全意培養陳愛玲。但是賭場的環境實在太惡劣，金錢銅臭是強力污染劑，很容易腐蝕人的靈魂。身在其中，想亭亭玉立出淤泥而不染談何容易。陳愛玲就因為太執著太潔身自好，雖然受到上司重視，卻得罪了貪財的同事宵小。明明的受誣，難保不是賭場有人想害她，抓不住她的把柄拿明明當替罪羊，給她顏色看看。思來想去，陳愛玲忐忑不寧，油然生出大禍臨頭的惶恐。

休假日，賈玉梅邀請陳愛玲和張志平一起去打高爾夫球，想讓陳愛玲散散心。她沒有心思去，又不好拂朋友的好意，勉強答應了。但人在球場，卻心思如麻，不是把球打飛了，就是打進水裏。張志平見狀，十分心疼，建議休息一下。

三人落座後，喝著水閒聊起來。

賈玉梅問他們知不知道昨晚賭場發生的一件事，二人都搖頭否認，露出疑問的目光。本想賣個關子，讓他們猜猜看，卻又忍不住，隨即講了出來。

昨晚賭場來了個姓李的老太太，在二十一點賭臺上手氣奇好，一下子贏了八萬美元。李老太太從來沒見過這麼多錢，樂得心花怒放，認為是老天爺的特別眷顧，到了該她發財的時候了，決心賭下去。一幢房子、兩幢房子、三幢房子……她做著美夢，信心十足地跑到百樂門賭臺上。孰料，好運靈光一閃便溜掉了，三下五去二，把贏的錢輸得全部乾淨徹底。她不甘心，繼續賭、不停地賭，錢沒撈回來，還輸掉了一生的全部積蓄。最後把僅剩的一點錢也壓上去，還是輸，徹徹底底地輸。李老太太受不了這致命的打擊，心臟病發作，一頭栽在賭臺上，送到醫院，已經搶救無效，嗚呼哀哉了。賈玉梅不禁感歎：「錢為何物，直叫人生死相許！」

陳愛玲和張志平為李老太太的遭遇唏噓感慨不已。陳愛玲把莫妮卡賄賂她，想讓她幫忙洗黑錢的事告訴二人，歎息道：「現在想起來就心驚膽跳。這個莫妮卡是那種賭大錢的人，財產來源很可疑，我若不小心，很容易上當陷足泥淖。」二人同意她對莫尼克的分析，雖然明知潔身自好的陳愛玲不會受騙，出於朋友的關心，還是囑咐她一定要堅持對莫妮卡採取外表敷衍，內心警惕的做法。

莫妮卡是一個很有教養的白種女人，丈夫凱恩因得罪了黑社會一個小頭目後被活活打死，她為了報仇，也進入警界，坐在丈夫原來的位置。她心地善良，又嫉惡如仇。這次她接受臥底的任務，開始還以為陳愛玲是一個愛慕虛榮、貪婪的女人，經過幾次交往接觸，深為陳愛玲高尚的品質感動，決定幫助陳愛玲，以證明自己的判斷是正確的。

這是她最後一次考察試探陳愛玲了。她們約在法國餐館。莫妮卡告訴陳愛玲，當初她和丈夫做買賣冰塊的生意賺了一大筆錢，她現在願意用這筆錢幫助陳愛玲做任何事情。如果陳愛玲願意，只需要動動嘴，其他的都不用她管。還說，她這樣做完全是出於對陳愛玲的喜愛。

陳愛玲已心存戒備，無論莫妮卡提出的條件多麼優厚，她都無動於衷，斬釘截鐵地回絕說：「我是一個安分守己的人，不懂得做生意，只想把弟弟培養成人。雖然我弟弟現在很不幸被關在監獄裏，但他是被冤枉的。我要等他出來，然後帶他離開這個是非之地。」

莫妮卡聽過她弟弟的事，但不明真相。陳愛玲便把來龍去脈敘述了一遍。莫妮卡也感到明明案子有些蹊蹺，想幫助她把明明救出來，但就她從剛瞭解的情況看，要翻案幾乎不可能。雖然她知道明明是被人陷害，但是因為已經判刑，已經成了鐵的事實，尤其是明明沒有有利的目擊證人，幾乎是不可能翻案。她只好勸陳愛玲安心等明明出獄，以後把他帶到一個安全的地方去，把高中念完，再念大學。這方面她可以幫忙。莫妮卡還特別加了一句：「這次我不會用賣冰生意賺來的錢幫妳的，而是用我自己的錢。」

她不太明白莫妮卡話的深意，堅持不接受只見過幾面的陌生人的幫助。婉辭了莫妮卡的好意。莫妮卡把這段談話用答錄機偷偷地錄了下來，作為證據。她暗示陳愛玲，絕對不要接受任何人其他的恩惠，尤其是賭場裏的客人：「無論他們跟妳做什麼樣生意，做什麼事情，妳千萬小心，千萬不能去做。」當然她不能明白告訴陳愛玲提防背後的陰謀，只能給以暗示。不過這段談話她沒有錄音。她先到洗手間把答錄機關起來，然後才說了勸陳愛玲的這番話。

陳愛玲更加糊塗了，頭腦裏充滿問號。雖然她聽不懂莫妮卡半明半暗的語言，依她的性格，不願多惹是非，所以她也不願意多問。更何況，不用莫妮卡提醒，她也不會接受任何人的恩惠的。

陳愛玲確實是一位正直善良的人，莫妮卡放心多了。雖然自己的任務失敗，但她還是很高興。告別莫妮卡，陳愛玲狐疑滿腹地回到賭場，誰知當晚又發生了一件讓她傷心的事。事情是這樣，在百樂門的賭臺上，一個華裔發牌員和三個東方人、一個本地人突然同被員警抓走，控告他們串通作弊。華裔發牌員，大喊冤枉，說：「如果有人作弊，也是前面的人，和我無關，我是剛剛接手的，還沒有發出一張牌，哪能串通作弊？！我和那三個客人本來又不認識，怎麼作弊？！」

抓他們的員警說，他們是從封閉監視系統裏看出那幾個嫌疑犯賭博時不斷打手勢，因此斷定他們在作弊。員警從監視系統推斷，他們打手勢示意加重碼，如一個人做莊家，一個人就買閑家，然後第三個就買和。很奇怪是那個買和的人，一般來講要十六次才中一次，但是他卻中了五六次，電腦系統把它記錄下來，下的結論說他們作弊。

員警抓人的時候，那個發牌員確實是剛剛下來換手的，還沒有發出一張牌，然而員警不管那麼多，統統抓起來。員警根本不講道理，只憑主觀判斷就陷人不義。陳愛玲看在眼裏，很為那個遭受冤枉發牌員感到氣憤，卻不敢多講一句話，更不敢去作證。這四個人將面臨四到五年的徒刑。她對自己的懦弱有些感到不齒，心中自責不已。

下班後她把這件事講給張志平，他也氣憤不已，突然想起他曾遇到的另一個類似事件。有一次他在中國餐館吃飯，吃到一半的時候，一夥越南青年和一夥中國青年打起架來，其中一個越南人把一個柬埔寨客人開槍打死了，身邊的人眼睜睜地站在那裏無動於衷。餐館老闆馬上報警，員警來的時候，事情已經過去兩個多小時，那個兇手早已逃跑，乘飛機離開了美國，不知所蹤。那些員警其實並沒有把這個案子放在心上，在他們眼裏，死一個東方人根本不值得動用警力。況且他們也不一定能抓到真凶，或者索性隨便把幾個無辜的人抓到監牢，交差了事。

為什麼拉斯維加斯的員警系統這麼沒有用，一點也不能保護無辜的百姓。陳愛玲最近常問自己，為什麼要拋去保險公司很好的工作，來這個是是非非的花花世界謀生呢？幸運的是公司總裁威廉對她特別照顧，多次暗示她，絕對不要離開賭場到別的地方工作，他什麼條件都會答應，甚至故意逗她，假如沒有結婚的話，他會追求她，不知道她會不會接受。

陳愛玲回應說：「你太太那麼好，你還想變成花花公子嗎？」

威廉呵呵笑：「不做我太太，做我的妹妹總可以吧。」

知道他在開玩笑的，陳愛玲並不當真。威廉確實很關心她，時時提醒她，賭場的工作不那麼簡單，賭客看起來很豪爽，很大方，毫不心疼地拿大筆大筆的錢去賭，但是他們的錢來源不一定光明正大，所以要特別小心，不能被他們利用，把賭場當洗錢的工具。所以陳愛玲對錢的來往從不沾邊，對賭錢的流程也從不干涉，不做任何建議。只是把份內的工作做好，不出風頭，不搶功，儘量不得罪任何人，所以公司無論上下，對她都尊敬有加。

十九

這天黃昏，陳愛玲突然接到假扮成印尼客人的警佐利柏克的電話。利柏克在電話中告訴陳愛玲，他馬上從夏威夷到拉斯維加斯，讓她給他安排一個總統套房，他帶了十萬美金要來百樂門賭錢。陳愛玲當然不知道他的真實身份。

第二天利柏克來了，派頭十足，身穿價值五千美元的西裝，戴著一副名牌眼鏡。見到陳愛玲，立即就塞給她一個二千元的紅包。陳愛玲不收，對利柏克說：「我是誠心為你服務的，這是我的工作職責。請你不要再想著給我什麼東西，或額外的消費，我們公司不允許我這樣做。」利柏克見陳愛玲十分堅決，不便堅持，只好另打主意。

接著，利柏克又給張志平打電話，邀請他和陳愛玲一同到海上皇宮高級餐館用餐。陳張二人下班後如約而至，利柏克已等候在那裏。

陳愛玲說：「賭場有很好的餐館，全都免費供應，跑這裏來還得讓您破費。」利柏克說：「我們是商量私人問題，在這裏談話更方便些。」三人碰過杯，利柏克便單刀直入：「上次說過請張志平先生協助我辦個音樂學校，現在我先交給你們五十萬美元，當然這只是前期的啟動費用，以後需要多少，我都會投入。如何？」

張志平不無疑惑，他不相信天上會突然掉下個大餡餅來，問道：「我與您素不相識，為什麼肯拿出這麼多錢來，您就這麼信任我？」

利柏克說：「不是我占你的便宜，看到張先生，就讓我想起早逝的兒子。我的兒子酷愛音樂，幾年前不幸車禍身亡，成為我心頭之痛。一直想找個和我兒子一樣的有為青年培養成才，也算對兒子的一種紀念。自從聽了你高超的演奏，又得知你是科班出身，很有藝術造詣，在賭場裏做表演實在太委屈了。因此我決定選你作為幫助物件，助你完成自己的理想。」

陳愛玲覺得利伯克的這番話十分牽強，他兒子車禍撞死和現在的投資風馬牛不相及，搭不上一點關係。而且利柏克的話吞吞吐吐的，好像藏著掖著什麼。

疑竇重重，陳愛玲暗示張志平，不要接受他的投資。他正是此意，與她不謀而合，婉辭道：「您的建議我不能接受，我也沒有那個能力去辦一所音樂學校，我只是想把我的表演做好，做好我份內的工作，您的好意我心領了。」

利柏克說：「你不用過意不去，我的錢賺得很容易，都是賣冰賺來的。現在只不過拿來投資罷了。」

陳愛玲突然想起莫妮卡也和她說賣冰賺了很多的錢，為什麼這個從印尼來的利伯克也是賣冰賺來的錢呢？遂忍不住問：「看起來做冰的生意非同小可，我還有客人也說是賣冰賺了大錢。賣冰很好賺錢嗎？冰又不是很值錢的東西，怎麼買賣冰塊能賺那麼多的錢？」

利柏克哈哈大笑，胡亂編個理由說：「冰塊在印尼很流行，很多人都吃冰，所以賺錢並不很難。」當他講這句話的時候，故意把聲音提高，看看周圍有沒有人在聽。他看沒有人留意，又故意大聲說：「錢賺的那麼容易，所以我就想利用這個錢做更大的生意，賺更多的錢，我幫你開辦音樂學校，你幫我開拓美國方面的賣冰生意，這樣我們不是一舉兩得嗎？」

張志平聽了，有些心動，想也沒想隨口說道：「好吧，既然你那麼有誠意，我答應開音樂學校。讓我們互惠互利。不過我不願意錢經過我的手，什麼事情都要辦得清清楚楚才好。」

利柏克知道事情成功了一半，繼續勸張志平說：「錢不經過你的手怎麼行呢？因為我對音樂完全外行，所以錢一定要交到你和陳愛玲手上。我可以全權委託你使用那筆錢的。」

陳愛玲見張志平讓步了，有些著急，連忙說：「我們素不相識，不能接受你的幫助。如果你要來賭場裏賭錢，我很歡迎，但做賣冰的事，我們不熟悉，暫時也沒有興趣。這樣吧，我們還是不談生意的事，今天你請我們吃飯我很感激。這其實已經違反了我的原則。以後我再也不會到外面由客人請吃飯了。對不起。實在對不起。」

張志平悟到他剛才有些衝動，說錯話了，隨之改口：「我們兩個都不會做生意，賣冰的事情一竅不通，我看還是慢慢商量這件事吧。」

利柏克見剛上鉤的魚馬上要溜，急忙說：「沒關係，沒關係，你們根本不用知道賣冰的事情，你們只管拿錢就可以了！」

聽到這話，陳愛玲越發警覺，前不久莫妮卡也是有錢沒地方花，非要給她，現在這個利柏克又如是，世界上哪有這麼好的事情都讓自己遇上，這裏面是否藏著什麼陰謀。一種大禍臨頭的不祥預感再次攫住了她。她不願意敷衍下去，拉起張志平告辭而去。

被扔在一邊的利伯克，氣得咬牙切齒又不能發作。

二十

密爾頓警長辦公室。警長密爾頓垂頭坐在辦公桌前，仔細翻看陳愛玲和張志平的檔案，兩人的檔案沒有任何破綻，密爾頓有些喪氣了：「莫非自己真的找錯了對象？」

這時進來個小夥子說送快遞的，請他簽收。

密爾頓警長拿過快件，仔細看了一下，覺得非常奇怪，因為下面沒有寄件人的位址，便問：「這個快件是誰讓你送過來的？」

小夥子說：是一個三十來歲的男子，中等身材，戴著一副很大的眼鏡，根本看不清他的長相，他付了錢就走了，甚至沒有來得及問他的姓名。

密爾頓警長滿臉狐疑，打發小夥子走然後拆開快件，裏面是一盒錄音帶。

他立即叫莫妮卡找來答錄機，把磁帶放了進去。不一會兒，答錄機傳來一個女人的聲音：「哈嘍，我是陳愛玲，我有一筆錢，想向你們買點毒品，你能準時交到我手上嗎？」然後是模糊的男音：「當然可以，妳把時間地點告訴我，我會把妳需要的東西親自交到妳手上的。」接著，又是那個女人的聲音：「好，週五九點，我們在喜福餐館見面。」

到此錄音便沒有了。密爾頓警長一連聽了兩遍，又把手下的警員召集起來一起聽。大家聽完後，七嘴八舌地議論起來。

利柏克立即叫起來：「我說過，這個女人不是個好東西，現在狐狸尾巴露出來了吧！」

莫妮卡疑惑地問：「這個錄音是哪裏來的？」

密爾頓警長聳聳肩說：「我也不知道哪裏來的？」

莫妮卡說：「這個錄音帶非常可疑，如果陳愛玲參與販毒，她怎麼會輕易被人錄音呢？」

「要想人不知，除非己莫為！」利柏克發狠說：「我要求立即去逮捕陳愛玲！」

「就憑這麼一盒來路不明的錄音帶，就去抓人，是不是太魯莽了。」

「這個錄音帶鐵證如山！即便不能逮捕陳愛玲，也要把她帶來問話。」

莫妮卡被激怒了，她盯著利柏克：「你這是誣告，真是卑鄙到了極點！」

利柏克也不示弱：「妳縱容壞人，不配當員警。」

菲力浦有些將信將疑，雖然他不認為陳愛玲是無辜的，但也覺得僅憑錄音帶就把人抓起來有些說不過去。自從幾年前，他親眼看見自己的拍檔羅森在行動中被打死後，他便變得膽小懦弱，不願出頭，盡由著利柏克和莫妮卡在那裏爭吵。

密爾頓警長一時也不知如何是好。最近，查賭場的販毒案已經陷入了僵局，所有的線索都斷了。說實話，他也覺得陳愛玲不是他所要找的賭場毒品供應者，但又實在找不到別的線索。線民安德魯一口咬定陳愛玲就是賭場毒品的供應商，這讓他不得不慎重考慮。

他再次打開答錄機，把磁帶放了進去，又把錄音聽了一遍：「好，週五九點，那我們在喜福餐館見面！好，週五九點，那我們在喜福餐館見面！好，週五九點，那我們在喜福餐館見面！……」

錄音帶的最後一句話不斷在密爾頓警長的腦海盤旋，不久一個計畫便在腦海中形成。

週六的下午五點，陳愛玲下了班，想到晚上與張志平的約會，臉上漾出甜蜜的笑容。揚手告別同事，她正要走出大門，突然有個人朝她撞來。她的手提包掉到地上，裏面的東西灑了出來。那人連連說對不起，彎下腰替她把散落的東西撿起來，放進手提包裏。

陳愛玲被那個人撞得胸口生疼，有些惱火，見那人又是道歉又是給自己撿東西，反而有些過意不去，接過手提包說：「沒關係！沒關係。」突然發現，撞她的人竟是被賭場開除的李昂。

「啊！是你呀，李昂，現在怎麼樣？」

李昂被開除後，陳愛玲很少見到他，偶爾在賭場碰面，他總躲在暗中，一副落魄的樣子。生性善良的陳愛玲，雖然痛恨李昂的所作所為，但同事一場，不免關心。

李昂見陳愛玲認出他，非常驚恐，一句話也不說，撒腿就跑，霎時不見了身影。

回到家，陳愛玲匆匆梳洗了一番，換上了自己最喜歡、也是張志平最喜歡的藍白相間的裙裝。剛剛打扮好，張志平就來了，兩人攜手去了中國喜福餐館。

週末的中國喜福餐館，客人一般比平時多些，直到晚上九點，仍然會有客人上門。這個餐館是張志平和陳愛玲最喜歡的地方之一，每逢週末，他們都會來這兒吃頓中國飯菜，然後一同散步回家。

這個週末是愛玲的生日，張志平精心為她準備了份特別的禮物，他想今晚向愛玲求婚，所以心情分外激動。他們到達喜福餐館時，客流高潮顯然已過。兩人直奔預訂的小包廂剛坐下，她就見他面帶緊張，額頭微微冒汗，擔心地問是不是發生了什麼事？他支吾著不置可否。

陳愛玲覺得很奇怪，似乎又猜到了些什麼，沒再多問，只是甜蜜地微笑著。

不一會兒，服務生送來張志平預定的生日蛋糕和玫瑰花。他吩咐服務生把蛋糕放在桌上，然後手忙腳亂地接過鮮花，笨手笨腳地遞給陳愛玲，深情地說了一句：「生日快樂！」

陳愛玲欣喜地接過鮮花連說謝謝。張志平正想借機把特別禮物——認真挑選的一枚戒指拿出來正式向陳愛玲求婚，突然包廂門被粗暴地踢開，幾個員警闖了進來，斷喝：「不許動！」

兩人大驚，不知發生了什麼事。陳愛玲突然認出為首者正是除夕夜處理金賽案子的警官，便說：「密爾頓警長，你還記得我嗎？我是百樂門賭場總經理陳愛玲，我們在賭場見過的。」

密爾頓警長點點頭，說：「陳愛玲，我當然記得妳。」

陳愛玲說：「密爾頓警長，發生了什麼事？」

密爾頓警長說：「我們接到線報，今天晚上這裏有毒品交易，因此例行公事，必須全部檢查！」

一聽是例行公事，陳愛玲舒了一口氣表示願意配合行動。密爾頓警長說聲謝謝，便示意手下開始分頭檢查。一個員警把陳愛玲手提包裏的東西全倒了出來，從中撿出一個塑膠袋，裏面裝著白色粉末。密爾頓警長接過塑膠袋，問陳愛玲這是什麼東西？

陳愛玲和張志平早已驚得目瞪口。密爾頓警長一連問了兩遍，她才磕磕巴巴地說連說：「我不知道，我真的不知道。」

陳愛玲和張志平被長帶回警局。密爾頓警長讓兩個員警分別給他們錄口供。陳愛玲一問三不知，因為她真的不知道自己包裹的那包白粉是從哪裏來的。密爾頓警長見她一副無辜的樣子，有些心軟，便提醒她：「妳的手提包有沒有離開過妳，或者讓別人提走過？」

密爾頓警長的話突然提醒了陳愛玲，她想起傍晚自己在百樂門門口碰到了李昂，忙告訴密爾頓警長：「對了，今天下班回家，在百樂門門口撞倒了李昂，當時我的手提包被李昂碰到地上，東西散了一地，是他替我撿起來的。」

密爾頓警長問她李昂是誰？她說，李昂是賭場前經理，半年多前被開除了。她今天下午才見到他，替她撿起東西後就匆匆走了。

「你們之間沒有說什麼話嗎？」密爾頓警長問。

陳愛玲說：「沒有，當時他好像很慌張，一句話也沒有說。」

這時有個女警官過來，在密爾頓警長耳邊說了幾句話。密爾頓警長有些驚訝，說：「真的嗎？」

那位女警官點點頭說：「真的。」

密爾頓警長立刻和顏悅色地對陳愛玲說：「陳小姐，不好意思，是一場誤會，妳沒事了，可以走了。」

陳愛玲驚訝地看著密爾頓警長，不知道說什麼，突然，她認出那位女警官竟然就是莫妮卡，驚叫起來：「莫妮卡，妳是莫妮卡，妳是員警？！」

莫妮卡抱歉地對陳愛玲笑了笑，說：「愛玲，對不起，我向妳隱瞞了身份。其實我是員警，當時因為有任務，我不得不冒充是從香港過來的商人。」

「這到底是怎麼一回事？」

「這是我們警方的行動，和妳沒什麼關係，你放心吧！」

「那我現在為什麼一下又沒事了？」

「妳包裹的那袋白色粉末已經檢驗不是海洛因，只是一袋普通的白麵粉而已。所以現在妳可以走了。」

陳愛玲感覺自己就像在做夢，剛走出密爾頓警長的辦公室，就看見張志平在走廊等她，兩人不由緊緊相擁。

回到家中，陳愛玲才安心了些，剛才她嚇壞了。

張志平問她這些員警為什麼突然把兩人抓去，又突然放了出來？她說員警檢查後告訴他，被搜出的白粉不是毒品，只是一袋普通的白麵粉。很奇怪，是什麼人如此惡作劇，和她開了這麼大的玩笑，把麵粉放進手提袋，沒被嚇死。

張志平也覺得十分奇怪，也猜不到什麼原因。如果要陷害陳愛玲，為何放一袋白麵粉？即使是有人惡作劇，為什麼會招來員警興師動眾？百思莫解，禍福難料。

陳愛玲還告訴他，那位要給她大把錢的香港富婆莫妮卡竟然是員警。張志平恍然大悟：「剛才找他錄口供的員警，正是那個要資助他辦學的印尼富商利伯克。」

莫妮卡和利伯克同時把他們作為捐錢目標，看來不但不是什麼好事，而且似乎把他們當作販毒的懷疑對象了。不然，今天何來這場虛驚。

兩人前思後想，越捉摸越害怕，心裏七上八下的。

張志平說：「愛玲，妳還是早點結束賭場的工作吧！不然早晚會出事的。」

陳愛玲沈默不語，不無憂愁。張志平見狀，從口袋裏拿出早已準備好的戒指，在她面前跪下，說：「愛玲，我知道我現在還沒有多大能力保護妳和明明，但妳相信我，我一定會讓妳和明明離開這裏，過自己喜歡的日子。嫁給我吧。」

張志平明知這不是求婚的好時機，但他要讓陳愛玲知道，無論遇到多大風浪，他都會堅貞不渝地愛她。陳愛玲感動地投入張志平懷抱。張志平擁著她，把戒指輕輕套上她的手指。

二十一

「什麼？是白麵粉！」在一個昏暗的酒吧包間，安德魯一口酒噴了出來，驚呼：「不，不可能，我明明放進去的是海洛因！」

利柏克端起面前的酒杯，喝了一口，不屑地說：「什麼海洛因，就是一袋白麵粉，現在陳愛玲和張志平已經回家了。」

安德魯跳了起來，眼睛冒著火。想了一會兒，咬牙說道：「一定是那個李昂搞的鬼，我得去問問他！」說著，他便掏出手機，撥李昂的電話，但始終未接通。安德魯站了起來，把手機摔在桌上，說：「一定是這個膽小鬼壞了我們的好事！我一定不會放過這個小子。」

利柏克說：「你自己好好處理這件事吧，我先走了，讓人看見我們兩個在一起不好！」說完，把杯中酒飲盡離開。

「好，你先走吧，我一定會找李昂這個小子算賬的。」安德魯依然陰沈著臉，又坐下來喝酒。

原來這一切都是安德魯設計陷害陳愛玲的。自從被賭場開除後，安德魯根本找不到工作，只能做各種非法交易，販賣毒品是他的主要金錢來源。最近員警稽查販毒特別緊，幾乎所有的毒品交易都停止了，他根本沒有做到什麼生意，於是想了個一石二鳥的詭計，把販毒的罪名栽到陳愛玲身上，既可以轉移警方的注意力，又可以為自己出口氣。

他偽造了一盒錄音，錄音電話裏每一個字的發音，和陳愛玲平時在電話裏說話的語氣和聲調相近。他事先從電話局找到陳愛玲的電話錄音，把她的語氣和聲調都複製下來，然後再進行剪接複製，即便是語音專家也聽不出真假。至於錄音中說的交易時間，也是他暗中跟蹤陳愛玲行蹤的結果。他發現每個週末的同一時間，陳愛玲和張志平都會到喜福餐館。

他逼著李昂故意撞陳愛玲，趁機把事先準備好的一袋海洛因放進她的手提袋，如此一來，肯定能坐實陳愛玲販毒的罪名。「哼！陳愛玲，妳逃不出我的手掌心！」安德魯為自己的陰謀詭計洋洋得意。

陳愛玲和張志平在中國餐館被帶走時，他就站在不遠處，他看到那一幕，忍不住要笑出聲來。之後，他就到了一個小酒吧，靜候利柏克給他帶來好消息，沒想到，利柏克告訴他，陳愛玲和張志平已經被釋放了。

「李昂，你這個臭小子，別讓老子見到你，否則有你好瞧的。」

此時的李昂正躲在另一個酒吧喝酒。李昂內心其實非常厭惡安德魯，甚至恨他，但又離不開他。因為他也找不到工作，只好跟著安德魯，做一些高利貸、拉皮條的交易。李昂更恨自己，他為陷害了明明時常感到內疚，因此非常害怕見到陳愛玲。他在安德魯面前卻不敢表露，他知道安德魯是一個心狠手辣的人，且和員警勾搭在一起，自己無論如何是鬥不過他的。這大半年來，他只能跟在安德魯後面做一些違背良心的事，為了麻醉自己，他拼命喝酒賭博，最後欠下一大筆錢，只好又跟著安德魯鬼混。

當安德魯讓他把海洛因放進陳愛玲的手提袋時，李昂堅決不同意。上次，他故意把眼鏡換給明明，害得明明坐牢，一直後悔莫及。這次又要他陷害陳愛玲，他更加不願意。他卻不敢拒絕安德魯，安德魯借了不少高利貸給他，如果不答應的話，立馬就會被砍死。他實在不知道怎麼辦，最後，還是不忍心，偷偷將海洛因換成了白麵粉，放進陳愛玲的手提袋。之後，便一直躲在這個酒吧喝酒，直到淩晨，他才向住所走去。

失業之後，一直找不到工作，租不起公寓，李昂就在一個小巷子裏找了一間房子。他剛進巷子，就見一個人向他走來。是安德魯。他撒腿就跑，被安德魯一把抓住。

路都走不穩的李昂根本無法還手，被人高馬大的安德魯一腳踩在地上。李昂也根本不想還手，任憑安德魯拳打腳踢，直到他打累了，才從地上撞撞跌跌站了起來。安德魯喘著粗氣，抓著李昂的領子，說：「你這個膽小鬼，你壞了老子好事！」

李昂閉著眼睛，根本不看安德魯，他想，無非是一死，自己早就不在乎了。

安德魯更加生氣，對著李昂的臉又是一拳：「你這個膽小鬼，你竟然敢耍老子！」

李昂一把掙脫安德魯，吼道：「你到底要怎麼樣！她弟弟已經坐牢了，你為什麼還不放過她？」

安德魯看著李昂著急的樣子，知道自己再發火也沒用，何況自己以後還需要用他，若真把他惹急了，自己也沒有好處。於是，一掌把李昂推在地上，又使勁踢了兩腳，罵罵咧咧地走了。

夜色中的百樂門，遠遠望去，像一座宮殿，燈光中，許多人影在晃動，卻永遠看不清。這些影子，都是賭場的主角，有人哭有人笑有人鬧，上演著各種悲喜劇。

安德魯自從被賭場開除後，白天再也沒有來過這個地方，只有夜幕降臨後，才鬼鬼祟祟地出現。沒有了總經理的位置，財源斷了，他又不願意去找個正經的工作，於是每天晚上，坐在酒吧一個陰暗的角落裏，邊飲酒邊觀察進進出出的客人，希望從他們身上撈點外快。要麼拉皮條，要麼放高利貸，甚至小心地為這裏的客人提供毒品。

有一天晚上，突然有一個醉鬼東歪西倒地從他身邊走過，不小心把他放在酒臺上的酒杯弄翻到地下，安德魯正要發作，那人趕忙掏出一張百元大鈔塞到他手上，賠禮彎身拾破酒杯。安德魯立即轉怒為笑，也彎下腰幫忙撿拾，不小心被破玻璃劃傷，那人見狀立即從酒臺上順手拿了一張紙巾按在他流血的手指上，安德魯一手推開，怒道：「混蛋，怎可以把髒紙巾放到傷口上。」那人忙不迭地道歉，跌跌撞撞走出酒吧，手中還拿著那張紙巾。

幾天後，安德魯照例出現在賭場，身邊是李昂。有個泰國毒販帶了一批貨來，安德魯一向和他有毒品生意來往。自從金賽除夕之夜在賭場吸毒過度身亡後，賭場看得特別緊，員警也開始了嚴厲打擊，讓他不敢輕舉妄動。這次是宗大生意，放棄了太可惜，他決定冒險交易。李昂臉上還貼著幾塊膠布，那是上個星期安德魯揍他留下的印記。他無法擺脫安德魯，只好和安德魯來到賭場。

一進賭場，安德魯就看見那個泰國佬坐在一張賭桌上，穿著一件花襯衣，手指粗的金鏈子掛在脖子上。

安德魯假裝上去押注，朝泰國佬笑了笑。泰國佬若無其事地看了安德魯一眼，繼續新的一局。安德魯對身邊的李昂說：「你等會就跟著他。說完便把一堆籌碼押在桌子上。」

一桌人賭了幾局，泰國佬一直輸，最後一次他急了，罵了一句髒話，便大大咧咧地走了。安德魯假裝沒在意，李昂則裝著上洗手間的樣子，跟在泰國佬的後面。趁人沒注意，兩人一前一後進了旅館。

進了門，泰國佬立即問：「錢帶來了嗎？」

李昂說：「我要先驗貨。」

泰國佬馬上從衣櫥裏拿出一個密碼箱，打開夾層，裏面鋪著十幾袋海洛因。李昂隨手拿起一袋，用隨身的小刀挑了一點點在嘴裏嘗了嘗，然後又吐了出來，點了點頭，說：「貨不錯！」

然後李昂拿起電話，給安德魯撥去，說沒問題！

賭廳中，安德魯接到李昂的電話，馬上離開了賭桌，把自己隨身帶的一個塑膠袋故意遺忘在桌邊，這時有個小夥子過去，把袋子拎走了。

過了一會兒，泰國佬的手機響了。泰國佬接起電話一聽，又掛了。然後轉身對李昂說：「你可以把東西帶走了。」

李昂沒作聲，拿出一個賓館的塑膠袋，把密碼箱裏的那十幾袋海洛因裝進一個普通的塑膠袋，離開了賓館。

二十二

在百樂門不遠的一個小酒吧，警長密爾頓正請自己的幾個下屬喝酒，慰勞他們。自從除夕夜金賽吸毒過量身亡後，他們一直在調查賭場毒品案，雖然沒有什麼進展，警長說沒有功勞也有苦勞，大家一起放鬆一下。因此，幾位下屬都十分開心，但警長密爾頓似乎有什麼心事，一直閉目養神，不太參與大家的談話。突然，密爾頓的手機響了，拿起一聽，旋即關了，說：「好，大家到此為止，現在我們開始行動，目標百樂門！」

正說說笑笑的屬下一下怔住，不解地看著密爾頓。密爾頓得意洋洋地說：「今天晚上，我們可以抓一條大魚，現在就去。」

利柏克聽了，臉色一變，因為他知道安德魯今晚要在那裏做一筆交易，從中他也可以得到不少好處費。他原以為警察局不知道那個泰國佬來了，沒想到警長密爾頓竟然要採取突然行動。現在通知安德魯已經來不及，利柏克內心不由非常著急，突然，他靈機一動，裝著肚子痛，連忙說：「我去下洗手間，馬上回來。」沒等警長密爾頓批准，他便向洗手間沖去。

一進洗手間，利柏克便迫不及待打安德魯的手機，慌張說：「快走！立即走！」

說完他關掉手機，一陣輕鬆。突然，他聽到馬桶抽水的聲音，一轉身，看見菲力浦從裏面走出來。

就在李昂離開百樂門的時候，手機響了，他拿起電話一聽，是安德魯：快走，立即走，有員警！李昂心中一驚，抬頭間就看見警車已經呼嘯而來，停在百樂門門口，跳下幾個員警。

李昂連忙往百樂門賭廳跑，慌不擇路，一路狂奔到了辦公區，看見一個辦公室門開著，便一頭撞了進去，把門關了起來。

辦公室裏，陳愛玲正在和酒吧經理吳非談工作，最近酒吧內發現的吸毒人越來越多，連陳愛玲都被警方誤會是販毒成員，因此，她覺得有必要和吳非商量一下，如何對付這些毒販子。

突然聽到門響，她和吳非都吃了一驚，一看是李昂慌慌張張地跑進來，十分驚訝忙問：「李昂，你怎麼來了？這麼急，發生了什麼事？」

李昂發現他竟然跑進了陳愛玲的辦公室，立即想離開，卻見外面已經有員警往這邊來了，又關上門。

陳愛玲看見窗外有員警，突然明白了，說：「李昂，是不是你在賭場販毒？」

李昂急慌張地說：「不是，我是被逼的。我沒有把海洛因放進妳手提袋，沒有害妳。」

陳愛玲說：「我知道你沒有陷害我。現在為什麼有員警追你？」

李昂一看員警就在門外，自己不可能出去了，一屁股坐在地上：「我真的沒有販毒，我真的沒有害妳，都是安德魯幹的，是他逼我幹的，我不想坐牢，我真的不想坐牢！」

長期受緊張和窮困生活壓抑的李昂，這一刻情緒突然失控，抓住陳愛玲的手，痛哭失聲。

見狀，陳愛玲心有不忍，不再計較他的過去，安撫地說：「李昂，你相信我，我可以幫你的。」

李昂抬起頭，說：「真的嗎？妳真的可以幫我？」

陳愛玲追問他幹了什麼事。他說賭博輸了很多錢，安德魯借給他高利貸，沒有錢還，就逼他販毒，現在警方來抓他。

吳非對李昂說：「犯了錯誤不要緊，關鍵是要改，趕緊自動報案，供出原兇，就會減輕刑罰，我和陳愛玲一定會幫助你的。」

陳愛玲辦公室門外，利柏克和菲力浦正一道門一道門地開始搜索。利柏克一進賭場，就看見李昂慌張地往這邊跑，他連忙也跟著過來，但一進辦公大廳，就不見了李昂。

利柏克知道一定要在其他員警來之前找到李昂，否則他和安德魯就會被牽扯進來，到時他也難保了。辦公大廳裏有一排辦公室，他一時不能斷定李昂跑進哪裏，只好一間一間地找。

李昂在陳愛玲和吳非的勸說下，情緒慢慢穩定下來，覺得自己這樣和安德魯天天幹喪盡天良的事情，還不如早點改過自新，重新做人，便答應陳愛玲和吳非去投案自首，爭取寬大處理。

見李昂同意自首，陳愛玲和吳非都感到欣慰。吳非打開門，看見利柏克正在搜查，連忙說：「警官，嫌疑犯在這裏，他已經答應自首了。」

利柏克一聽，心裏大叫不妙，李昂知道他與安德魯的許多交易，如果李昂全說出來了，他也會完蛋，心裏暗下殺機。

他拿著槍，叫嚷著罪犯在哪裏！

「李昂已經答應自首了，你不必拿著槍了。」吳非對利伯克說。

陳愛玲正陪著李昂走出辦公室，不料一見利柏克拿著槍跑過，李昂立刻又變得十分激動和緊張，他知道利柏克和安德魯是一夥的，自己絕不能落到他手裏，遂大叫：「不，我不，他和安德魯是一夥的，我不自首……」說著，他也把腰間的槍拔了出來。

利柏克一見李昂出來，二話不說，拿起槍就射向他，因為他聽到李昂已經投降了，知道他已經靠不住，決定殺人滅口。菲力浦大叫一聲：「不，不，別開槍！」但已經來不及了，利柏克已經毫不猶豫開了槍。這一槍沒有打到李昂，射中了一旁的吳非的胸口。吳非捂住傷口，疑惑地看著利柏克，鮮血從他的手指縫中慢慢流出。

李昂見勢不妙，急忙跑進辦公室。陳愛玲看到吳非身上的血，眼前頓時出現了當年被槍打死的爺爺和爸爸的血腥場面，驚恐地叫起來：「啊——啊——血！血！」

李昂一把把陳愛玲拉進辦公室，關上門，趴在窗戶上，拿起手槍朝外瞄準。這時，陳愛玲看到李昂拿槍的手上，有一個米老鼠刺青，兩顆門牙很大，誇張地遮蓋了大半個身子。她想起明明說的那個刺青，難道他就是把眼鏡給明明，陷害明明坐牢的那個人，不由上前抓住李昂的手。

外面，利柏克朝辦公室開了一槍，李昂知道利柏克是想殺自己滅口，於是也拿槍瞄準了利柏克，正要開槍，不提防陳愛玲撲了過來，一槍打中了後面剛剛趕來的一個賭場的保安。

陳愛玲瘋狂地抓住李昂的手問：「李昂，是不是你陷害明明的，告訴我，是不是你！」

李昂更加慌了，不知道怎麼回答：「不，不是我，妳放開我，不是我……」

「是你，明明說那個人右手手腕上有一個老鼠刺青，就是你手腕上的那個樣子，你為什麼要陷害他……」

李昂用力掙脫陳愛玲的手，但愛陳玲死命抓住不放，她知道抓住這隻手，就可以還明明一個清白，明明就可以出獄了。利柏克和菲力浦開始砸門，李昂急了，揮起左手，一拳打向陳愛玲，她慘叫一聲暈了過去，李昂操起一張椅子，把窗戶玻璃砸了，打開窗戶，沿著水管，爬了下去，不一會兒就消失在夜色中，慌亂中，那袋海洛因和手槍跌落在了陳愛玲身邊。

利柏克和菲力浦好不容易砸開門，一看，李昂已經跑了，混在人群中，利柏克不甘心，還想拿槍射擊，菲力浦怒道：「利柏克，你怎麼啦！」

利柏克這才明白自己做得太過分，只好悻悻地收起槍。

幾分鐘後，警車、救護車呼嘯而來，整個賭場亂作一團。張志平在酒吧也沒心思彈琴，不知道出了什麼事。他心裏有一種不祥的預感，連忙來找陳愛玲。剛到辦公區，就被員警攔住，張志平不見陳愛玲，有些慌了，忙問：「發生什麼事了？」

一個員警冷冷地說：「員警緝捕毒販，趕緊走開，不要妨礙員警辦案。」

張志平找了一圈兒，還是不見陳愛玲，打電話也沒有人接，心中更是緊張。他聽說辦公樓發生了槍戰，很擔心陳愛玲的安全。

不一會兒，兩副擔架被抬出來，張志平奮力擠上前，一看擔架上是酒吧經理吳非，另一個是賭場的保安，稍覺微安心，但也更加牽掛陳愛玲，抓到一個員警就問：「警官，裏面的情形怎樣了？還有沒有人受傷？」

警官搖手表示不知情，不再搭理他。

接著，有幾個員警押著一個人走出來。張志平一看，正是陳愛玲。只見她衣衫不整，衣襟上有血跡，滿臉淚痕，額頭上還貼了一塊紗布，有一些血絲滲出。張志平再也忍不住，不顧一切沖到陳愛玲身邊，急切地問發生了什麼事？

陳愛玲早已被折磨和驚嚇得精疲力竭，有些遲鈍，木然地看著張志平，好一會兒似乎才想起他是誰，搖搖頭說：「志平，我不知道，我真的不知道。」

張志平十分心疼，見到利柏克走出來，連忙問：「愛玲怎麼啦，他怎麼啦？」

利柏克對張志平說：「對不起，請讓開，陳愛玲進行毒品交易當場抓獲，她還涉嫌開槍打死賭場一名保安，現在已經逮捕了，你不要妨礙我們執行公務。」

張志平一聽，驚呆了。利柏克不禁洋洋得意地微笑，突然感覺到一道寒光，菲力浦在冷冷地看著他。

二十三

陳愛玲被捕的消息鬧得沸沸揚揚，第二天的報紙都用頭版報導刊登出來。有的報紙還繪聲繪色地描述陳愛玲進行毒品交易如何被當場抓獲，然後開槍逃跑，打死一名保安的詳細經過，甚至暗示陳愛玲就是賭場毒品的提供者，此外更有一些不堪入目的話。還有的報紙甚至把陳愛玲的弟弟明明坐牢的事情也挖出來大炒特炒，讓陳愛玲名譽大損。這些其實都是利柏克的昨晚故意對媒體記者亂說的，他想先利用輿論把陳愛玲搞臭，以便有利於控訴。

百樂門的總裁和陳愛玲的同事們看到這個消息都感到不可思議，張志平和賈玉梅更心急如焚。他倆跑到總裁威廉的辦公室，請他幫忙。這件事牽連到整個公司的聲譽，陳愛玲被現場抓獲，威廉只能在心裏著急和同情，卻也愛莫能助。他也不贊成報紙胡亂報導的行為，但還是命令公司人員不要干預員警的偵查。

賈玉梅只好再次找到自己的好朋友海倫，希望她能從警局探聽到一些消息。然而這次海倫無論怎麼打聽，始終沒有探聽到任何有用的消息。賈玉梅又千方百計通過其他朋友找到警察局局長家裏的電話，打電話去，結果被告知局長出差了。她聽後心頭一涼，所有可以找到的能幫忙的線索都斷了，最後只剩下了一個辦法，就是替陳愛玲找一個好律師。

張志平和賈玉梅找到律師克林，以及另外一位有名的律師哈德利一起幫陳愛玲辯護，兩位律師立即接下案子，首先跑去拘留所瞭解情況。

當克林和哈德利兩位律師找到滿面驚恐的陳愛玲時，她已經被折磨得疲倦不堪，一句話也說不出來。她怎麼也想不明白，為什麼會無緣無故地被捕，她只記得被李昂打昏了，醒來時，已經被銬了起來，李昂卻不見了。雖然她自認清白，卻百口莫辯。員警在她身邊發現了一袋海洛因，還有打死賭場保安的那支槍，而槍的指紋正是她的。所有的證據都對她不利。

陳愛玲想起什麼，問：「吳非現在怎樣了？他可以證明我當時沒有在進行毒品交易，是李昂突然闖進來的。」

克林律師搖搖頭說：「吳非被打中了肺部，還在昏迷中，不知道什麼時候能醒過來。」

「李昂呢？李昂知道事情的一切經過。對了，他就是把眼鏡換給明明的那個人，他手上有那只老鼠刺青，你們找到他，一切都清楚了。」陳愛玲著急地說。

克林律師說：「現在員警正在到處找他，還沒找到。」

「安德魯呢？還可以找安德魯的！」

「安德魯有時間證人，他當時一直在賭場，賭廳裏很多人都看見的。因此，警方已經放了他。」

「不，不能放了他，都是安德魯逼李昂做的。安德魯，不能放過他！」

兩位律師安慰她，什麼都不要多想，最要緊的是照顧好自己的身體，只有身體養好才有精神為自己辯護。克林律師還告訴陳愛玲，他們在一兩天之內會把事情弄清楚，然後再來探望她。

除了張志平和賈玉梅相信陳愛玲的清白，努力幫她脫身外，警察局的莫妮卡也相信陳愛玲是無辜的。她不相信陳愛玲會去販毒，但因為證據確鑿，陳愛玲被捕時，身邊確實有一袋海洛因，而且那個泰國佬逃脫了拘捕，已經無法知道與他交易的物件是誰了，因此陳愛玲成了最大的嫌疑犯。更為不利的證據是，員警利柏克和菲力浦都證明陳愛玲因為逃跑反抗，開槍打死了保安。那把槍也就在陳愛玲身邊找到，上面有她的指紋。一袋海洛因也在陳愛玲身邊發現。

莫妮卡還是滿腹疑竇，因為她發現菲力浦說起當時現場的情況時，神情非常不自然。那天在現場的只有利柏克、菲力浦、陳愛玲，還有一個昏迷不醒的吳非和一個逃走的李昂，利柏克和菲力浦所說的情況和陳愛玲說的完全不一樣。雖然所有的證據指向陳愛玲，莫妮卡還是相信陳愛玲所說的。她決定和菲力浦的太太凱薩琳好好談談，讓凱薩琳勸菲力浦說出真相。

警佐菲力浦曾經是一個年輕有為的好員警，他與警佐莫妮卡的丈夫凱恩是警隊裏的好兄弟，他們兩個既勇敢又堅強，抓了很多壞蛋，也引來了很多仇家。在執行任務時，菲力浦和凱恩抓獲了一個黑社會頭目，當時那個頭目威逼凱恩，放他一馬，凱恩絲毫不為所動，把那個頭目帶回了警局。沒多久，菲力浦和凱恩在一個酒吧喝酒，一夥流氓故意找他們鬧事，發生衝突，混亂中，凱恩被活活打死，菲力浦也在醫院躺了三個多月。菲力浦永遠忘不了凱恩血流滿面的樣子，也忘不了那夥流氓惡狠狠地在他耳邊的警告：「讓我們來教你們這群傻子如何做員警吧！」自從這件事後，菲力浦突然變得膽小怕事，怕死了那些拿刀拿槍的壞人。

菲力浦的太太凱薩琳和莫妮卡從小就是同學，是一對無話不談的好姐妹，後來她們還曾在同一所學校當教師。她們兩個從小佩服勇敢的警官，因此分別嫁給凱恩和菲力浦。

自從凱恩去世後，莫妮卡看到警佐菲力浦的變化，對他漸生反感，言語之中也表現出對他的不尊重。凱薩琳也慢慢覺察到菲力浦的轉變和莫妮卡對丈夫的不尊敬。菲力浦為了在老婆面前表功，只好抓那些沒有抵抗力的壞人，有時甚至是無辜的人，對那些有槍有刀的壞人卻躲避得遠遠的。

平時利柏克總是提醒菲力浦：「若拿不出成績，又沒有後臺，你一輩子只好當窮員警。這年頭良心值多少錢，多少人為了晉升，出賣朋友同事，甚至妻子女兒。奉承巴結成為平庸者的武器，到處都感受到它銳利的尖刀。賭場裏的大人物，有哪個是有真本事的？今天是秘書，明天便是總經理，還不是跟老闆睡覺得來的差事？」菲力浦漸漸不僅對利柏克利用職務為非作歹視而不見，有時還從中拿到不少好處，也就和莫妮卡越走越遠。

凱薩琳發現丈夫菲力浦和莫妮卡越來越無話可說，有時甚至爭吵，心裏充滿疑問，因為警務的原則，她不敢過問丈夫的工作，而且她始終認為丈夫仍然是以前那位英雄。

近一個多星期以來，莫妮卡常常約凱薩琳出來喝茶聊天，交談中她暗示凱薩琳，菲力浦的行為有些怪異。這天下班後，莫妮卡又約凱薩琳一起喝咖啡，故意問凱薩琳，是否知道賭場最近發生的案件。凱薩琳回答知道，說沒想到漂亮單純的陳愛玲竟是個毒販，感慨人心難測，人不可貌相。

「真的嗎？妳真的這麼看的嗎？」莫妮卡問。

凱薩琳有些不明白，說：「怎麼？菲力浦親眼看到她殺人販毒，還有錯嗎？」

莫妮卡說：「凱薩琳，我希望妳能好好和菲力浦談談，我覺得他好像隱瞞了些內情沒說出來。」

「啊，他出什麼事了嗎？」凱薩琳一聽，非常緊張。

「沒什麼事，妳放心，我只是有點擔心他。」莫妮卡忙安慰說。

凱薩琳發現菲力浦近來確實有些反常，常常喝得爛醉回家，問他什麼事，他就推說是工作應酬。聽了莫妮卡的話，她覺得有必要和丈夫好好談談。誰知當晚等到深夜，才見菲力浦醉醺醺地回家，她頓時火冒三丈，把門一關，劈頭便問：「菲力浦，你能告訴我實話嗎？我聽說百樂門的那個女孩子是被冤枉的，這個案件你有沒有參與？」

菲力浦一臉地不高興，說：「我的好太太，妳應該瞭解，我們的工作不許和外人洩漏，哪怕是至親至愛。這是警隊的紀律，妳是知道的。」

「好，你可以不回答我，只要點頭或者搖頭就可以了。」凱薩琳不讓步。

菲力浦在凱薩琳的眼光逼迫下，迫不得已慢慢點了下頭。

凱薩琳問：「你是不是有什麼事情瞞著我，瞞著同事？」

菲力浦無力地點點頭。

凱薩琳有些傷心，說：「自從凱恩過世以後，你就不再是一個好的警官了。你的良心正義跑到哪裏去了，被狗咬掉了嗎！」

「我再和妳說一次，請妳不要再問我工作的事，這是違反我們警隊紀律的，這一點妳比誰都清楚。」菲力浦想儘快結束談話。

「我現在不是想要問你的工作，我只是想要一個好丈夫，一個不騙我的丈夫，一個有良心的員警，一個維護國家正義的員警，而不是胡作非為的員警！」凱薩琳大聲說。

「妳是在教訓我嗎？」菲力浦有些生氣。

「我不是教訓你，菲力浦，我只是提醒你！」

「我還要妳提醒嗎？」

「你是不需要我提醒，你的良心會提醒你，如果你還有一點良心的話。如果你連一點正義感都沒有，那你就沒有當員警的權利，我不喜歡有一個讓我抬不起頭的丈夫，你讓我怎麼面對我的學生？」

「妳不需要因為我的事情要跟妳的學生交代。」

「我聽莫妮卡說，百樂門那個陳愛玲病了，在監獄裏面病了，你知道嗎？」

「這和我有什麼關係？每個人都會病的，她病不病和我有什麼關係呢？」

凱薩琳再也忍不住，說：「如果你們不把她抓起來，關在監獄裏，她活得好好的。」

「她犯了罪就得被關起來！」

「真的嗎？她真的犯了罪嗎？你看著我的眼睛！她真的是犯了罪還是你們做假案冤枉她？」

菲力浦不由發怒，盯著凱薩琳，狠狠說道：「我再和妳說一遍，我不能把我工作的事對妳講，我倒很想知道警佐莫妮卡到底給妳講了一些什麼東西？」

凱薩琳說：「莫妮卡當然什麼都不會對我說，她是一個好員警，她會遵守她的工作原則，絕對不會把工作上的秘密對別人說。雖然我們是好朋友，但不是什麼事情她都會告訴我的，我只是從她的眼神和語氣中看出，這個女孩子的案子並不簡單。」

「好了，好了，我不想和妳吵下去。」菲力浦不耐煩地打斷了凱薩琳的話。

凱薩琳知道也問不出什麼結果，賭氣走出房門，回頭瞪了菲力浦一眼，傷心地說：「看來我們已經失去了相互信任，沒有必要再維持夫妻關係。我現在給你兩個選擇，要麼你馬上離開職位，找一份普通的工作，要麼你洗心革面，重新做一位有良心的好員警，如果你連這一點都做不到的話，我們就離婚。」

菲力浦心知理虧，他不是一個完全喪失良心的人，對如今的自己，也常有失落感，所有總借酒消愁。他恨死了那個安德魯，也恨死了利柏克，把他陷入不義。他常問自己，為什麼會走到這一步？看著凱薩琳憤怒地走出房門的背影，不是沒有內疚，也充滿了矛盾。晚上，一個人躺在床上，睜大眼睛，瞪著天花板，久久不能入睡，也不敢到客廳把凱薩琳叫回臥房。

他不敢面對凱薩琳。

二十四

羅倫照例提早時間到醫院上班，習慣性地拿起報紙流覽。一則出賣舊傢俱和首飾的廣告閃入視線。仔細看，這個廣告出賣的幾乎是整個家，大到整套傢俱、藝術收藏品，小到首飾、衣物、書籍，甚至一些家庭用具，開價都不貴。羅倫感覺這家人好像想把自己存在的痕跡全部乾淨地清除似的，這引起了他的好奇，他把報紙收起，準備尋訪去探個究竟，順便看看能否找到自己喜歡的東西。

下班後，羅倫按照廣告所說地址，找到了那個拍賣的房子。房子不大，在一個高級住宅區內，座落在一條幽靜宜人的林蔭小道的盡頭，房子周圍的花草有些淩亂，野花叢生，看來了許久沒人修整了。房子被濃蔭覆蓋，綠葉婆娑，給人一種清涼的感覺。雖然已經傍晚，房間裏仍然穿梭著許多人，尋找自己中意的東西。

羅倫環視，房間裏不僅舊傢俱，還有不少品味脫俗的藝術收藏品和首飾，他因此斷定，這戶絕非普通人家。驀然抬頭，羅倫看到客廳牆上掛著一幅美人圖。他走近仔細端詳，畫中的女子竟是陳愛玲，她大約二十歲左右，青春靚麗，鮮活生動，嬌俏嫵媚，曲線玲瓏，婀娜多姿，亮油油的黑髮如波似浪從額前向腦後流瀉去，露出兩個秀美的耳垂，一張風情萬種的鵝蛋臉上，眉彎如月，睫毛如蓬，雙目含情，柔唇含笑；一套做工精細品質高貴的乳白色套裝，為她平添了幾分職業女性的高雅韻味和成熟幹練。羅倫看著畫像心思有些恍惚，忽見妻子裘蒂飄然而至，他欣喜若狂伸出雙臂熱情擁吻，不料懷中空空，卻是自己的左手握緊了自己的右手；恍惚中，又見裘蒂騰然入畫，一臉悲苦，淚眼婆娑，含嗔帶怨，仿佛在說：你要為我雪恥啊！他的心一陣抽痛，猛然清醒過來。為了不再走火入魔，羅倫趕緊調身離畫而去。

他清理了一下思緒，走進主人的臥房。裏邊的佈置更加清新高雅，每一件擺設顯然都是經過精心挑選的，很有藝術氣息，也看得出主人十分熱愛生活。

這戶人家怎麼捨得把精心建設起來的家，一股腦兒全賣了？他問站在客廳負責拍賣的人。他是個中年人，留著兩撇長長的八字須。對羅倫的詢問，他聳聳肩，說：「錢，哦，當然是急需錢，否則誰會把家給賣了！」

羅倫不便多問，繼續在房間裏四處走動，想尋找些中意的東西。他喜歡的，幾乎都已經被人買下了。最後，他再次到那幅畫前停下。凝望著畫中人，羅倫心中再起莫名慌亂，裘蒂的身影走馬燈似的在他眼前飄來遊去……。這時，羅倫聽到一對男女也站在畫前，小聲地議論。

「看，這就是那位陳愛玲，百樂門賭場的總經理！」男人說。

「果然名不虛傳，真是漂亮啊！」女人望著畫中女子，語氣中帶著些許嫉妒，但很快變成好奇：「她不是賭場的總經理嗎？賭場總經理應該很有錢吧，怎麼淪落到要變賣家產的地步啊？」

「聽說她在賭場偷偷賣毒品給客人，當場被員警抓獲，足足幾十公斤的海洛因。當時還發生了槍戰，這個女人還開槍打死了一個賭場的保安。現在案子正在審理，估計是要錢來救命。」男人說。

「啊，天啊，真看不出來，這麼漂亮的人居然販毒殺人，真是金玉其外啊！」女人驚訝地說，又看幾眼那副畫，拉著男人走了。顯然是對夫妻。

羅倫也看過報紙上一些報導，知道陳愛玲捲入殺人販毒案。陳愛玲曾經是裘蒂的接待經理，他剛到拉斯維加斯時也找過陳愛玲，後來她將裘蒂的事委託給好友賈玉梅，羅倫便沒再與她聯繫。陳愛玲的罪案雖然沸沸揚揚，因他沉浸在自己的痛苦中，沒心思多作關心。這時，他注意到，不少人都在偷偷議論陳愛玲案件，每個人的臉上都畫上一種疑惑的神色。有的說這女子是販毒殺人的兇手，罪有應得，法律是無情的。更多人不相信她會殺人。有位老太太說：「把這麼一個美麗的姑娘抓起來說她殺人，我就不相信。誰知道檢察官會不會作假見證害人！如果她真的犯罪，也是這世道害的。我真希望這可憐的姑娘被判無罪。」旁邊一人答道：「妳只管放心，他們肯定會給他定罪的，妳別瞎操心。」老太太說：「法律也太狠了。」身旁的一位老先生卻不以為然地反駁，不要說法律的壞話，更不要去惹法律。

聽大夥兒的七嘴八舌，羅倫很不安，畫中的陳愛玲和裘蒂的身影交疊著晃動在他的眼前。冥冥中，畫中人似乎是裘蒂的姐妹，與自己有切不斷的緣分。

負責這幅畫拍賣的是位鬢飛霜花的老者。見羅倫留戀，建議他買下，九百美元。羅倫毫不猶豫地掏了錢，並乘機問老者，畫中的女子可是這座房子的主人。老者順利完成任務，心裏高興，話多了起來。他告訴羅倫，畫中人正是房主，柬埔寨華僑，名叫陳愛玲。先是弟弟，接著是她自己都惹上了官司。

羅倫正和老者搭訕著，一個年輕人朝他走來。身材修長，俊美斯文，長髮披散，頗有藝術家氣質。年輕人得知羅倫買了牆上的畫，臉上顯出喜憂參半的複雜表情。他主動向羅倫自我介紹，姓張名志平，是畫中女子的未婚夫。這幅畫是他的作品，更是他珍視的寶貝，不得已拍賣還債，所以心情十分複雜。

他邀約羅倫進書房談談。

書房裏擺滿了中英文和一些法文書，唐詩宋詞、荷馬史詩、莫伯桑、狄更斯、托爾斯泰、司湯達等人的作品……琳琅滿目，儘是些中外古今名著。

羅倫在沙發上坐下，順手拿起茶几上放著的一本《茶花女》翻開，扉頁上赫然寫著：

僅以此書送給我的摯愛——愛玲

希望妳喜歡

志平

張志平給羅倫沏茶，邊解釋說因為欠了一大筆律師費和一些醫藥費不得已拍賣全部家產。他很想知道，羅倫將如何處理買去的這幅畫。

「不好意思，奪你所愛了，不過，你放心，我會珍惜這幅畫的。」羅倫說。

「謝謝！」張志平略遲疑，又說：「你為什麼會買它呢？」

羅倫神情陡變，老實回答：「它讓我想起我的妻子裘蒂。」

「是嗎？」張志平微感驚訝。

「是的。裘蒂剛剛去世，不知什麼原因，我看到這幅畫，就想起我去世的妻子。」

「對不起，提到你的傷心事了。」

「沒關係，我已經好多了。陳愛玲是越南華僑嗎？」

「不是，她是柬埔寨華僑。」

「我的妻子裘蒂是越南華僑，我看畫中的陳愛玲也有些越南華僑的神韻，所以……」

「是嗎？真是太巧了。」張志平竟有幾分欣喜，忍不住問：「裘蒂是不是和愛玲長得有些像？」

「不，不太像！」羅倫說：「裘蒂長著一副娃娃臉，活潑、天真，樂天無憂愁；陳愛玲很文靜，還帶點憂鬱，對吧？」

「是的！」張志平點頭承認：「愛玲總有一股憂愁，她常常想起她在柬埔寨的家，加上她還要撫養她弟弟，她吃的苦太多了……」張志平不禁戚戚然。

羅倫見張志平滿腹心事，不好意思再打攪，便告辭說：「張先生，我先走了，知道你很忙，如果有什麼需要的話，請告訴我，我儘量幫忙。」

張志平笑了笑：「叫我志平吧。你已經幫了我們！」

「我？」羅倫有些奇怪。

「對呀，謝謝你買了愛玲這幅畫。在你手裏保存，我和愛玲都會放心的。」張志平滿臉的感激：「可否方便，我能請你吃頓晚飯嗎？」

張志平對羅倫有種親切感，他很高興是羅倫買了愛玲的畫像，也希望等官司結束後再買回自己的心愛之物，所以決定和羅倫交朋友。

自從妻子裘蒂去世後，鬱鬱寡歡心神不寧的羅倫從沒有像今天說過這麼多話，而且他也很想進一步瞭解陳愛玲的案情，或許順便還可打聽一下裘蒂的消息，便一口答應了。

張志平把羅倫帶到了喜福中國餐館，在他和陳愛玲常坐的地方坐了下來。

喜福中國餐館是拉斯維加斯一位華人開的。餐館裏的辣椒、醬油、豆豉等配料，都從中國直接採購，廚師也是從中國聘請的，因此能做出原汁原味的中國菜，十分受當地華人歡迎。再加上仿明清傢俱的桌椅，穿著唐裝的招待員，牆上張貼的中國山水畫，在拉斯維加斯這座喧囂的城市，這裏好像一片淨土，不僅華人喜歡，也吸引了不少其他好奇中國文化的客人到這裏用餐。張志平偶然發現了「喜幅」後，總帶愛玲來這裏。

張志平沒多謙讓，熟門熟路地點了酒和幾樣菜，兩人邊吃便聊。這兩個幾乎同時遭遇不幸、壓抑鬱悶的男人，終於找到了能夠傾訴的物件。羅倫述說了妻子毫無徵兆的自殺，這件事對自己的巨大打擊；張志平也比較詳細地講述起陳愛玲案件始末，以及他們之間銘心刻骨的愛情……

二十五

第二天，當菲力浦走出臥室到客廳，發現凱薩琳早已經不在。他在廚房發現，桌子上放著凱薩琳為他準備的早餐。他撥打凱薩琳的電話，她的電話已經關機，聯繫不上。

菲力浦很著急，不知道凱薩琳到底去了哪裏。他開著車想心事：工作壓力是不是太重了？是不是已經變得令人討厭了？他現在確實沒有膽量去抓那些真正的壞人，因為他們都有刀有槍，他只敢去抓一些交通違規、喝醉酒駕車的人。如果永遠這樣下去，將永遠不會升職，也不會有很好的收入，將來有孩子了，也沒有錢供孩子上學。所以現在他不得不和利柏克他們同流合污從中得到一些好處。這本來不是他的本意，但他的意志太薄弱，抗拒不了金錢的引誘，結果陷在泥潭中拔不出來。一開始，他也還常常自我譴責，後來漸漸變成自我安慰。自己敲詐欺騙的那些人反正也不是什麼好東西，但他真沒有想過把陳愛玲這樣無辜女孩子送到監獄裏。看到陳愛玲蒙冤，頗於心不忍，尤其是她弟弟已被冤枉入獄，菲力浦更加下不了手，悔不當初。

菲力浦覺得這麼製造假案，有些可怕，他很想中止這種行為，可是案子已經立下來，再回頭已經來不及了。想著想著，突然他從車窗看見有幾個小孩子在打架，是三個墨西哥小孩子圍著一個黑人小孩在打，不過那個黑人小孩一點也不示弱，拳腳還是蠻厲害。

菲力浦把車子停下，跑出來問：「為什麼打架？」

那三個墨西哥小孩只顧揮拳，沒把他當回事，說：「我們的事情不用你管，你走開！」

菲力浦知道要表明身份那些孩子才會聽話些，大喝一聲：「嘿！我是員警，我叫你們停止打架，你們就得停止打架，不停止的話，我把你們抓起來，統統帶去警局。」

聽說是員警，三個墨西哥小孩子才轉身，看見穿著警服的菲力浦，飛快地跑掉了，只剩下那個黑人小孩原地不動。菲力浦走過去對他說：「看樣子，你打架的功夫還不錯哩，每一拳打出去就像一個專業拳擊手。」

那個小孩得意地回答說：「我從小就跟著我哥練拳。」

菲力浦覺得好奇，問：「你叫什麼名字？」

那位小孩子說：「我叫阿裏！」

菲力浦不由笑了，說：「你怎麼把拳王的名字變成自己的名字？」

小孩子仰頭說：「我長大以後，也要當拳王，不像那些壞小孩，我只喜歡打拳。」

菲力浦笑了，說：「好吧，你既然這麼喜歡打拳，你就跟我上警車。」

「我不上警車，我不上警車！我又沒犯罪！」小孩子突然緊張起來。

菲力浦連忙解釋說：「我不是要抓你，我是想把你送到拳擊訓練中心，介紹我的師傅訓練你。我覺得你在拳擊方面有些天賦，將來你會成為一流的拳擊手，會有好前程的。」

孩子咧開嘴巴笑了：「我爸爸一直想找一位拳師來訓練我。可是一直沒有機會。如果有一天我成了世界拳王，我會很感謝你的。」

菲力浦也笑了，說：「那你記住，一定要好好的訓練，不要打架，打架不是一個好孩子的行為，無論對還是不對，都不應該打架，知道嗎？」

孩子說：「知道了，叔叔！我以後絕不打架了。」

菲力浦拍拍孩子的肩膀，覺得這個孩子應該有很好的輔導。如果他從小進入正途，還是會大有前途的。他又想到自己，本來也會是很有為的員警，只因為跟著不好的同事，慢慢學壞，最後同流合污，陷害了不少好人，弄得自己一天到晚提心吊膽，惶惶不安。現在好了，連太太都警告要離婚，該怎麼辦？同那個孩子告辭後，菲力浦依然心亂如麻，沒有開車到到警察局上班，而是去了凱薩琳的學校。

在學校沒有找到凱薩琳，校長告訴他，凱薩琳沒有來上班，她打電話來請假了，說身體有些不舒服。

菲力浦有些慌了，知道凱薩琳這次是認真的，更加想立刻見到凱薩琳，卻怎麼也想不出凱薩琳還有什麼地方可去。猶豫了一會兒，還是給凱薩琳最好的朋友莫妮卡打了電話，雖然自己不想和莫妮卡說話。然而莫妮卡也告訴他，她沒有接到凱薩琳的電話，她也不知道凱薩琳去哪裏了。

菲力浦心裏有些責怪莫妮卡，因為他覺得是莫妮卡洩露了他工作上的事情。作為同事，而且是員警，她不應該和凱薩琳談工作。但他也不好意思面對莫妮卡，不僅因為她和凱薩琳是好姐妹，自己和她的丈夫以前也是難得的好兄弟，主要是因為自從莫妮卡的丈夫為了打擊罪犯犧牲後，他不但沒有繼續像自己的好兄弟那樣，嚴厲打擊罪犯，反而把一些好人關到監獄裏。他忐忑不安，很不願意去上班，不想見到利柏克他們。

菲力浦想來想去，只有一個辦法能減輕自己內心的負疚，就是從旁協助去挽救可憐的陳愛玲。但是他又能做什麼事呢？案子已經立了，他總不能反口供，總不能去揭發利柏克，如果那樣的話，他也會牽扯進來，後果不堪設想。如今已經泥足深陷，怎麼又能拔出來呢？他越想越煩燥。

凱薩琳確實沒有去上班，她給學校打電話請假後，就找了一個咖啡館坐下來，然後給莫妮卡打電話，請她出來陪自己。

莫妮卡接到電話，就趕到了咖啡廳，剛坐下，凱薩琳劈頭第一句就問：「莫妮卡，我們是多年的好朋友了，我知道有關工作的很多事情你不能講，但是我一定要弄清楚菲力浦到底怎麼了，妳告訴我他在陳愛玲這個案子究竟扮演什麼角色？他有沒有冤枉好人？」

莫妮卡說：「菲力浦有沒有說謊，究竟有沒有冤枉陳愛玲，我確實不知道。」

凱薩琳有些急了：「妳不回答就說明妳一定清楚，知道菲力浦肯定幹了見不得人的事，否則，妳就不會坐在我面前和我談他。」

莫妮卡無奈地一笑，她很想告訴凱薩琳，菲力浦很可能和利柏克勾結在一起冤枉陷害陳愛玲

「我絕對想不到菲力浦會變成這個樣子，我和他之間已經越來越沒有話說了。自從凱恩不幸出事後，整個人就變得不再像他，以前那股英雄氣概完全沒有了，現在回到家不是睡覺、唉聲歎氣

的，要麼就喝得爛醉。我問他，他什麼都不說，顯然心裏很痛苦，但我就是不明白，他究竟幹了一些什麼見不得人的事？」凱薩琳繼續說。

「有時人在江湖，身不由已的，菲力浦說不定也有他的苦衷。妳知道，他一向對家很負責，想要升職，想要加薪，這是他愛妳的表現，想讓妳和將來的孩子生活的更好一些。」莫妮卡有點為菲利浦辯護。

「可是我並不要他做什麼大官，不要他掙大錢，我只希望他做個好員警。只要他安分守己，我甚至都不希望他做一個抓小偷的英雄，只想他平平安安的。我剛嫁給他的時候，就是喜歡他的老實，也知道他其實沒有什麼才幹，也不指望他能有多大的出息，我只是希望我們夫婦倆能好好的過日子。可是現在，妳看，我和他的緣份好像要走到盡頭了。」

莫妮卡安慰她說：「妳千萬不要這麼想，菲力浦還是很愛妳的。不過，做人一定要厚道本分，老老實實的，才不會出差錯！」

這時，凱薩琳已經從莫妮卡的講話中得到暗示，菲力浦肯定做了什麼見不得人事情。她下定決心以和菲力浦離婚相迫，讓菲力浦改過自新，便對莫妮卡說：「不管怎麼說，我決定和菲力浦離婚，我能不能暫時搬到妳那裏住？」

莫妮卡想了想，沒有答應：「不行，這樣不太合適。我不想我的工作和私人有什麼牽連。如果妳搬來我這裏住的話，菲力浦會認為我在挑撥離間，這樣不但對我不利，對菲力浦也不利，對整個案子都不好。」

凱薩琳有些賭氣地：「我不管那麼多，反正我不會跟那壞蛋在一起，我不會和一個傷害好人的人在一起的。他今天把一個無辜的百姓送進監獄，難保有一天不會把我也出賣掉。這種人我還能跟他在一起嗎。」

莫妮卡見凱薩琳動氣激動，安慰她：「我看菲力浦還不至於這麼壞，他本質還是好的，他這個人還比較有良心，我認識他這麼多年，知道他這個人雖然沒有什麼大志，但也不是那種貪贓枉法的人。他有些身不由己，讓人牽著鼻子走。如果他能從黑變白，改邪歸正，做一個好員警的話，國家多了一個好員警，我在警局也多了一個好夥伴，妳也找回一個好丈夫，何樂而不為呢。」

凱薩琳問：「有什麼辦法讓他改邪歸正嗎？」

「只要他不作偽證，把事情的真相告訴檢查官就可以了。這樣一來，既挽救了無辜的人，也維護了員警的聲譽，對他自己也是一種解脫。」

「莫妮卡，要靠妳多幫助。」凱薩琳輕鬆了些。

「不行，還是要靠妳自己的，我不方便出面，妳就好好替我勸他一下吧，假如說他能夠出面揭發利柏克作偽證，一切都好辦了！」

「這麼說，照妳的意思，我還是應該回家了。」

「當然要回家。菲力浦不是對妳很好的嗎。」

「我不否認他是一個好丈夫，但是只對我一個好，對別的人沒有同情心，這算是好丈夫嗎？」

「妳說的也對，我們好好努力，讓菲力浦迷途知返。不過，妳和我見面的事千萬不要對他說，妳也不要對他說我把警局裏的事情告訴妳，這樣的話，菲力浦認為是我唆使妳的，結果可能會更糟糕。」

凱薩琳一笑：「看起來妳還是有點怕事。」

「妳錯了，凱薩琳。」莫妮卡解釋說：「我並不是怕事，而是小心從事。我已經下定決心把那個可憐的姑娘救出來，我覺得她真的是冤枉的。利柏克一向和毒販子勾結，我估計菲力浦知道真相。」

「那好，我們齊心合力，一起把陳愛玲救出來，這樣也可以挽救菲力浦。」

兩人達成共識，凱薩琳心情輕鬆了不少。

這天，利柏克一早來到警局，想要和菲力浦談談，穩定他的情緒。他發現菲力浦最近臉色越來越蒼白，常常發呆。他害怕菲力浦堅持不下去，把真相說了出來。

誰知一向守時的菲力浦卻遲遲未到，利柏克多次打他的手機，都無人接聽。快中午了，利柏克覺得有點不對勁，決定去找菲力浦。他來到停車場，正要上車，突然發現菲力浦的車就在停在旁邊，菲力浦一個人仰臥在座位上，鬍子拉碴，臉色蒼白。

利柏克走過去，敲了車門老半天，菲力浦才動了動，抬頭看了一眼利柏克，打開車門下來。利伯克感謝菲力浦隱瞞事實沒說實話，承諾事後一定給他重重的酬勞。菲力浦責怪他不該販毒，更不該陷害無辜的陳愛玲。利伯克強詞奪理說：「不是陳愛玲完蛋，就是我們完蛋，有陳愛玲當替罪羊，我們才能安全。」菲力浦聽他把自己也拉進去，激動地駁斥：「不要我們我們的，我可沒有販毒。」

利柏克見菲力浦聲音越來越大，有些急了：「菲力浦，你別這麼大的聲。你以為你自己就乾淨嗎？你想想，這幾年你在我這裏得了多少好處？三十萬應該有了吧！那裏也有販毒的錢。」

「你，你……」菲力浦有些氣得說不出話。

利柏克知道自己點到菲力浦的痛處了，又惡狠狠地威脅道：「我告訴你，菲力浦，你千萬別亂說，到時不僅我完蛋，你也會跟著完蛋的，你想想你那個美麗的老婆凱薩琳吧，你忍心讓她守空房！」

提到凱薩琳，菲力浦徹底洩氣了。突然問利伯克，陳愛玲的弟弟是否也是被他陷害的？利柏克得意地笑笑：「當然，傻瓜！」說完揚長而去，把菲力浦一個人扔在停車場。

凱薩琳和莫妮卡分手後，沒有去學校，丈夫的不良行為讓她覺得自己也很骯髒齷齪，無顏面對天真單純的孩子們。她也不想回家，茫然地在街上開車跑來跑去，沒有目的地兜著，腦子裏一片混亂。

在一個十字路口，鬱悶的凱薩琳沒有注意到交通號誌，迎頭撞上了一輛大貨車，她眼前一黑，便丟掉了一切煩惱。

等凱薩琳醒來的時候，她已經在加護病房裏躺了整整兩天，車禍把她的肋骨撞斷了三根，撕裂了一條肺分枝靜脈，大量出血。好在氣胸把肺壓縮，減低出血速度，未致休克死亡。搶救了很久，終於把她從鬼門引渡回來。

她恢復意識後，問護士有沒有人來看她，護士說有一個叫莫妮卡的來過。凱薩琳追問，有沒有一個男的來看她。護士想了想，搖了搖頭。凱薩琳非常失望。她盼的是菲力浦，丈夫居然不來醫院看她。

她不知道，菲力浦已經身不由己。

自從凱瑟一早離家出走後，菲力浦當即開始四處尋找，去學校，給莫妮卡電話，打她的手機，都沒有得到任何相關消息。他開車在馬路上兜來兜去地搜尋，凱薩琳像從人間蒸發了似的蹤影全無，菲力浦懊悔地自責不已。

當他回警局的時候，在停車場又受到利柏克的威脅，心情更壞透了。

警長密爾頓見他神色慌張，詢問出了什麼事。菲力浦突然鬼使神差般把一腔怒火全發在警長密爾頓身上。沖著警長大吼：「我再也不做員警了！」警長密爾頓這幾天正忙著陳愛玲的案子，他有點不相信陳愛玲真的會販毒和殺人，卻又鐵證如山。下屬利柏克一口咬定，親眼看見陳愛玲、吳非和李昂一起交易，親眼看見陳愛玲開槍。菲力浦對於利柏克提供的情況也不否認。但他總覺得有什麼地方不大對勁。見菲力浦一副失魂落魄的樣子，不免頓起疑雲。他問菲力浦為什麼突然發這麼大的火？為什麼突然不要當員警？菲力浦對自己的失態有些後悔，放軟口氣告訴警長是因為太太要和他離婚，並且離家出走，如今不知身在何方。警長密爾頓拉下臉來，批評菲力浦不應該把自己的家庭問題帶到工作中，身為老警員，竟然無視警局紀律，並說：「要辭職，也得先把陳愛玲的案子弄清楚再走。」

聽到陳愛玲這個名字，菲力浦突然再度失控，把手槍和警徽扔在桌上，歇斯底里叫著：「辭職！我立刻辭職！」掉頭走出辦公室。警長見狀怒不可遏，命令其他警員立刻把菲力浦抓起來，喝道：「把他關進隔離室，派人二十四小時輪流看管不允許打電話。」警長密爾頓覺得菲力浦的反常表現很不尋常，可能與陳愛玲的案子有什麼瓜葛，所以決定把他留下來問個究竟。

菲力浦情緒跌落低谷，十分想念離家出走的凱薩琳。他們本是十分恩愛的夫妻，如今鬧到這一地步，自己有不可推卸的責任。當年他和好友——莫妮卡的丈夫凱恩，一同出生入死、秉公辦案，從不做陷害好人和違背良心的事。沒想到凱恩死後自己不但變得膽小如鼠，還貪財枉法，昧著良心幹了不少壞事。如今更淪為毒販的幫兇。

菲力浦咬牙切齒悔不當初時，他絕對想不到，凱薩琳出了車禍，被撞了個半死，躺在加護病房裏。

莫妮卡得知凱薩琳醒了過來，又到醫院加護病房看望。她握著凱薩琳的手，不斷安慰她，讓她好好靜養，不要胡思亂想。

凱薩琳恨透了丈夫菲力浦不來看她，對她不聞不問，但心中也有些奇怪，她知道菲力浦不會對她不理不睬的。於是便讓莫妮卡幫她聯繫一下，問他怎麼到現在還沒有出現。

莫妮卡覺得沒有必要向凱薩琳隱瞞實情，便把菲力浦被關禁閉的前因後果講述了一遍，並勸凱薩琳不要難過，禁閉只是一時的，很快就能出來。誰知凱薩琳聽後不但沒有出現莫妮卡擔心的情況，還說感到開心，她覺得菲利浦的表現說明良心還沒有完全泯滅，他將來一定還會成為自己以前的那個好丈夫。凱薩琳決心和莫妮卡一同努力，幫丈夫回歸正路。

二十六

湯瑪斯已經有證據證實裘蒂是被蘇玫串同安德魯迷奸了。

那晚故意將玻璃杯碰掉地下，用紙巾給安德魯擦手指的那個醉酒者，是托瑪斯的助手，他故意安排了那一幕，目的就是取安德魯的一點血。他的助手那天晚上從安德魯手指上取得的血，DNA檢查的結果，證明他就是裘蒂胎兒的父親。

得到這個最終結論，羅倫多日為之徹夜不眠。下一步該怎麼辦，托拉斯讓羅倫拿出意見，他負責的偵探任務應該說已經完成。

羅倫思來想去，還是固有的顧慮：裘蒂已逝，不能出庭控告，除非蘇玫肯上庭揭發作證，但蘇玫自己就是幫兇，她肯嗎？再說，裘蒂為了愧對羅倫，也為了顧全顏面才決定自殺，若把裘蒂受迷奸的事揭發出來，弄得家喻戶曉，沸沸揚揚，裘蒂是否願意這樣？自己面子上也很不好看。假若就這樣讓害人者免被揭露接受懲罰，如何對得起裘蒂？如何解自己心頭之恨？放惡人繼續為非做歹，如何對得起社會？

羅倫來拉斯維加斯的目的，就是為抓住那個害死裘蒂的魔鬼，現在魔鬼就在跟前，垂手可及，他反倒不知該怎麼辦了。好像那魔鬼已不是一個有血有肉的人，而是一個模模糊糊的影子，在他面前示威，用嘲笑的口吻對他說：「我就是那個迷奸你妻子的男人，你又能把我怎樣？」羅倫想扼著那魔鬼的咽喉，卻發現扼著空中的一團煙霧。

羅倫全身陣陣戰慄，他無力地喃喃自語：「裘蒂啊，假如妳地下有靈，請妳告訴我，我該如何做！」為了舒解胸中的鬱悶，他很想去找賈玉梅，許多天沒見賈玉梅了，猜想她大概也很忙，不好意思去打攪。

有下午，羅倫剛到辦公室，就接到急診室的呼叫，有個十七歲的男孩腦部受傷，需要處理。他立即趕往急診室，那裏護士們已經有條不紊地採取了緊急救護措施。

羅倫見病人臉龐清瘦，額頭有血不斷滲出，樣子十分恐怖。他為男孩做了腦部電腦斷層攝影，腦部沒有受傷，便為他縫合了傷口。為保險起見，他讓護士送男孩入加護病房繼續觀察。

一個二十多歲的女人朝羅倫走來，詢問男孩的傷是否嚴重。聽聲音，他覺得很熟悉，再一看，原來是賈玉梅。

賈玉梅始終在為陳愛玲的事奔走，許久沒有探望明明。明明從報紙上得到了姐姐出事的消息，萬分著急難過，想去看望，但少管所不答應他的請求。

又到了探監的日子，張志平因拍賣行結算，抽不出身，央求賈玉梅代陳愛玲和他探望明明。並囑咐她，不要讓明明知道姐姐的事。誰知，賈玉梅剛謊稱陳愛玲生病不能前來，明明已淚湧如泉哀哀痛哭。

見瞞不過，賈玉梅只好實話實說，將突發事件原原本本講了一遍。告訴他，你姐姐是無辜的，受惡人陷害。她和張志平都在想法設法。明明哽咽著，要求賈玉梅讓他去看望姐姐賈玉梅也無法可想，只好再三勸明明忍耐些。明明沒再說什麼，突然一頭撞向牆，砰的一聲倒在牆角。賈玉梅尖叫，管理人員聞聲趕來，有人打電話叫了救護車，她不放心，跟著一起來了醫院。看到明明被推出急診室，才微微放心，但仍然有些擔憂，拉住羅倫醫生連連詢問。羅倫卻只是呆呆地盯著她，賈玉梅有些尷尬，連連追問：「傷者要緊嗎？」

羅倫這才意識到自己的失態，答道：「不要緊，縫上幾針就好了。為了保險起見，最好住院觀察幾天，再做個電腦斷層切影，看看有無顱下出血。」

他忍不住好奇地問傷者是賈玉梅的什麼人？賈玉梅告訴他，男孩就是陳愛玲的弟弟明明。這時，張志平匆匆趕來，一見賈玉梅和羅倫就問明明的情況。

「明明為什麼突然把自己弄傷？」張志平焦急地問。

賈玉梅歎了口氣：「我估計是想去看他姐姐，想出這個法子，製造機會。」

張志平心疼地說：「這個傻孩子，我去看看他。」

明明頭還有些暈，正躺在床上休息，三人推門進來。明明一看到張志平，猶如見到姐姐，馬上就哭了起來：「志平哥，我要去看姐姐，你想辦法帶我去看姐姐。」

由於明明還在少管所，即便住院了，也有人看管，張志平知道根本不可能帶他去，只好安慰他：「明明，你要聽話，你姐姐要知道你這樣做，會傷心的。你不能惹她生氣了，你姐姐已經找到那個換給你眼鏡的人，她會馬上給你洗脫罪名，你姐姐也會沒事，到時我們就可以在一起了。」

「真的嗎？」明明立即停止哭泣。到底是小孩子，霎時雨過天晴。

陳愛玲上庭的日子到了，審判按程式進行。審判受理一個星期，先是預審，陳愛玲被提上法庭，作首次審判前的表白。一大早，陳志平和賈玉梅便來到法庭，和律師克林商量著各種細節問題，羅倫也早早到了法庭，希望能幫得上忙。

開庭後，檢查官密菲起訴，說陳愛玲販毒和故意殺人兩個罪名，並特別說明，陳愛玲的弟弟也是個罪犯，他們姐弟倆都不是好人。還說陳愛玲販毒的錢早已偷轉到一間瑞士銀行，為了避免她潛逃國外，他要求法官不准陳愛玲交保庭外候審。

陳愛玲聽罷，連聲高呼：「都是捏造，我沒犯罪，我是無辜的！」

哪個犯人肯說自己有罪！法官見多了，毫不為所動。當庭宣佈，不准陳愛玲保釋，收監等候下次正式開庭。預審草草收場。

這次預審結束後，律師克林和哈德利把張志平找來一同分析案情。都認為儘快找到關鍵證人李昂是當務之急，只有李昂肯出庭作證才能為陳愛玲洗脫罪名。犯毒加殺人，若不能洗脫，陳愛玲可能會被判終身監禁。張志平很清楚這個後果，一直發瘋似的四處尋找李昂，李昂卻像從人間蒸發了似的，連莫妮卡也無能為力。張志平不禁有些絕望。

幾天後，正式開庭的日子。當檢察官密菲在法庭洋洋灑灑地念了一篇很長的起訴書後，陳愛玲聽得目瞪口呆，憤怒而驚恐，當場暈倒，經過十多分鐘的搶救還沒有醒過來。之後，由救護車送到附近醫院急救。經過醫生診斷發現，陳愛玲原來患有原發性心臟病，這種病容易因情緒失控增加心臟的負擔，導致血液不能及時送到頭部，引起腦部缺氧，因此必須馬上要住醫院。法庭迫不得已中止審判，視她的病情然後再決定開庭日子。

陳愛玲被送到一個深切加護病房，外面由員警把守，只有律師才可以探望。賈玉梅找到羅倫，希望他能安排明明去探望一次，她認為這時候，陳愛玲最想見的人就是明明。

羅倫每次看到賈玉梅，就會想起裘蒂。他無法拒絕賈玉梅的請求，何況，他也非常同情陳愛玲。他決定安排陳愛玲姐弟倆見一次面。他找到一件醫生的衣服，讓明明換上，假裝是自己的實習醫生，一起到愛玲病房查房，讓賈玉梅在外面纏住監視的員警。

明明一走進陳愛玲的病房，看到姐姐比以前瘦多了，臉色蒼白，躺在床上，一點精神都沒有，哭了起來：「姐姐，我是明明，妳怎麼啦？」

正閉著眼睛在床上休息的陳愛玲，突然聽到明明的聲音，一睜眼，真的是自己日思夜想的弟弟站在眼前，姐弟倆抱頭痛哭。羅倫有些急了，生怕外面的員警聽見，忙說：「噓，小點聲，愛玲，妳還不能太激動。」

陳愛玲和明明這才控制住自己的情緒，明明抓著姐姐的手，說：「姐姐，是我害了妳。」

強忍悲痛安慰弟弟，陳愛玲說：「無論遇到什麼困難都要勇敢面對。」

經過這些磨難，明明變得很懂事，對姐姐說：「志平哥和玉梅姐，還有羅倫醫生一定會找到有力證據幫我們脫罪。」

陳愛玲見以前不大懂事的弟弟突然長大了，十分欣慰。羅倫擔心時間長了，會被員警發現，而且她也不能再受刺激，便催著明明出去。明明只好戀戀不捨地離開。

賈玉梅又央求羅倫把明明的病說得嚴重些，讓他在醫院多住幾天，這樣姐弟倆便能多偷偷見幾次。羅倫覺得義不容辭，於是給明明又安排了一些檢查，有空的時候就把明明帶去看望陳愛玲。姐弟倆在病房不時能說話，兩人的情緒都開朗多了。

一個星期後，明明無論如何都得出院了，羅倫再也找不到理由讓他繼續住院。明明出院前一天，又假裝成實習醫生，由羅倫帶著去看望陳愛玲。一個多星期的休息，陳愛玲已經好多了，能夠下床活動，但是不能亂走，也不能隨便與人交談，二十四小時都有人監視。

這天，賈玉梅仍然照例在外面與監視的員警閒聊，羅倫帶著明明去與陳愛玲道別。兩姐弟本來心情挺好的，誰知到了分別的時刻，兩人都不禁又開始落淚。陳愛玲擔心明明在監獄日子不好過，明明擔心姐姐的官司，兩人都互相自責，羅倫在一旁聽得眼睛也潮濕了。

從陳愛玲病房出來，賈玉梅發現明明和羅倫的眼睛都紅紅的，問：「怎麼回事？病情又嚴重了嗎？」

明明不做聲。羅倫解釋：「不，不是的，愛玲已經好多了，只是他們倆姐弟真夠冤枉的。」

賈玉梅決心想法設法先把明明保釋出來，離開醫院後當即找克林律師商量。

第二天，克林律師找到參議員羅艾，請羅艾出面擔保，把明明假釋出來。參議員羅艾聽了陳愛玲的故事，深表同情，毫不猶疑為明明寫了保證書。明明在少管所的表現非常好，而且也只剩下不到半年的時間就可以出獄了，因此保釋很快獲准。張志平、賈玉梅和羅倫三人奮力湊足保證金，終於把明明擔保了出來。他們知道，明明是陳愛玲最好的安慰劑，現在也只有明明才有機會去探望她。

明明出獄第二天，賈玉梅就帶他去探望陳愛玲。這次明明再也不用假裝成實習醫生了。羅倫和賈玉梅在病房窗外，看到兩姐弟欣喜的情景，又是感傷又為他們高興。

賈玉梅把明明安頓在自己家裏以方便照顧，決定等明明心情穩定下來後，再讓他去上學。

二十七

在拉斯維加斯一個昏暗小巷的酒吧裏，李昂大口大口地喝酒，安德魯在他身旁看著當地的報紙。

「哈哈，沒想到陳愛玲這個女人也有今天！」看到報紙上說陳愛玲因受不了打擊，心臟病突發送進醫院的消息，安德魯哈哈大笑。不過，想起那天的情況，他還是心有餘悸。當他接到利柏克的電話時，迅速通知了泰國佬和李昂。泰國佬早有準備，毒品一交易完就拔腿開溜，李昂卻差點給逮住。幾十公斤上好的海洛因落在了警方手裏讓安德魯痛叫「損失巨大」，慶倖的是李昂終於脫逃。更讓他高興的是，員警居然帶走了陳愛玲，罪名除了進行毒品交易，還有殺人。這就叫做有心栽花花不成，無心插柳柳成蔭。雖然損失了幾十公斤的海洛因，但看來陳愛玲這次好像是難逃法網了，終於拔去了眼中釘，肉中刺，安德魯感到前所未有的痛快。他給自己倒上一杯酒，然後和李昂碰了碰杯，說：「李昂，沒想到這次你真行啊！居然嫁禍給陳愛玲，還讓她殺人了，看不出你小子，比我還狠！」

李昂心裏正愧疚著，出事後一直密切關注著陳愛玲案子的進展，看到陳愛玲被捕，還被當作嫌疑犯押上了法庭，李昂心中越發難受。他有心去自首，然而這次除了販毒、還有殺人，他害怕自首後，下半輩子肯定就報銷在監獄了。但他也不願讓陳愛玲當他的替罪羊，看到安德魯高興的樣子，李昂一肚子的火氣不禁爆發出來：「都是你！都是你！是你害她成這個樣子的！」

「哈哈，李昂，這樣不是很好嗎？」安德魯得意洋洋地：「我們上次想讓她坐牢都不行，沒想到這次可以看到她坐牢哩。你幹得真不錯，那幾十公斤海洛因損失得值！」

「不是我幹的，不是我！」李昂堅決否認。

「不管是不是你，反正我們這次總算出了一口氣，來，乾杯！」安德魯仍然很高興，舉起手中的杯子，一飲而盡。

李昂一把打掉安德魯的酒杯，怒吼：「這一切都是你造成的，員警總有一天會找到你的！」

安德魯聽到這裏，臉色一沉，說：「李昂，你不要不識抬舉！你想怎樣？你想去員警那裏告我嗎？你去呀，你去呀！員警已經找過我問話，已經放我出來了。海洛因是在你手裏，人也是你殺的，你以為員警會相信誰？」

李昂更加憤怒：「這都是你逼我幹的，是你和利柏克逼我幹的！」

「是嗎？你去警察局告我們呀？你以為員警會相信你？」安德魯陰陽怪氣地說：「我和警察局的人可是稱兄道弟的好朋友，現在員警正在到處找你，你最好還是小心點，給員警抓住，我可救不了你！」

李昂聽到這裏，突然泄了氣，不知道說什麼好。他沒想到自己會陷入這樣的境地。突然，他站了起來，向安德魯撲去。安德魯一不留神，被李昂撲到，摔在地上，旋即站了起來，和李昂開始搏鬥。李昂因為上次逃跑的時候，腿摔傷了，再加上一直東藏西躲，沒有好好睡覺吃飯，又不斷喝酒，根本不是安德魯的對手，沒幾下就癱在地上，任安德魯拳打腳踢。

安德魯打了幾下，知道自己不能太過分，萬一惹急了李昂，他跑到警察局自首了，坐牢的可不會是陳愛玲，而是他了。因此，他又把李昂扶了起來，安撫他說：「李昂，其實我也不想這樣的，但沒辦法，現在陳愛玲不坐牢，我們就要坐牢，你想總得有一個人坐牢。你還年輕，你總不可能下半輩子呆在監獄裏吧！」

李昂不做聲，坐在地上抱頭痛哭起來。

安德魯見李昂似乎軟下來了，又繼續說：「李昂，要麼這樣，我給你一些錢，你去外面躲一段日子吧！過些日子你再回來，一切都沒事的，到那時，這裏就是我們的天下，說不定我們還可以回賭場工作！」說著，安德魯從口袋裏拿出一疊鈔票，塞在李昂的手上。

李昂看著那些鈔票，用力把安德魯推開，把錢甩在安德魯臉上，吼道：「我不會再聽你的了，我不要你的錢！」說完，便衝出門去。

安德魯不提防，被李昂推到在地上，還被李昂用鈔票甩了一臉，臉色大變。看著李昂沖出去的背影，心中有些不安和緊張，咬了咬牙，嘴角抽搐了幾下，頓起殺機。

自從愛玲在法庭病倒後，張志平心中更加著急了，更加瘋狂地尋找李昂。他幾乎找遍了拉斯維加斯所有的大街小巷，所有那些犯罪率比較高的地方，然而就是找不到李昂的蛛絲馬跡。

這天，他又在拉斯維加斯各個小酒吧裏找李昂，他知道時間不多了，他一定要在下次開庭之前找到李昂。他顧不上吃飯，一晚上跑了好幾個小酒吧，在那些渾濁的酒吧中不停地打聽，尋找。然而始終沒有人見過李昂。

快午夜了，已經找了一天的張志平仍然不甘心，從一個酒吧出來，找了一間便利店喝了點東西，休息了一下，就去另一個酒吧繼續尋找。

剛進門，突然一個人從裏面沖了出來，撞在張志平懷裏，一個踉蹌，張志平連退幾步才站穩，定睛一看，正是自己踏破鐵鞋無覓處的李昂。只見他衣衫破了幾處，鼻子嘴角隱隱還有血流出，頭髮鬍子肯定很久沒打理了，亂糟糟的，人也消瘦了許多。張志平幾乎不敢認了，他試著叫了句：「李昂，是你嗎？」

李昂把錢甩在安德魯臉上，氣衝衝朝外跑，不小心在門口撞到人。他頭也沒抬，繼續往前沖，突然聽到有人叫他，猛抬頭，覺得很面熟，等他反應過來，認出面前是陳愛玲的男朋友張志平，心中一驚，跑更快了。

張志平看見李昂的反應，知道自己沒有認錯人，拼命追。他絕不能放過李昂。終於在巷子口，一把抓住了李昂。他把李昂壓在牆上，氣喘吁吁地說：「李昂，你不要跑，我要和你談談！」

李昂掙紮：「我們沒什麼好談的，你讓我走，讓我走得！」

張志平死死抓住李昂不放：「李昂，愛玲就指望你了，你一定要救她，她現在病倒了，馬上又要開庭了，她是無辜的，你知道的。」

李昂不願聽，說：「這不關我的事，不是我幹的。」

「李昂，我知道都是安德魯逼你幹的，你出來指證他，做汙點證人，一切都沒事的，我們一定會幫你。」張志平勸道。

「我不想牢，真不想坐牢。」李昂馬上拒絕。

「可是，你這樣下去也不是辦法，李昂，員警總有一天會找到你的，你能東藏西躲一輩子嗎。」張志平說。

李昂稍微冷靜了些：「可是我真的不想坐牢！」

張志平見李昂似乎能聽進去了，繼續勸說「李昂，你還年輕，我們向法官求情，你不用坐幾年牢的，出來之後可以光明正大的做人，你可以重新開始，總比一輩子躲躲藏藏好吧。」

李昂問：「那我該怎麼辦？」

張志平見李昂平靜下來，語氣也柔和了些，說：「你和我一起去警局自首，然後指證安德魯和利柏克，你一定會沒事的，我保證。」

李昂默不作聲。張志平知道有些動心，他不能逼得太緊，便放開李昂，讓李昂自己考慮。李昂鬥爭了半天，仍然不能決定。對張志平說：「你能讓我再考慮一個晚上嗎？」

張志平急了：「李昂，你不能再猶豫了，還有一天，愛玲就要上庭，只有你能證明她是清白的。」

李昂聽到這裏，又變得很激動：「愛玲，你是為了你的愛玲，我是對不起她，可我是無心的，我不想坐牢，你替我想過嗎？我三十歲不到，我一坐牢，就全完蛋了！」

見李昂要反悔，張志平知道逼得太緊會適得其反，只好答應：「好吧，我明天等你，給你我的電話，需要時隨時打給我電話！」志平把自己的電話號碼寫在一張紙上，遞給李昂。李昂接過紙條，感到有些歉意，說：「張先生，我對不起陳愛玲，我會彌補我的過失的，你容我考慮一下。」

「愛玲後天上庭，你要儘快考慮清楚。」張志平不忘提醒。

「嗯，我會的。」李昂回了一句，便走了。

張志平眼睜睜地看著李昂離開，卻又無可奈何。他心中還是很高興，畢竟找到了李昂，愛玲有希望了。

不遠處，安德魯躲在一個角落裏，看到了這一幕，眼露凶光。

二十八

明明的出獄和探望，使陳愛玲的心情變得開朗了許多，身體也一天天好起來。開庭的日子越來越近。

陳愛玲上次在法庭暈到後，經醫生檢查，才知道原來她從小就有原發性心臟病，這個病在平時不容易被發現，當情緒激動或是某種原因就會引發心悸，使原本心跳過速負荷過重的心臟更加經受不起。醫生檢查後說，希望儘量不要讓她受到更大的刺激，最好連她的家人和律師都不要騷擾她。

賈玉梅把陳愛玲的身體情況告訴了律師團，律師團起草了一份延期開庭的申請書，法官批准了。但隨著陳愛玲身體的好轉，法官決定儘快開庭。這讓張志平和賈玉梅非常著急，但也沒有辦法。所以張志平只好發狂地找李昂。皇天不負有心人，李昂終於找到了。張志平和李昂分手後，恨不得馬上把這個消息告訴陳愛玲，但害怕她太激動，只好先打電話告訴律師克林。

真的嗎？已經睡下了的克林聽到這個消息，高興地坐起來：「李昂現在人在哪裏？」

「他說還要考慮一晚上，他答應一定站出來！」張志平興奮地說。

「好，你一定要穩住他，不能讓他反悔！」克林聽了，有些不放心，再三交待：「你要看住他，讓他明天就去警察局投案自首，明天一定要去，陳愛玲後天就要開庭了。」

「可是他現在已經走了！」張志平有些沮喪地說。

「你怎麼能放他走！」電話那頭的克林律師簡直是怒吼：「你怎麼這麼糊塗？」

「我不能逼他太緊，否則適得其反的。」志平解釋說：「而且他答應了一定會站出來的，我只能讓他走。」

「嗯，那我們只能等他了。」克林無奈地說：「明天我要重新準備一些材料，如果李昂真的能站出來，陳愛玲應該不會有事了。」

第二天，克林律師正重新準備上庭材料，突然接到密爾頓警長的電話：「克林律師，陳愛玲的案子出現了一點新的情況。」

「是不是李昂投案自首了！」克林律師有些驚喜。

「不是，這個案子需要移交聯邦調查局，現在不由我負責了。」密爾頓警長說。

「為什麼？」克林律師十分驚訝。

「這個案子其實聯邦調查局的人一直在參與，那個懷疑與陳愛玲進行毒品交易的泰國佬一入境，聯邦調查局的人就跟蹤上了，後來不知怎麼跑了。現在聯邦調查局的人要審理這個案子也是正常的，因為這是一起國際販毒事件。」密爾頓在電話解釋。

「哦！謝謝你通知我，密爾頓警長。你能告訴我，是誰負責這個案子嗎？」

聯邦調查處處長馬雷是總負責人，聯邦調查員馬龍和傑克幾個人具體負責。

其實，密爾頓警長心裏非常生氣。那次行動，他早就接到聯邦調查局的通知，說有一個泰國來的毒販子要在賭場進行毒品交易。密爾頓警長想貪功，申請行動由他來負責，一定會把毒販子一網打盡。聯邦調查局的人卻不放心，只讓他在最後大追捕時行動。因此，密爾頓警長只好帶著他的人馬，假裝在附近聚會喝酒，等待他們的通知。

讓密爾頓警長有些幸災樂禍的是，那次緝毒行動，不僅大毒梟泰國佬逃跑得無影無蹤，就連來進行毒品交易的小毒販李昂也逃跑了。密爾頓警長表面上裝作很遺憾的樣子，但心裏有些高興。誰讓聯邦調查局的人不讓他來指揮這次行動。

然而，未久聯邦調查局的人找他談話，根據泰國臥底傳來的消息，泰國佬之所以能及時逃跑消失導致整個行動失敗，是因為警方內部有人通風報信。聯邦調查局讓密爾頓警長把案子移交出來，因為他們已經不適合再插手辦理這個案子了。這讓密爾頓警長覺得非常沒有面子。他沒想到自己的隊伍裏面會有內奸。但他是一個經驗豐富的辦案人員，知道不能輕舉妄動，所以一直不露聲色，暗地裏始終在偷偷調查。

克林律師放下密爾頓警長的電話，心中十分煩躁。如果案子移交聯邦調查局，意味著他的辦護工作變得更加困難，更加艱苦。他打電話把哈德利叫來，兩人一起商量如何對付新的情況。唯一讓他們感到慶倖的是，終於找到了李昂。如果李昂願意自首，那麼一切都好辦了。

張志平守在警察局，等待著李昂的出現。然而等了一天，也不見李昂的影子。他越等越著急，後悔莫及。張志平哪裏知道，李昂又上了安德魯的圈套，性命難保了。

那晚李昂和張志平分手後，躺在一個小旅館房間休息。自從出事後，他根本不敢回家，東躲西藏的過一天算一天。這個小旅館還是安德魯給他找的。安德魯怕他被員警抓住，便找了個地方讓他藏起來。李昂躺在床上怎麼也睡不著，一會兒是安德魯的聲音：「你下半輩子就在牢裏吧！」一會兒是張志平的聲音：「愛玲她是冤枉的，是你做的！」一會兒又是陳愛玲對他說：「冤枉！冤枉！人是你殺的！」一會兒又是明明抓著他又打又踢：「你冤枉我，又冤枉我姐姐，你是個壞蛋！」

模模糊糊中，李昂似乎聽到了門響，立刻爬了起來。這麼久以來，他一直如驚弓之鳥，風吹草動也驚心。

李昂拿起手槍，走到門邊，靜聽門外的動靜。聽了半天，沒有聲音，覺得可能是自己太緊張多心，便收起手槍，又躺到床上，翻來覆去，也不知過了多久，才迷迷糊糊睡去。

突然，他仿佛看到一個人站在自己床邊，拿著一把刀向他心口捅來。李昂連忙翻身坐起，但已經晚了一刀捅在他大腿上，他痛得叫起來。接著那人又拿著刀向他刺來，他拿起枕邊的槍，開了一槍，正打中那人的手臂，刀落了下來。那人旋即也拔出自己的槍，李昂見勢不妙，連忙奪門而出，那人跟著追來。李昂拼命往前沖，好在天已經亮了，大街上已經有不少人，那人也不敢追得太緊，李昂跑過兩個街區，終於甩掉了他。李昂把手槍趕緊插進衣服內，扶著牆大口大口喘氣。腿一陣劇痛。他連忙查看傷口，還好傷口不是很深，並沒有打中要害，只是因為剛才劇烈奔跑，傷口才不斷流血。

李昂又仔細想剛才追殺他的人，好像自己從來不認識，這讓他疑惑不解，到底有誰會殺他呢？而且知道他住在那裏的人不多。突然，他想起一個人——安德魯！一股寒意從李昂背脊升起。肯定是安德魯，那個人肯定是安德魯派來的殺手。他不寒而顫。

不甘心的李昂想不明白，安德魯為什麼一定要對他下毒手。他瘸著腳，決定去找安德魯問個清楚。

太陽已經很高了，安德魯仍在睡覺。突然手機響了，安德魯打開手機，一個男人的聲音：「失敗了，李昂跑了。」

「怎麼搞的，你這個廢物！」安德魯一聽勃然大怒。

「他有槍，朝我開了一槍！」電話那頭聲音有些氣急敗壞。

「你先躲起來！」說著，安德魯關了手機，睡意全消。他想，李昂一定會來找他的，他太清楚李昂的性格了。

果然，沒多久，李昂捶打安德魯的門，叫著：「安德魯，你出來，你給我出來！」

安德魯不慌不忙地打開門，假裝很吃驚的樣子：「李昂，你怎麼弄成這個樣子了？」

「還不是拜你所賜！」李昂一把抓住安德魯的衣領，用槍指著安德魯，兇狠地說：「你為什麼要找人殺我？為什麼？我替你做了那麼多事，現在你居然要殺我！」

「李昂，你一定誤會了，沒有，我沒有找人殺你。」安德魯裝著很無辜的樣子，把李昂手中的槍從自己腦門推開。

「不是你，還會是誰！」李昂吼道。

「冷靜一些，李昂！」安德魯說：「昨晚我一直和你在酒吧喝酒，你走了我一個人喝到天亮，剛回來，我哪裏有時間找人去殺你，不信你可以去那個酒吧問問。」

是嗎？李昂一聽，語氣便軟了下來。氣頭上，他顧不上多想：「安德魯是什麼人，打個電話就能找個殺手，哪用的著親自出面。」

安德魯編瞎話，說：「何況我為什麼要殺你？我們是一條船上的，我殺了你對我有什麼好處，你給我做了那麼多事情，我感謝都來不及，怎麼會殺你呢？」

李昂的表情溫和多了，手勁也鬆了許多，不再作聲。安德魯見他似乎被說動，便繼續狡辯：「我們是兄弟。你現在若是受不了，我給你一些錢，你到外面躲避一段時間再回來。」

安德魯知道，李昂是一個頭腦簡單容易輕信的人，而且膽小懦弱，根本不敢殺人。他看李昂不做聲，情緒基本穩定，知道自己的辯解已經奏效，又勸道：「你這麼年輕，難道想下半輩子都交給監獄嗎。陳愛玲的事已經無可奈何，也不是你故意的，將來有機會的話，你再想辦法慢慢彌補她。聽我的，到外面先躲一躲，過了這一陣兒，就沒事了。」

李昂慢慢放下手槍，安德魯掙脫他，拿起自己的外衣，從錢包裏取出昨晚的那疊鈔票，塞到他手中：「我已經給你找到了人，今天晚上你只要到昨晚那個酒吧，就有人帶你走。白天就在這裏休息，我出門給你買些東西。」

說完，安德魯也不管李昂是否答應，扔下他揚長而去。李昂拿著那疊鈔票，原地站著發起了呆。

菲力浦被密爾頓警長關了禁閉，情緒非常低沉，不再鬧了，也不說話。這天，他正在怔怔發呆，密爾頓警長走了進來，問他現在頭腦是否冷靜了些。

菲力浦冷淡地嗯了一聲。

密爾頓警長沒生氣。他是看著菲力浦從警校畢業的，也看到他以前與歹徒無畏鬥爭的英勇行為。以前菲力浦和凱恩是他的驕傲，但自從凱恩去世後，正直勇敢的菲力浦變成了膽小鬼，讓他十分心疼。尤其參加這次緝捕行動，情緒非常反常，行動遲鈍，彙報情況時一個字也不說，將自身置之度外。以前那個奮勇進取菲力浦再也看不到了。更讓他氣憤的是，在大家都忙著案子的時候，他居然鬧情緒要辭職，原因僅僅因為和凱薩琳吵了架。因此，當聯邦調查局告訴他，警察局內部有內鬼，密爾頓警長不由懷疑起菲力浦。他太反常。

在把菲力浦關起來的這幾天，密爾頓警長偷偷調查了他的幾個手下，並仔細分析了陳愛玲的口供，發現還有一個人更值得懷疑，那就是利柏克。利柏克有經濟問題，他和安德魯不只是員警和線民那麼簡單的關係。為什麼李昂已經決定棄械投降了，利柏克還要開槍？他和陳愛玲的說辭截然不同，兩人中肯定有一個人在撒謊。當時在現場的，唯一還有菲力浦，而菲力浦卻始終閉口不言。密爾頓警長推斷，菲力浦肯定知道內情，或者他也有染。

密爾頓警長逼著菲力浦，讓他說明當時現場發生的情況。菲力浦紅著臉支支吾吾，這個、那個，結結巴巴的最終也沒說出個所以然來。警長更加認定他的判斷不差，追問道：「你是不是隱瞞了什麼？」

菲力浦內中一驚，急忙否定：「沒有，沒有！」

密爾頓警長沒有繼續追逼，和顏悅色地談起了菲力浦當年的優秀表現，說：

「你和凱恩兩個是我見過最優秀的員警，你們辦案我最放心。記得有一次，接到緊急任務，讓你們兩個去緝捕外逃的殺人犯，僅用了一天你們就把疑犯給抓來了。還有一次，有個黑社會小頭目，用金錢誘惑和報復相威逼，你們都不為所動，堅決把他抓了回來。凱恩雖然死了，但他仍是我心目中最優秀的員警。」

「別說了，求求你別說了！」菲力浦打斷警長的話，每想到往事，提到凱恩，他就非常痛苦。

「菲力浦，希望你把知道的都說出來！」密爾頓警長拍拍他的肩膀，勸道：「我是看著你來警局的，知道你原是一位好員警。你想想凱薩琳為什麼要和你離婚，就是因為你變了。你變得膽小、懦弱，你對不起她，你已經忘記了作為警員神聖的使命感了。你的榮譽感跑到哪裏去了，你對得起死去的凱恩嗎！」

「別說了，請你別再說了！」菲力浦大聲叫著，兩手捂住耳朵。

「好，我不說了。你自己好好考慮一下，現在還來得及。對了，凱薩琳出了車禍，你趕快去醫院看看她！」說完密爾頓警長逕自離去。

聽到密爾頓警長最後一句，菲力浦猛地站了起來，家也不回，直接跑到醫院去看凱薩琳。凱薩琳的傷勢非常嚴重，臉上、胸口都裹著紗布，菲力浦一見，心疼極了。凱薩琳卻不理他，甚至叫護士把他趕出去。莫妮卡到醫院多次勸解後，凱薩琳才答應在病房裏和菲力浦談談。

凱薩琳正式告訴菲力浦，她要和他離婚。菲力浦苦苦哀求，凱薩琳才答應，不離婚也可以，但要求菲力浦做個正直的員警。凱薩琳含著眼淚說，她再也不能容忍一個沒有人性、沒有良心的人做她丈夫。

菲力浦陷入深深的矛盾之中，一連幾天，他都在不停地思想鬥爭。

二十九

陳愛玲的案子第三次開庭。克林律師心中非常煩躁，案子突然轉到了聯邦調查局，由聯邦法院審理，他不得不重新準備一番。聯邦法院審理的案子，多是些嚴重的刑事案件。更頭痛的是，克林律師接到通知，案子由聯邦法官赫里主審。赫里是一個有名的老虎，莫名其妙的嚴厲。他的信條是寧願判錯一百也不放過一個犯人。他的判決也是有名的嚴厲，小小的犯罪，也嚴懲不怠，僅僅只夠一年的刑期，他可以判罪十年。李昂遲遲沒有露面，就連張志平也不見了，這讓克林克林律師越發忐忑不安。

懊惱悔恨的張志平，等了一天，沒見李昂出現，恨不得殺了自己。他不甘心，又跑到碰見李昂的那個酒吧去尋找。

陳愛玲的案子如期開庭。

在獄警看押下，她被帶進法庭，走到被告席。看到面容疲憊憔悴，眉頭緊鎖的姐姐，明明忍不住站起身姐姐，姐姐地大叫。

「明明，明明！」陳愛玲也激動起來。

克林律師連忙暗示兩人冷靜，賈玉梅緊緊按下明明。

先是檢察官念起訴書。起訴書振振有詞，連篇累牘地敘述陳愛玲如何串同泰國大毒梟，利用她的職權在賭場販毒，被發現拒捕劫持人質，槍殺警員，罪大惡極。還說女犯人出身亞洲一個犯罪家庭，隨即他用手指著明明說：「連她的弟弟，就是剛才在法庭搗亂這個年輕人，最近因偷賣賊髒被判刑兩年。」他的話引來一陣騷亂，大部份陪審員面露掠奇，似乎不大相信這對如花似玉的姐弟會是販毒殺人的罪犯。法官命令大家安靜。檢察官念完起訴書後，看到陪審員們尷尬的表情，看到他們之中有幾個人臉上的表情清楚地表明瞭對被告面的同情。這種情緒好像也感染了座在旁觀聽眾，法庭上可以聽到竊竊私語：他倆真的是壞人嗎？檢察官面露慍色，他為自己精彩的演說未能如願奏效感到憤怒，故而提高嗓門用響亮的聲音提醒在座的陪審員：「被告年紀雖輕，販毒殺人卻是、老手，應該得到最高的刑罰。」

「審判正式開始。」

「警佐利柏克作為控方證人出席。」

控方律師問：

「利柏克，請問事發當天，是你第一個到現場的嗎？」

「是。」

「請你說說當時的情況。」

「那天，我第一個沖進賭場，看見嫌疑犯李昂拿著一袋毒品往辦公樓跑去，我就緊跟在他後面。進了辦公樓後，我當時不知道他進了那間辦公室，就一間一間搜查。就在我快要搜查到陳愛玲辦公室的時候，看見李昂、陳愛玲、吳非三人慌張地跑出來，李昂一看見我，就開槍，我也開槍還擊，打中了疑犯之一吳非。之後，陳愛玲和李昂又躲進了辦公室，從窗戶向外開槍，打死了一名聞聲趕過來的保安。這時，我的搭檔菲力浦也趕來了，我們兩個一邊還擊，一邊打開辦公室的門。等我們進去的時候，發現疑犯之一李昂已經從另一扇窗跳出去，逃跑了，而被告陳愛玲暈到在地，手上拿著一把槍，那袋毒品就在她身邊。」

「好，謝謝！」

陳愛玲聽罷，氣憤地叫起來：「他胡說，不是這樣。」

輪到克林質詢利伯克。

「你的職業是什麼？」

「員警。」

「有接受過黑錢嗎。」

「沒有。」

「認識一個叫安德魯的人嗎？」

「不認識。」

「真的不認識？」

「記不清了。」

「有什麼產業？」

「與案子無關，我拒絕回答。」

「你最近在醉思大道買了一層百萬元公寓，錢從哪來的？」

「是我姐姐買的。」

「對。但我查了市政府紀錄，你姐姐也辦了一份財產轉移書將公寓轉入一個叫慶人信託基金帳戶，請問這帳戶的受益人是誰？」

控方律師打斷問話，理由是與本案無關。

克林辯駁說，這與證人的誠信度有關。

法官表示問話可繼續進行。

克林繼續問：

「受益人是誰？」

「我。」

「我是誰？」

「利柏克。」

「錢從哪裏來？」

「遺產。」

「誰的遺產？」

「一個遠親。」

「你在當員警以前是什麼職業？」

「沒職業。」

「曾經靠賭博作弊為生嗎？」

「記不清了。」

「打過人嗎？」

「好像有。是那醉鬼先打我。」

「偷過東西嗎？」

「記不清了。」

「坐過牢嗎？」

「記不清了。」

「向人借過錢嗎？」

「借過。」

「還了沒有？」

「沒有。」

「為什麼呢？」

「那人說我現在是警官，不要還了。」

「在出事前，你認識李昂嗎？」

「不認識。」

「真的嗎？」

「好像見過，記不清了。」

「你以前有無拿國家薪水設計陷害人？」

「沒有，沒有理由要陷害人。」

「有案例，就可邀功，有獎金、還可升官，不是嗎？」

「我不清楚。」

你能發誓說沒有設計陷害人？

「為什麼不敢？」

「你的員警紀錄如何？」

「很好。」

「有無故意開槍殺死小孩？」

「那是自衛。」

「你是否企圖殺人滅口，向李昂開槍？」

「是他先開槍，我只是自衛還擊。」

「有無打到李昂？」

「沒有。」

「有無打死人？」

「有。」

「誰？」

「吳非。」

「你有否意圖逃罪，趁被告人昏迷時，故意將毒品放在被告人身邊，將凶槍放到她手上。」

「沒有。」

接著，克林律師請求讓陳愛玲上庭，講述案發當時的情形。法庭准許。

陳愛玲想起當日情景，尚有些驚魂未定，說：「那天，我和酒吧經理吳非正在商量工作，突然李昂闖進來，他說被員警追捕。我和吳非兩人勸說他自首，爭取寬大處理。李昂被我們說動了，就開門出去。吳非對員警說：不要開槍，李昂已經投降了。誰知話音未落，那個員警就開了槍，打中了吳非。李昂一看到那個員警就非常害怕，也開了一槍……」

「請問，是哪個員警？」克林律師問。

「就是剛才這位利柏克員警。」陳愛玲頓了頓，繼續說：「李昂在辦公室裏告訴我，利柏克和安德魯是一夥的，那些事情都是他們倆逼他幹的，他不敢出去，一出去就會被打死。接著，他又想開槍，這時，我發現他手腕上有一塊刺青，一個老鼠刺青，我弟弟明明就是被手腕有個刺青的人陷害的，我連忙抓住他的手，問是不是他陷害明明的。李昂害怕了，想逃。我拼命抓住他的手，因為只有他可以證明明明的清白。後來他急了，就打了我一拳，我就什麼也不知道了。醒過來後，利柏克說我販毒和殺人，就被逮捕了。可我沒有……我冤枉……都是安德魯幹的，是他們逼李昂幹的……」說到這裏，陳愛玲忍不住激動的叫起來，法官哈裏用錘子錘了幾下警告說：「請被告控制自己的情緒。」

接著控方律師問陳愛玲：「妳和李昂什麼關係？」

「同事關係，以前他也是賭場的經理。」

「妳剛才說刺青是怎麼回事？」

「我弟弟明明一年多前因為銷贓罪名被捕，但他是冤枉的。那個贓貨是一個手上有刺青的人故意換給他的。我們到處找也找不到那個人，我弟弟因此被關進少管所。我發現那個人就是李昂後，就拼命抓住他不放。因為只有他可以還明明的清白！」

「妳恨不恨陷害你弟弟的人？」

「當然恨！」

「既然妳恨那個人，既然妳知道了那個人就是李昂，為什麼現在還保護李昂。」

「李昂說他是被逼的，是安德魯逼他幹的。」

「是嗎？妳有什麼證據嗎？」

陳愛玲一時無言。

控方律師繼續說：「真相就只有一種：妳在撒謊！根本沒有人陷害妳的弟弟。」

「不，不是的！」

「妳現在為了擺脫罪名，才把一切都推到李昂身上，是不是？」

「不，我沒有，我沒有！」

庭下，賈玉梅和羅倫感到非常憤怒和緊張，尤其是明明，控方律師的每一句問話，都好像一把利刃捅進他的心窩。

三十

法官宣佈休庭十分鐘。克林律師有些懊惱，陳愛玲表現得太激動了，會影響陪審團的判斷，更讓他感到焦急的是，張志平還沒有出現，李昂一直沒有消息。

這時，密爾頓警長突然過來，在克林律師耳邊說了幾句話，克林律師臉上頓時展開笑容。

十分鐘後，繼續開庭審理。

克林律師首先站起來，對法官說：「法官大人，我請求當時另一位在現場的員警菲力浦上庭作證。」

克林律師話音一落，庭下一片譁然，利柏克的臉徒然變色，心知事情不妙。

法官哈裏批准。

菲力浦穿著一身警服走了進來。經過幾天的考慮和凱薩琳的勸說，他決定不再隱瞞什麼了，下定決心後，反而感到一身輕鬆。他決定哪怕自己丟了員警的工作，也要把利柏克做的壞事揭發出來。

克林律師問：「菲力浦，請問那天你在現場看到的情形是怎樣的？」

菲力浦平靜地說：「那天，我比利柏克晚進去，剛進門，就看見吳非從陳愛玲的辦公室出來，說疑犯已經投降了，讓員警不要開槍。接著我就看見利柏克衝了過去，立即開了一槍，我想阻止都來不及。他那一槍打中了吳非。李昂變得非常緊張，把陳愛玲拉回辦公室，朝我們開了一槍，那一槍打死了從後面趕來的一名保安。接著我不知道裏面發生了什麼事，和利柏克打開門的時候，看到陳愛玲暈倒在地，李昂已經翻越窗戶跑了，利柏克想開槍，我阻止了他。因為下面有很多人，容易傷及無辜。」

「你們在行動之前做什麼？」

「我們在百樂門賭場附近的一個餐館聚餐，當時我們其實是在待命行動。」

「行動之前，你是不是聽到利柏克打了一個電話？」

「是的。我當時在洗手間，突然聽到有人進了盥洗室，對著手機喊『快走！立即走！』然後就掛了電話。我出來一看，是利柏克，他看見我非常不自然。」

「你知道他當時是和誰通話嗎？」

「當時我不知道，後來行動結束後，我明白了，他在通風報信給毒販子。」

「好，謝謝！」

接著，控方律師提問：「菲力浦，你和利柏克的關係怎樣？」

「我們是搭檔，在一起有三年多了。」

「平時你們的關係怎樣？」

「還可以！」

「請問你的員警記錄怎樣？」

「很好！」

「很好嗎？」控方律師譏諷地說：「可是根據警局記錄，幾年來你的表現非常不好，易怒失職。而且，賭場有人說你經常在那裏收取保護費，甚至還拉皮條。這個表現是很好嗎？」

一席話，把菲力浦說得心虛，在眾目睽睽下有些慌張。他拼命穩住情緒，但仍然嘴唇顫抖，頭上冒汗。這幾年來，他確實跟著利柏克幹了這些事。

「是利柏克拖我下水的，不關我的事。」

「是利柏克拖你下水的？那你證明他參與了販毒，這麼說你也參與了？」

「我沒有，我沒有！」

面對控方律師牙尖嘴利的提問，菲力浦突然方寸大亂，不知如何是好。

控方律師裝著沒聽見，「繼續說：根據我的調查，警佐菲力浦在警局的表現非常不好，甚至可以說是一位不合格的員警。他的證詞請法官大人和陪審團認真考慮。」

菲力浦聽了，絕望地看著陳愛玲和庭下的密爾頓警長。沒有想到，他說了實話，竟沒人相信。他非常沮喪。

審判繼續進行，形勢對陳愛玲越來越不利，因為所有的證據都指向她，克林律師經過幾個小時的辯證，已經有些沉不住氣了。

下午三點，雙方律師開始結案陳詞。

控方律師咄咄逼人，一環扣一環，環環坐實陳愛玲的犯罪行為。

接著是克林律師。因為沒有十分有力的證據，他只能從利柏克的惡行惡狀和不光明的歷史攻擊其證詞不可信。又從陳愛玲的人品、口碑等方面證明陳愛玲的無辜。

雖然克林律師的陳詞充滿感情，卻無力洗脫陳愛玲的罪名。

接著法官宣佈休庭，陪審團商量如何判決。

陳愛玲，明明、賈玉梅和羅倫都有些灰心絕望。

賈玉梅低聲問克林律師，估計結果會怎樣？克林說他正等待最壞的結果。

過了半個小時，陪審團、法官陸續出來了。法官赫里正要請陪團宣判，突然法庭的門被撞開，張志平扶著滿身血污的李昂出現在門口。

「志平！」陳愛玲和賈玉梅不約而同地尖叫。

克林律師一看，大喜過望，忙向法官申請：「法官大人，我請求延緩宣判，因為本案最重要的證人李昂找到了！」

庭下一片譁然。

法官赫里怎麼敲他的木錘子也不能使法庭安靜下來。

原來昨天張志平等了一天沒有等到李昂，不甘心，抱著最後的一線希望四處打聽尋找，找了一晚上仍不見李昂的蹤跡。快天亮的時候，他不想放棄，再作努力。最後就要絕望的時候，突然他的手機響了，一聽正是李昂，語氣非常急促：「張先生，你快來救我，我被人追殺！」

張志平一聽，又驚又喜，忙問：「李昂，你在哪裏？我馬上去！」

「上次你遇到我的那個酒吧，趕快來！」

「我就在這裏，怎麼沒看到你？」

「你到酒吧後門來！」

張志平連忙問酒吧服務生，後門在哪裏？服務生用手一指，張志平立即沖了出去。酒吧的後門對著一個更加骯髒簡陋的小巷，巷子裏有個垃圾站，扔滿黑色袋裝垃圾。他四下察看，不見李昂的蹤影，正疑惑自己是否走錯了地方，突然聽到一個微弱的聲音：我在這裏！

張志平循聲看去，只見垃圾袋一陣蠕動，李昂從裏面艱難地爬出來，衣服又髒又破，身上一股臭味，腿上的傷口有些發炎，不斷滲血，身上臉上到處是傷痕。張志平大吃一驚：「你怎麼變成這個樣子了？」

「是安德魯，他要殺我滅口，你快帶我離開這裏！」李昂氣喘吁吁地說。

他已經在垃圾堆裏躲了一個晚上。

昨晚，他按照安德魯說的來到這個酒吧，因為對安德魯起了疑心，就提早到了點時間，躲在暗處觀察。果然沒多久，就看到安德魯帶著一個人來了，那人手上包了一塊紗布，正是刺傷自己的那個傢夥。立即明白了，一切都是安德魯安排的。

李昂不敢現身，自忖惹不起對方。

但就在他準備偷偷溜走的時候，不小心碰倒一張椅子，引起安德魯的注意。李昂見勢不妙，奪門而逃，但已經晚了，安德魯攔住門口。李昂又折回酒吧，想往後門跑，安德魯帶的那個殺手擋在了他前面。

生死關頭，李昂本能地勇猛自衛，朝殺手揮手一拳，他同時也被殺手踢了一腳，正中傷口。慘叫一聲他倒在地上。安德魯趕過來幫助殺手。慌亂中，李昂碰到腰間的槍，急忙拿出，喝道：不許過來，過來我開槍了！

安德魯和殺手有些忌憚，停止前進。他爬起來，用手槍指著他們，一邊往後門退去。

李昂從後門出了酒吧後，把門反鎖上，急忙逃跑。等安德魯和殺手砸開門追出來時，李昂已經不見蹤影。

安德魯氣急敗壞地罵街跺腳，惡狠狠地對殺手說：「追，你往那邊，我往這邊，他的腳已經受傷了，肯定跑不遠。」

李昂真的沒有跑遠。他的傷口剛才又挨了一踢，行動十分艱難。危在旦夕之際，他急中生智，躲進酒吧後門外不遠處的垃圾堆藏了起來。眼看著安德魯兩人已經跑遠，他還是沒敢動。在垃圾堆裏悄悄躲了一夜，天亮後，才用公共電話打給張志平。

張志平如獲至寶，拉著李昂催促他快點離開這裏。剛抬腿，突然發現安德魯兇橫地站在他們面前，旁邊是那個一臉橫肉的殺手。原來安德魯和殺手分頭找了一晚，回到這裏匯合，看見了張志平，就偷偷跟蹤而來。

張志平撲向安德魯，對李昂嚷道：「你快走，你快去法庭，只有你能救愛玲了。」

李昂見張志平奮不顧身地救自己，反而不好意思跑了，也撲將過去，和殺手扭成一團。無意中，李昂又碰到腰間的槍，幾乎沒考慮，舉起來就對著壓在身上的殺手開了一槍。殺手慘叫一聲倒了下去。李昂奮力把殺手從身上推開，又去幫助張志平。此時張志平已無還手之力。

李昂用手槍指著安德魯，說：「放開張志平，放開他！」

在李昂手槍的威逼下，安德魯不得不放開。張志平連忙爬起來，站在李昂這邊，押著安德魯慢慢地走出巷口，攔下一輛計程車。

李昂的及時出現，陳愛玲的案子很快變得明朗。不久，一直昏迷不醒的酒吧經理吳非也醒過來，證實了事件的真實原委。檢察官主動撤銷了控訴，陳愛玲無罪釋放。

經過調養，加之撥開雲霧卸下重負，陳愛玲的身體很快痊癒恢復。她入院的時候還是初冬，在張志平和明明接她走出病房時，只見嫩生生的綠葉帶著春天向她微笑。她像掙脫樊籠的小鳥，呼吸著自由清爽的空氣，和明明與張志平兩個摯愛的人，輕快地穿過拉斯維加斯市區，直奔賈玉梅的鄉下別墅。

碧樹藍天，棟棟義大利式建築被和煦的陽光妝點得萬紫千紅，天成美豔的印象派畫作。

賈玉梅早已等在別墅，她還特別邀約了羅倫，共為陳愛玲脫難慶祝。

幫助調查裘蒂出事的原因，為陳愛玲的案子共同奔走，頻密接觸，兩人已經心存好感，互生情愫。

一個月後開庭審理了李昂的案子。他認罪態度很好，站出來指控了安德魯和利柏克，所以輕判入獄五年。利柏克和安德魯罪行累累，分別判處九年和十二年牢獄生活。安德魯還招供了迷奸害人的罪行，也算給裘蒂的死有了交待。

惡人得惡報，羅倫如釋重負。裘蒂若地下有知，也可以安心長眠了。

明明的案子重新審理，認定是錯判，向他道歉並給與了賠償。菲力浦被開除公職，得到凱薩琳的原諒，在賭場應聘了一個保安經理的職務。

初秋的一個晚上，依然在賈玉梅的別墅中。不過這次不是朋友的歡聚，而是頓最後的晚餐。過了這晚，第二天，陳愛玲和張志平將帶著明明離開拉斯維加斯。

賈玉梅執著陳愛玲的手依依不捨。陳愛玲眼中含淚，凝視著賈玉梅，深深歎了一口氣，說：「人非草木，我又何嘗想離開你們，可是經過這一段掠心動魄的日子，我已變成驚弓之鳥，今天我們好好地坐在這兒，明天不知又會發生什麼事。我真的怕了！今後只想過一種與世無爭的平靜日子。」

賈玉梅沉思片刻：「其實天地之大，每天都有許多人擦肩而過，如果他們肯停下來一分鐘，或回眸一顧，說不定就會迸出一段刻骨銘心的故事。妳我相識相知，是一種緣份，是一生一世都不會忘記的緣傷。」

說話間，門鈴響起，張志平跑去開門，是羅倫，他吃力地抱著個包裹得嚴嚴密密大框架。

張志平隨口問他懷中何物，羅倫神秘一笑，放在案上，不置可否。

陳愛玲和賈玉梅聞聲迎接羅倫。賈玉梅更情不自禁挽起羅倫的手。

陳愛玲見狀，與張志平對望一眼，打趣道：「是何日孟光接了梁鴻案？」

賈玉梅臉一紅，有意岔開話題：「快看看羅倫送給你們的禮物吧。」

陳愛玲像小孩子盼聖誕禮物似的，急忙打開框架的層層包裹。隨即啊！一聲驚呼。原來是之前羅倫買走的那幅陳愛玲的肖像畫。陳愛玲和張志平的定情之物。

陳愛玲感動得連說謝謝，眼圈潮紅。

知道陳愛玲和張志平去意早定，羅倫也就沒有說什麼挽留的話。雖然友誼難捨，但地球村時代，天涯咫尺。

羅倫決定留下來。他有了賈玉梅。

他對害死裘蒂的拉斯維加斯依然充滿好奇。

賈玉梅說：「作家安萍說過，拉斯維加斯是一座能夠讓你堅強的城市，因為你不得不變得堅強！」

望著遠處璀璨華燈下的拉斯維加斯市區，羅倫突然想起了狄更斯在《雙城記》開篇中的一段話。他想，倘若把其中的文字做些變換，豈不成了對這座城市的絕佳描述：

「這是一個最美麗的城市，這是一個最骯髒的城市；這是一個民主自由的聖地，這是一個無法無天的賊窩；這是閃爍智慧的歲月，這是充斥愚蠢的歲月；這是陽光普照的季節，這是黑夜沉沉的季節；這是充滿希望的春天，這是令人絕望的冬日。我們擁有一切，我們一無所有。作惡多端的人可以上天堂，善良無辜的人卻要入地獄。說它好，是最高級的；說它不好，也是最高級的。」

客廳裏響起張志平的琴聲，《月光下的拉斯維加斯》在夜空中悠揚……

【附錄】

「欲望之城」的美麗與骯髒
——讀小說《月光下的拉斯維加斯》

■劉紅林■

拉斯維加斯是世界四大賭城之首，在很多人的心目中，它是罪惡的銷金窟，看多了港片中賭場的打打殺殺，覺得它似乎不是一個「好人」應該涉足的地方，而是一座牛鬼蛇神聚居的地獄。在旅遊者眼裏，它則是絕佳的遊覽勝地，有精美絕倫的建築、雕塑，炫麗奪目的燈彩、演出，舒適、方便的購物環境，可口、多樣的美食茶點……讓人留連忘返，可謂是人間天堂。然而，它究竟是一個什麼樣的地方，是天堂還是地獄，並不是我們這些望「洋」興歎或者走馬觀花的外人能夠說得清楚的。長期生活在那裏的華人醫生尹華（尹浩鏐），用他新近出版的小說《月光下的拉斯維加斯》，告訴我們一個真實的拉斯維加斯社會。它不是天堂也不是地獄，而是人世間的一座欲望之城。與世界其他地方一樣，善惡並存，人鬼搏鬥，雖然邪惡一時氣焰高漲，吞噬良善，但終究邪不勝正，「好人」獲得平安。

小說是從一樁命案寫起的。洛杉磯的醫生羅倫・蘇剛過而立之年，已經是小有名氣的腦外科和腦神經專家，更讓他滿意的是他有一個幸福的婚姻，妻子裘蒂非常漂亮，是一個讓他想起來就忍不住微笑的迷人女性。然而，在毫無徵兆的情況下，裘蒂舉槍自盡，屍檢發現她已懷有兩個月的身孕，DNA檢測，孩子的父親竟然不是他。他還發現他們的銀行存款沒有了，連房子也被裘蒂抵押給拉斯維加斯的一間高利貸財務公司，同時，還收到拉斯維加斯一家名叫「百樂門」的大賭場一張五萬元的欠款單。一切線索都指向拉斯維加斯。於是，羅倫結束了洛杉磯的工作和一切事務，到拉斯維加斯追查事情真相。

這是小說的第一章。讀完這一章，你會以為這是一部偵探小說，圍繞羅倫對愛妻之死的追究展開，其實不是的。第一章只不過是全書的一個引子，羅倫也不是小說的主人公，只是順著他的視線，把故事引入了「百樂門」大賭場，然後，形形色色的人物在這個特殊的地方得到充分表演。作者的手法是非常巧妙的，因為命案，因為喋血，因為美人香消玉殞，使小說一上來就直逼人心，引起驚怵，讓讀者有探究下去的欲望。就在這個時候，小說主人公陳愛玲出現在第一章的最後一句話裏——百樂門的帳房主管詹森建議羅倫去找負責招待裘蒂的經理人陳愛玲。

第二章開頭，作品撇開陳愛玲不寫，而寫一個青年音樂家張志平的故事。張志平違背父母的意願，千辛萬苦學成音樂，卻落得一事無成的下場，跟著朋友四處流浪。他們偶然來到拉斯維加斯，朋友立刻沉迷在老虎機上不肯離開，張志平只好獨自在酒吧裏喝酒。正當他感到前所未有的孤獨和迷茫時，眼前一亮，一位非常漂亮的姑娘和兩位太太走了進來。那姑娘清新淡雅，像一朵盛開的百合，超凡脫俗。她就是陳愛玲。她的出現，把張志平的魂魄緊緊勾住，他癡呆呆地望著她，幾乎忘了呼吸，卻也使讀者感到驚詫，大賭場的經理竟是這般人物？張志平的靈感大發，即興創作了小說的主旋律——鋼琴曲《月光下的拉斯維加斯》，叩開了陳愛玲的心門，她的故事在樂曲中展開。

陳愛玲綺年玉貌，卻有著非常慘痛的身世。童年時代，她的家境富裕，生活幸福。她的祖父是到柬埔寨創業的華僑，經過三十多年的打拼，事業有成，她的父母都曾經到美國留過學。她從小喜歡音樂，每當朝陽將新鮮的光芒射進客廳，媽媽便指導她學鋼琴，小弟明明在一旁開心地玩耍著。在她十歲那年，她家接到了疏散命令，限定三天之內由金邊遷到農村，同時，家中的一切被洗劫一空。爺爺不願離開，爭辯了幾句，便被士兵射殺，爸爸為了救爺爺也被當場打死，奶奶則在疏散途中死去。媽媽花盡了所有的積蓄，買到了兩個偷渡名額，讓兒女逃到美國投奔她的同窗好友愛麗絲，自己則在饑寒交迫中病亡。陳愛玲帶著四歲的弟弟，在海上漂泊了近一個月，經歷了風暴、海盜，才在吉隆玻上岸被愛麗絲接走。所幸愛麗絲恪守承諾，把愛玲姐弟當成自己的孩子撫養、教育，可她在愛玲十六歲的那年病故。愛玲為了讓弟弟上美國最好的大學，到掙錢比較多的賭場任職，由於正派、有能力、工作負責任、又與人為善，得到客戶的信任，很快就升任亞洲部經理、營業部總經理。陳愛玲從不引誘客戶賭博，相反，當她發現有人賭得失去了理智，就會把他（她）請到咖啡室談談，降降溫。她經常勸他們把賭錢當作一種娛樂，玩一玩就好，犯不著和賭場去碰身家，小賭怡情，大賭就要命。賭場總裁威廉很欣賞陳愛玲的工作作風，他一向主張，開賭場的人不要鼓勵別人來賭錢，還辦學習班教別人如何戒賭，「就像有的香煙盒子上寫著吸煙危害健康一樣。不知道這是不是有點既當婊子又想立牌坊」①，但陳愛玲勸人不要賭錢是非常真誠的，賭場老闆也支持她這麼做，一再提升她，還把騙賭客錢並引誘賭客吸毒、嫖娼的安德魯等賭場職員開除掉。作品想借這些人和事告訴讀者，賭場不是大家想像的洪水猛獸，它也是正當的生意場所。只要你能夠把持得住，不貪婪。

可是人性是有弱點的，在賭場這樣紙醉金迷的地方，空氣中都飄浮著金錢的氣味，想要抵制住誘惑談何容易？金錢本身就有誘發人性惡的魔力，安德魯這一類賭場職員的欺騙、引誘和陷害更是推波助瀾，生生讓許多人喪失了自我，剝落了尊嚴，迷失了本性。陳愛玲親眼目睹了有人在賭場裏輸紅了眼，不吃不睡不上廁所，餓得虛脫或者憋壞了腎，送醫院搶救醒來還是往賭場裏跑；還有人累得滑到賭台下面睡著了，叫醒了抵死也不肯離去；有些人輸得連回家的路費都沒了，到處伸手向人乞求，好心人給了他們路費，他們竟又轉身在賭桌上賭得精光。有位老太太人非說某台老虎機能贏錢，怕離開讓別人占了，竟然不顧公德也不顧羞恥就地小便。有位四十開外的廚師辛苦工作五年，把賺的每一分錢都存下來，差不多有十萬元，回家準備娶妻，禁不住朋友的引誘，到賭場把錢全部輸光，婚結不成了，連回打工地的路費也沒了。有位千萬富婆，賭了七天七夜，把家裏的生意、房子都輸掉了，丈夫、兒子離她而去，她便一天到晚在賭場轉來轉去，到處向人借錢，最後被趕出賭場，不准進門……例子太多了，舉不勝舉。無論這些人有過怎樣的過往怎樣的家世怎樣的奮鬥怎樣的輝煌，從賭場出來的下場都一樣——一貧如洗，賠光了財產，賠掉了人生，甚至賠上了性命。儘管作品口口聲聲說賭場是正當場所，老闆們不騙不詐合法經營，但它所描寫的這一切還是深刻地揭露了賭場的本質——它給人們提供娛樂，但更榨取人們的血汗，尤其是腐蝕人的靈魂，讓人變得根本不像人。

陳愛玲及其同事賈玉梅、老闆威廉，是小說肯定的正面形象，放在賭場這個大背景下，的確給人一種新鮮的感覺。我們在港片中看到的賭場員工，個個都好像是黑社會。這部小說中也有這樣的反面人物形象，倒是符合我們既有的刻板印象。賭場職員安德魯、李昂，以及他們背後的壞員警利柏克就仿佛是賭場這種地方派生出來的毒瘤。安德魯是陳愛玲養母愛麗絲的侄子，因為從小就為非作歹，失去姑母的歡心，沒有得到遺產，因此對陳愛玲本來就懷恨在心，加上後者的行為方式處處與他截然相反，又頂掉了他總經理的位子，於是，必欲置其於死地而後快。他串通惡警利柏克羅織罪名，先後把陳愛玲姐弟都抓進監獄刑拘。後來查出，羅倫太太裘蒂的死也是拜他所賜。他先讓情婦去結交裘蒂，在酒杯裏下了催情藥物。裘蒂在喪失神智的情況下遭他強姦，並被拍了「豔照」。然後，他再串通財務公司利用照片敲詐勒索裘蒂。真可謂壞事做絕，非常可怕。然而，最可怕的不是安德魯及其同夥，而是作為國家、人民衛士的員警。小說作者通過這個故事揭露最深刻的並非賭場內幕，而是透過治安、司法所反映出來的美國的虛假人權。

拉斯維加斯員警利柏克少年時代是街頭上的小混混，因為偷東西多次被抓到拘留所，後來找到機會，警察局把他送到警官學校培養，他就稀裏糊塗地當上員警，不久就被提升做了警官。「心術不正、性格暴躁、心狠手辣的利柏克，在沒有案子的時候，會去做一些假案領功，不管自己是否冤枉好人。在執行員警職務時，也常常越權橫行霸道」。他不只一次地為邀功濫殺無辜，事後不但沒有受到懲罰，還立功受奬。他和安德魯等人狼狽為奸，從事各種非法交易，包括販毒，每年都從賭場那裏撈到不少好處。

小說通過安德魯、律師、私家偵探等人之口，通過許多實例，在在揭示了拉斯維加斯治安、司法方面的黑幕：

我有一個員警朋友，以前和我說過，他們做員警每個月都有規定的配額，每個月一定要抓到多少犯人，不管有罪沒罪，只要把人抓起來送到法庭，他們就有功勞，案子如何瞭解，與他們無關。所以他們想方設法亂抓人。有槍有刀的大毒犯他們不敢惹，只敢抓些沒有背景的人，還把一些無辜的人送進監牢。②

任何被檢察官起訴的人，大概沒有幾個人能脫身的。檢察官們有數不清的陰謀詭計，即使證據不足，如果有需要，他們也會無中生有，編造出一大堆罪狀來。他們早已習慣從各種案件中找出對控方有利的因素，將犯人繩之于法，他們會千方百計去證明，凡是被他們起訴的人，沒有一個是無辜的！這對他們的晉升至關重要。③

檢察官接到員警的控訴就會立案起訴，而某些員警非常熱中於踐踏他們作為保護法律尊嚴的神聖權利。檢察官就算明知你被冤枉也會千方百計使你入罪，他們將證人的證詞斷章取義，並誘導證人說出不利被告的證詞，各種詭計層出不窮。法官對檢察官總有無限的包容，在法庭，人權和尊嚴只是被用來作卑鄙勾當的遮羞布。法官認為引人入罪是天公地義的事，如果你是一個好公民，不貪小便宜，就不會被人引誘。④

有一對中國夫婦，開了一個雜貨店。中國人常用現款交易。有一次，他們帶了五千元從拉斯維加斯到洛杉磯進貨，結果被員警攔住，搜出那五千元，硬說他們這錢是買毒品賺來的，要沒收。如果他們不願意被沒收的話，就要控告他們，說他們帶著贓款去買貨，理由是沒人會帶那麼一大筆現款做買賣的，一般都是用支票或者銀行卡。無論那對夫婦自私解釋，員警都不理睬。員警對他們明說，要麼五千元沒收，不帶他們回警局，不立案；要麼帶他們回警局，控告他們私帶贓款。「因為員警很清楚，無論他們向任何人提出控訴，檢察官鮮有不立案的，而法官對檢察官總有無限的寬容，因為案子愈多，對他們的晉升就愈有利。被告人很少人會被判無罪的，至於被告人是否被冤枉，他們很少肯花時間去深入調查。一般人都知道，只有被告人有錢請得起好律師才有機會把案情弄清，洗脫罪名」，「所以和員警抗爭，絕對是一件吃力不討好的事。在審理過程中，他們准會把你折磨得夠嗆，所以一般人寧願把冤屈吞下去，也得避一避員警的虎威。因為打官司要請律師，要繳堂費，計算下來花的錢也不止五千塊，官司輸了，不僅拿不回那五千元，還要罰款，說不定還要坐牢。而且中國人一般怕事，寧願讓員警把那五千元吞掉，也不願招惹他們」。⑤

讀到這裏，我們不禁與作者一起歎道：「原來天天把人權放在嘴上吹得比雷聲還大的美國，這個向全世界標榜以人權治國的國家，人權卻被壞人糟蹋得不值一文。」⑥

作者尹華有過非常奇特的經歷。他出生在中國廣東，在廣州讀大學時被打成右派，畢業後被分配到寧夏小縣城工作。後來與女朋友一起偷渡香港，被港警抓獲，所幸被香港的親戚贖出。後來輾轉去了台灣，考入臺灣大學醫學系，不久又被臺灣當作共黨嫌疑犯抓進監獄，好在他的女朋友認識臺灣高官，一番斡旋，他才脫罪。他在中國的大陸、香港、臺灣三個地方，都曾被當作另類。以這樣的經歷，他的眼界自然不同常人，見事方式要深刻得多。他的太太淑瑛其實就是小說女主角陳愛玲的原型之一，因此，他對拉斯維加斯社會，尤其是賭場、警方、司法的觀察是犀利的，獨到的，也是可信的，他的批判也非常有力。此書的幾句卷後語是總結，也是對拉斯維加斯社會真實的寫照：

這是一個最美麗的城市，
這是一個最骯髒的城市，
這是一個民主自由的聖地；
這是一個無法無天的賊窩；
我們擁有一切，我們一無所有；
作惡多端的人可以上天堂；
善良無辜的人卻要下地獄；
說她好，是最高級的；
說她不好，也是最高級的。

尹華（尹浩鏐）自幼庭訓甚嚴，又聰慧過人，因此有很紮實的國學功底，且在西方文化中浸潤多年，文學、音樂、美術素養都很深。因此，小說中處處顯示出多種藝術才華。例如，中國古典詩詞、西方文學藝術典故都在書中隨處可以見到，使小說在樸素的文字中顯得優雅動人，韻味悠長。那一曲《月光下的拉斯維加斯》貫穿始終，既見證了美好的愛情，也預示了正義終將戰勝邪惡。不過，說實話，在拉斯維加斯，一般人是看不見月光的，在璀璨的燈海裏，在不見天日的賭場中，在美金那無形的強光的照耀下，其他一概失色。只有對這些人為光源免疫的人，也就是那些正直、善良、沒有貪欲的人，才會發現，拉斯維加斯的月亮真的好大好圓，很美很美。

①、②、③、④、⑤、⑥：尹華：《月光下的拉斯維加斯》，【香港】明窗出版社，二〇〇八年三月版，第70、36、86、95、98-99、96頁。

此情可待

一

那一年，我受阿仁慫恿，突然決定，千里迢迢從拉斯維加斯飛赴峨眉山旅遊。

「老宋，我們一起去峨眉山吧！那可是一座了不起的山喲！」一天下班，阿仁突然拉住我，對我說：「峨眉山座落在四川盆地西南，地處長江上游，屹立於大渡河和青衣江之間，平疇突起，巍峨秀麗，古老神奇，以優美的自然風光和悠久的佛教文化，豐富的動植物資源，獨特的地質地貌著稱於世，素有仙山佛國、植物王國、動物樂園、地質博物館之稱，更有峨眉天下秀的美譽。唐代詩人李白詩曰：蜀國多仙山，峨眉邈難匹。明代詩人周洪謨贊道：三峨之秀甲天下，何須涉海尋蓬萊。峨眉山可是難尋的人間仙土……」

「行了，行了，別掉書袋了，我相信就是了。」見阿仁搖頭晃腦滔滔不絕的樣子，我不禁笑了。

「別急，我還沒說完呢。」阿仁也笑了，還是繼續說：「峨眉山最吸引我的地方是它的佛教文化。你知道嗎？峨眉山為普賢菩薩道場，是中國四大佛教聖地之一。相傳佛教於西元一世紀便傳到那裏了，那裏有三十多座寺廟，有很多高僧，我很想去燒香拜佛。」

「真的嗎？」聽到阿仁要去峨眉山拜佛，我有些不相信。我和他認識快二十年了，他一直過著花花公子似的生活，尤其這些年在拉斯維加斯，更是花天酒地，除了對工作認真外，似乎什麼都不在意，也不成家好好過日子。

「真的，你看，我旅行路線都查好了，你若是同意，我們明天就可以出發。」這時的阿仁突然收起笑臉，非常嚴肅，還有一絲憂傷。我從來沒有見他這麼認真過。我接過他遞過來的資料，果然，他什麼準備都做好了。

「老兄，你怎麼了？」我有些不解地問道。

「沒什麼，哈哈，我只是想看一看中國的大好河山，體驗一下佛教文化的博大精深啊。」阿仁旋即又恢復他平時隨心所欲、放蕩不羈的樣子。

「好，好，別吹了！你已經說動我了。好吧！我們就飛去峨眉山，看看你說的是不是真的。」我也覺得自己可能多心了，想想自己也很久沒有休息了，遠離拉斯維加斯這個燈紅酒綠的地方一段日子，去那個聖地清淨一陣，確實是一個不錯的主意。

「對了，這次就我們倆，不許帶夫人和家屬哦！」阿仁見我答應了，非常高興，又加一句：「這次是我們兩個男人的旅行！」

「好！」我想了想，答應了。說老實話，多年來每次放假旅行，我都帶著老婆大人，浪漫是夠浪漫，但每次旅行回來挺累的，這次就讓自己徹底清淨一回。

當天晚上，我便向老婆尹竹告假。尹竹聽了，覺得很突然，一開始不答應，一定要和我同去。我只好再三向她解釋，這次是我和阿仁兩個男人的旅行，速去速回。然後又再三向她保證，我一定一天一個電話向她彙報，而且僅此一回，下不為例。最後，尹竹總算答應了。

於是，第二天，我便和阿仁踏上了去峨眉山的旅途。

二

十幾個小時的飛行後，我和阿仁便到了成都，隨即坐上了計程車，直接到了峨眉山市。第二天，我和阿仁就開始攀登峨眉山。

第一天，我和阿仁幾乎一直行走在寺廟中。從進山門戶「名山起點」報國寺一路向上，我們經過了伏虎寺、雷音寺、純陽殿、中峰寺、廣福寺、中心寺、清音閣等，幾個寺院。阿仁幾乎逢寺必入，見佛必拜，十分虔誠，一掃以前浪蕩的習性。我雖然有些奇怪，但也沒有多問。因為我也被那聖潔的氣氛所感染，覺得體內的汙濁被清洗，感到前所未有的乾淨和寧靜，漸漸忘記了拉斯維加斯，忘記了俗世中的一切。當晚，我和阿仁住在洪春坪。

第二天一早，我們又繼續登山遊覽，依然是以燒香拜佛為主。走過仙峰寺、九老洞、遇仙寺、九嶺寺等寺院，爬上有二三八〇餘級的石階，經過接引殿，下午時分，我和阿仁終於到達了海拔三千多米的峨眉山主峰萬佛頂。從洗象池到金頂，絕大多數時候，都煙霧彌漫，白雲繚繞，群峰時隱時現，恍若仙境。然而，一登上金頂，就看見在午後的陽光中，金頂上的華藏寺金光閃閃，有一種神聖的光輝，立刻讓我這個凡夫俗子感到自己的渺小。

我和阿仁照例燒香拜佛。然後我們站在華藏寺後的斷岩上。斷岩峭絕如削，下臨三千多米的深壑，遙望著西康雪山，雲霧浮沉，深不可測，怵目驚心。腳底的山峰在雲海中時隱時現，如洶湧波濤。有時一陣風過，吹開纏繞的白雲，露出山峰之間的深壑，卻似宇宙的黑洞，要將一切吸引進去。

我和阿仁都為造物主的鬼斧神工震驚，一句話也說不出來。我想，阿仁果然沒有吹牛，確實不枉峨眉山之行。想起多年來混跡的拉斯維加斯那個花花世界，我不禁感歎，若是沒有和阿仁來這裏，那真叫枉度一生了。

我們兩人在這個景色壯觀的山頂上足足逗留了幾個小時，眼看太陽快要下山了，才戀戀不捨地慢慢離去，投宿在太子坪。

翌日，天還未亮，我們便早早起來，爬上金頂。據說，在金頂可欣賞「日出」、「雲海」、「佛光」和「聖燈」四大絕景。我倆仍未從昨日的震驚中回過神來，一路無言，默默地坐在山頂等待日出。不久，東方漸白，縷縷銀光射向蒼穹，紅霞緩緩滲出地平線，雲彩赤橙黃綠青藍紫地變幻著容顏。。繼而天邊亮起金黃，初似娥眉，漸如新月，但見一輪赤紅的圓球冉冉升起，萬道霞光普照仙山，頃刻之間，把整個山頂帶入一個生機無限的金色世界。

我和阿仁再次被這奪人心魄的大自然景觀所震撼，幾乎不敢呼吸。許久，我倆才從金色的光芒中回過神來，按計劃開始下山。

下山比上山要快得多。下午，我們就回到了山腳的報國寺。再次見到這座佈局典雅、殿宇軒昂的寺院，我和阿仁忍不住又走了進去。

這時的阿仁已經開始漸漸恢復他平日的活潑性格。他一邊走，一邊和我開玩笑說：「嗨！老宋，你飽讀詩書，給我講講這個報國寺的歷史吧。」

剛好前天我來報國寺的時候，看到了這座寺院的介紹，便現學現賣說：「報國寺始建於明萬曆年間，原名會宗堂。當時寺內供奉著佛教始祖釋迦牟尼的大第子普賢菩薩、道教創始人的化身廣成子、春秋名士陸通，取儒、道、釋三教會宗合祀之意。清康熙年間重修，並取佛經中『四恩』之一『報國主恩』之意，御賜名『報國寺』。它的規模列峨眉山寺院之首。」

「啊，原來老宋你是有備而來得的呀。」阿仁說。

「非也。我前天在寺院看到的，你一直虔誠拜佛燒香，沒有注意，並不是我飽讀詩書。」我解釋說。

「好了，好了，不爭了，反正說什麼，我也比不上你。」阿仁笑道：「我再進去好好瞭解一下，應該不會太遲吧？」

「不遲，不遲，我也想再好好參觀一下。」我說：「這寺院確實值得我們好好看看。」

「那當然。」阿仁回答，然後我們便進了寺院。

三

一進報國寺，便見山門高掛康熙皇帝御書「報國寺」匾額，因為寺院本是「三教會宗」之地，所以寺門上的對聯「獨思喻道，敷坐說經」，還可以看出道家的意味。

寺院規模宏大，排列有序。寺院內一共有四座大殿，均建於清代同治年間，從前至後分別是彌勒殿、大雄殿、七佛殿、藏經樓。四座大殿依山而上，逐級高，有典型的四川庭院式民居風格。寺內丹桂飄香，花園幽靜，樹木婆娑；殿中佛像穆立，神態各異。殿外的香爐裏，香火旺盛，餘煙嫋嫋。

因為已近黃昏，遊人比較少了。我和阿仁在各個佛殿外燒完香後，便隨意在寺院內漫步。

這時，我們注意到大雄寶殿左側的一個小臺上，有一位老僧在那裏合十靜坐，只見他鬚眉全白，面相奇特。他似乎對我們的一舉一動十分留意，這引起了我們倆的好奇心。

我們恭敬地走到這位老僧旁邊，對他合十，說：「大師有禮！」

那位高僧微微睜眼看著我們，雙手合十，說：「施主有禮！」

我問：「大師一定是世外高僧，不知對我和我的友人有什麼告示，是否可以示明？」

那位高僧緩緩說道：「貧僧看施主相貌奇特，一定有過一番很驚人的奇遇。你的朋友也是一個不平凡的人。如果施主有興趣，可以坐下來好好地聊一聊。」

這時，我注意到他旁邊有一個籤筒，出於好奇，我說：「好的，大師。我對求籤很有興趣，能否求上一籤，大師給解一解？」

那位高僧撚鬚微笑，微微點了點頭，說：「當然可以，若施主有興趣，就請便吧。」

我虔誠地跪下，晃動籤筒，一支籤掉了下來，拿起一看，上面寫著：「梧桐落葉秋將暮，行客歸程去似雲。謝得天公高著力，順風航船載寶珍。」我看了幾遍，還是不懂，便拿籤向大師請教。大師看了籤後微笑道：「施主意氣風發，年輕時一定吃了不少苦頭，中年事業有成，晚年將福壽雙全，是一支上上籤。恭喜施主，恭喜施主。」

我聽了，也很高興，忙讓阿仁也求上一籤。阿仁不推辭，虔誠跪下，晃動籤筒，沒幾下，一支籤掉出。我忙湊過去看，阿仁的籤文是：「無端風雨催春去，落盡枝頭桃李花。桃畔有人歌且笑，知君心事亂如麻。」

阿仁念了幾遍籤文，也不得其解，拿著籤請教老僧：「大師，這個籤似乎有些不吉，還望大師明示。」

老僧拿過籤，看了一眼籤文，緩緩說：「阿彌陀佛，施主聰明絕頂，難道不能解詩中之意嗎？人只要有真心慈悲於懷，保持懺悔之心，同樣能在佛祖的普照之下，再次享受一個春光燦爛的人間。」

阿仁和我聽了一團霧水，不解其意。阿仁繼續追問：「請恕弟子愚鈍，不能理解大師的話，還請大師進一步道明，化解我心中的疑問。」

大師呵呵笑了笑，說：「施主心亂如麻，說明施主很有悔意。施主想想，少年時是否做過荒唐事，是否有遺憾留在心中？」

阿仁似乎有些吃驚，急急追問：「大師的意思是說，我在年輕的時候做了糊塗事，現在應該好好地懺悔？」

「施主不必太在意，貧僧不是這個意思。」大師說，「『假使千百劫，所作業不亡，因緣會遇時，果報還自受。』正所謂種瓜得瓜，種豆得豆。善因不生惡果，惡果不由善因，絲毫不能假借。施主若有向善之心，又何須懺悔？」

我聽了，更加糊塗。阿仁神色有些緊張，可能他也沒有聽明白，呆呆盯著高僧，過了好一會兒才問：「大師，弟子還是不明白。弟子不知道現在彌補過去的錯事能否還來得及？請大師明示！」

「阿彌陀佛！阿彌陀佛！」高僧連念幾句佛號，之後才緩緩說道：「『欲問過去因，現在受者是；欲問未來果，現在作者是』。『眾生是未覺的佛，佛是已覺的眾生』。施主聰明絕頂，不必老衲再明說了。」說畢，高僧眉眼低垂，手轉念珠，不再說話。

阿仁仍然呆呆地看著高僧，欲言又止。我看高僧也不太可能再說什麼了，便拉著阿仁向大師告辭，離開報國寺。

四

我們離開報國寺後，阿仁又像變了一個人似的，失魂落魄，不斷唉聲歎氣。我幾次問他怎麼了，他也不回答，只好安慰他，一切不必太在意。

我們徒步走到山下的旅館裏休息了一夜。第二天早晨，阿仁突然發起莫名其妙的高燒，臥床不起。在遠離家人的客店病倒，可不是一件省心的事情，何況這裏還是峨眉山的風景區，有病也不好醫治。我想阿仁肯定是早上看日出的時候著涼了，好在我們兩個都是醫生。我給阿仁吃了一些藥，讓他在房間裏好好休息，便一個人出去吃早餐了。

早餐過後，我去看阿仁，高燒果然退了一些，精神有些好轉，但要旅行暫時還是不太方便，我建議阿仁在這裏住上一天，好好休息，等身體好些了再說。幸好旅館離峨眉山路還有一裏之遙，比較清靜，我和阿仁可以好好地休息一天。

整個上午，我和阿仁都待在房間裏，阿仁又吃了一些退燒藥，一直睡覺，我便要了一些報紙雜誌坐在房間裏看。無意中，我在一張報紙的社會欄中看到一個愛情悲劇的報導：兩位年輕人互相深愛著對方，卻遭到各自家長的反對。兩人只好偷偷來往。不久，兩人有了愛情的結晶，然而孩子生下來後，女子的父母大發雷霆，竟然要把女兒趕出家門。男方家長也不承認這個孩子，這位個女子一時想不開，便帶著孩子跳河自盡了。遠方打工的戀人知道後，也隨之自殺身亡。悲劇釀成後，雙方家長都後悔莫及，卻已經無可挽回了。

這個報導寫得並不是很好，在我看來，這對戀人的選擇太輕易和草率，對生命太不負責任。但我還是為他們的愛情所感動。

阿仁一覺醒來，精神好多了，我把報紙的故事講給他，他也隨著我唏噓感歎了一番。接著，他又陷入沉思。我看他一副愁苦的樣子，不想打攪，便回了自己的房間。

阿仁的身體好得很快，傍晚去找他的時候，已經可以和我一起吃晚飯，而且精神很好，不再恍惚了，甚至吃完晚飯還建議一起到後面的小花園裏散步。

旅店後面的小花園非常優雅漂亮，園中的佈置，匠心獨具，無處不是佳跡勝景。園裏面種著紅的白的黃的玫瑰，還有各種各樣牡丹，散發出甜美而優雅的清香，桂樹也在微風中吐出芬芳，還有一顆不知名的樹，上面掛滿了一圈圈黃色的花朵，好像鋪上了一層金黃色的光芒，一陣風過，樹上的花粉隨風飄散，帶著一股清香，沁人心脾，令人心曠神怡。

阿仁若有所思，他深深地吸了一口氣，端詳著那棵樹，突然傷心起來，感慨萬分地說：「老宋，你看這多有趣，樹上的花粉飄到地上，可能會變成花種，也長成一顆樹，以後開花，開花以後又有花粉飄落，這地上以後說不定會有無數的新樹。一粒種子，怎麼能孕育這麼多的生命啊！其實，這和我們人類沒有什麼區別，我們人類的生生不息其實和這些花草一樣，都是世界萬物整體中的一環。」

我還沒有說話，阿仁又繼續發表他的感想：「老宋哦，你說，我們這樣一個人，會有多少孩子，會有多少自己都不知道的孩子呢？我這樣問你，你一定會感到很難為情，但我想，我們每個人都會有自己的愛情，都會有自己的戀人，有時候就像這棵樹，不知不覺中繁殖了後代可能都不知道。但我們人和植物不同，人有感情，會哭會笑會傷心，但是有時也和這棵樹一樣，連自己的後代也不知道散落在何處。」

「你怎麼了？」我聽了阿仁一番感想，覺得很奇怪。

「這麼一大堆種子裏面，你敢說裏面沒有是這棵樹播散出來的嗎？你敢說你沒有一個兒子流落街頭，給人取笑是一個沒有爸爸的孩子的嗎？那個可憐的孩子，當他被別人取笑說沒有爸爸的時候，他又如何面對呢？」

「阿仁，你怎麼了，難道你有一個兒子丟失了嗎？」我越發好奇了。

「哦，讓我好好想想，老宋。」阿仁痛苦地說：「哦，是的，我可能是有一個孩子在臺灣，後來失去聯繫。二十多年了，我一直在找尋他們母子倆，是誤會把我們分開，但我一直沒有忘記他們。這也是我一直不願結婚的原因。前不久，我總是做夢，夢見他們母子被人欺負，我卻幫不了他們。」

聽了阿仁的話，我大吃一驚，但看到他痛苦的樣子，我也不好細問，只能先安慰他：「皇天保佑，終有一天你會找到他們的。」

「談何容易啊！」阿仁說：「已經二十五年過去了，我的心也淡了。」

「你再仔細地想想，看看還有什麼線索。皇天不負有心人，只要你努力，總是有回報的。你想想那位可憐的媽媽帶著孩子，這麼多年，肯定很辛苦的，而且沒有爸爸的孩子，總會受人欺負。不管結果怎樣，你總該對他們有個交代。」我勸阿仁。

阿仁長歎一聲，沈默了一會兒，然後幽幽地說：「老宋，我想起白居易的一首詩：『憶昔嬉遊伴，多陪歡樂場。寓居同永樂，幽會共平康。』」

我頗有感觸，也引詩作答：「別後嫌宵永，愁來厭歲芳。幾看花結子，頻見露為霜。」阿仁接道：「歲月何超忽，音容坐渺茫。往還書斷絕，相思斷人腸。」

「好一句相思斷人腸，改得好！盡把你憂思淒惋的心境托出來了。不過阿仁，我要你知道，在這個世界上，總有一個人在等著你，她可能賭氣離開你，可在心裏等著你，不管在什麼時候，不管在什麼地方，在默默地等著你。總有這麼個人。白居易不是也說過嗎：自我辭秦地，逢君客楚鄉，常嗟岐異路，忽喜共舟航。」

「我總不明白，那麼久了，為什麼她不讓我找到她，讓我痛苦，也讓我失望。」

「曾經有人說過：失望，有時候也是一種幸福，因為有所期待所以才會失望。因為有愛，才會有期待，所以縱使失望，也是一種幸福，雖然這種幸福有點痛。」

阿仁沈默了一會兒，說：「時間久遠，世事難料，她可能已另組家庭，我怕真的找到她時，人事全非，何故吹皺一池春水，徒呼奈何？」

「回憶永遠令人惆悵，徒增痛苦。不如付諸行動啊。」

阿仁還是搖頭歎息。

我有意逗他：「我還不明白，你究竟愛不愛她？」

阿仁激動地指著我的鼻子，大聲嚷道：「如果我不愛她，我就不會思念她。」

我忍著笑，一本正經地說：「既然這麼愛她，為何還猶豫不決，分明只是動動嘴皮子，不是真心的。誰都知道，想做的事情總會找到時間和機會，不想做的事情總找得出籍口，難道你不相信大師的話？我是說，如果她已另有家庭，那大師又為什麼給你指點迷津？」

阿仁若有所悟：「是的，老宋，你說的對！我現在已經知道該怎麼做了。等我稍微平靜一些，我把整件事從頭至尾告訴你，請你給出出主意。」

我拍拍他的肩膀說：「好的，不論你決定怎麼做，我都支持你。我們總要有勇氣面對自己過去的一切，要對得起別人、對得起自己的良心。你先好好休息，把身體養好了，把你的故事講出來，以便從長計議。」我看阿仁情緒還有些激動，而天也有些涼了，生怕他再次發燒，便拉著他回旅館。

五

回到旅館，我和阿仁各自到自己的房間休息。一入房間，我就倒在床上得意地笑起來，心想阿仁這個傻瓜，一不小心就著了我的道，曝露了自己的秘密。但轉念一想，卻笑不出來，他已經花了不少時間和精力去找尋舊愛，再消耗下去，不找出結果，會影響他的事業和前程的。正尋思著，門鈴響了。

進來的是阿仁。

「老宋，我有些睡不著，能不能和你再聊聊啊。」

「當然可以。」我給他倒了一杯茶。

阿仁端著茶杯，陷入了沉思。過了好一會兒開始說起了他自己的故事……

※　※　※

二十多年前，我在臺灣大學醫學院讀書，大三暑假的時候，一個人到花蓮徒步旅行。那時的我莫名厭惡城市，喜歡保留原始風味的地方。

我一走進花蓮，就被它的美所震撼。獨自走在路上，一側是鬱鬱蔥蔥的山巒，一側是無際浩瀚的太平洋。放眼望去，無邊無際的海水被天上的彩雲染成繽紛的顏色，海浪像雪龍似的湧動著。

遠洋巨輪漂搖在海平面盡頭，忽焉似有，再顧若無。這時我想，人是多麼的微小啊！什麼委屈、煩惱、寵辱頓時全部煙消雲散。

最吸引我的還是太魯閣。走在花蓮和宜蘭的崇山峻嶺之間，頓興前不見古人，後不見來者的感歎。那裏地勢險惡，看似山窮水盡，轉眼柳暗花明，兩邊隨意選景都是絕好的畫面，小到古樸的木柵欄，大到壯觀的吊橋、幽深的廟宇，完美地融合在大自然中。空氣中若有若無的百合清香，伴著輕霧、山泉、鳥鳴，儼然是世外桃源。太魯閣，就像蓮花的花蕊，凝聚了天地精華。

白天我陶醉在大自然的懷抱，累了隨意躺在她的臂彎中，晚上就投宿到原住民家裏。這裏有阿美族、泰雅族、平埔族和布農族等，那時他們還過著傳統的生活，純樸善良，待客熱情。

有一天，步行了八個鐘頭之後，傍晚時分走進峽谷，山道狹窄，峽谷兩邊山坡連綿起伏，山坡上覆蓋著密密的叢林，裏面長滿參天大樹，幽幽的深林中時不時發出怪聲尖叫，把我嚇得心驚肉跳。

突然一陣驟雨從山麓向我襲來。我在黑沉沉的深林中摸索著，冰涼雨水敲打著我的頭，我踽踽獨行，感到前所未有的孤獨。走了大概兩個多小時，已經精疲力盡，卻還找不到出口，正徬徨中，突然看到遠方好似有些煙火，像有人居住的樣子。我一陣驚喜，又鼓起勁朝著有燈火的地方奮力走去。大約半個小時後，終於到了燈火附近，果真有個小屋。

我連忙向小屋走去。尚未近前，突然有隻狼狗竄出，兇猛地咆哮。我嚇壞了，拔腿就往回跑，狼狗緊追不捨，我跑得呼哧帶喘，一不小心跌倒在地，狼狗伸出長舌向我進逼，我嚇得大叫救命。正危急時刻，只聽從小屋傳來聲音：「阿旺，阿旺，你在哪裏呀？」

狼狗聽見呼喚，立即停止了對我的進攻，轉頭對著小屋應答了幾聲，我趕緊坐起來，看見屋裏面走出一個年輕姑娘。這姑娘身材豐滿勻稱，穿著打扮雖然非常樸素，卻難掩驚人的美貌。我心中不由一陣悸動。她很有禮貌地對我說：「噢，原來是位客人，對不起，我的阿旺把你嚇壞了吧，望你不要見怪。」

我趕忙說：「哪裏，哪裏，是我不好，闖進你們家了。」

姑娘臉上露出害羞的表情，說：「沒有，是阿旺太警戒了。對了，你從哪裏來？來這裏找誰？」

「我是趁暑假來這裏徒步旅行的，結果迷了路，現在時間晚了，找不到歇腳的地方。」

「噢，原來是這樣，你大概也累了，全身濕淋淋的，不如先到我家裏坐一下，喝杯熱茶吧，也好把衣服換下」

我還震驚著她的美貌，心裏七上八下，一時不知所措，她見我呆立不動，嫣然笑了，笑得真好看，像一朵花。

「不要緊的，你冷了吧？」說著便拉著我的手，把我領向她的家。

「爺爺，爺爺！」姑娘邊走邊叫，把手收回去。

「哦……」一名六旬老翁從屋裏走出來，見到姑娘身後的找，一臉驚愕的表情。

「他迷了路，又被淋濕了，我請他進來，喝杯茶，也好把衣服換下。」姑娘說。

「噢，快進來，不要著涼了。」老人說。

我因疲乏和驚恐，連「謝謝」這句話也卡在喉裏說不出來，只隨著他們走進屋裏。

我在老人對面坐下，姑娘端上一杯熱茶。我一口氣把茶喝下，登時一股暖流貫徹全身，舒服透了。

在燈光下我再仔細端詳著姑娘，看上去約莫十七、八歲，一頭黑髮把她的鵝蛋臉襯托得更顯玲瓏小巧。一張笑意盈盈的小嘴，配著一雙又大又黑的眼睛，真是美極了。見我癡癡地望著她，她連忙把頭低下來，一臉含羞的表情，我的心怦怦地跳著。

「小青，快把他帶到樓上，換上我的衣服，不要著涼了。」爺爺又對我說：「若不介意，留下來過夜吧。俗語說：出門靠旅伴，處世靠人緣嘛。」

「敢情好，太謝謝啦。」

小青把我帶上二樓一個小客房。我把衣服換好後，她取走我的濕衣服，說：「你休息一下，我去把衣服弄乾，待會兒下樓吃飯。」

我呆呆地站著，這時雨點停了，望向窗外，天空放晴，分外明亮。我看到屋後有一小花園，種著百合、芍藥、薔薇，還有幾株杏樹。花園緊鄰著一坡梯田，滿坡山茶在微風中輕輕搖曳。

「下來吧，飯弄好啦。」

聽到小青的叫聲，我拖著沉重的腳步下了樓。見又饑又餓的我，吃得格外香甜，小青在旁抿著嘴偷笑。飯後我向他們說明身世，小青留心地聽著，眼睛一閃一閃地望著我，我直覺到她歡喜上我了，心裏又是一陣悸動。

入夜上樓，洗了個熱水澡，人也輕鬆起來。關上房門，鑽進被窩，我卻無法入睡，腦中儘是小青的影子。窗外，蟲鳴蛙叫，月光如水。我輾轉反側，胡思亂想，於朦朦朧朧中，進入了夢鄉。

清晨，我被窗外的鳥聲吵醒，聽到樓下傳來的對話：

「他太累了，不要吵醒他。」爺爺的聲音。

「嗯。」

「是個乖孩子。」

「是個好人呢。」

我暗道一聲慚愧，立刻從床上起來，突感頭重腳輕，全身發燙。糟糕！真的感冒了。

我勉強梳洗下樓，剛坐下，身子便搖晃起來。

「阿仁哥，怎麼啦？」小青驚恐地看著我。

爺爺把手放到我額頭說：「敢情是著涼啦。在這兒多休息幾天吧！學校還沒開課吧？」

他的話正合我意。我看看小青，只見她雙頰微紅，嘴角含羞。

於是，我便合情合理地留了下來。

小青將我照顧得無微不至，我的身體很快復原，但潛意識裏，我又不想好得這麼快。我捨不得離開他們了。

小青總是有意無意地和我親近，常叫我把隨身攜帶的《茶花女》念給她聽。每次我一開始念，她就把臉湊過來，十分認真地聽，眼睛睜得大大的，一眨也不眨。聽到她急促的呼吸，我的綺念油然而生，心頭沖蕩得無以復加。

到了第五天，我已完全康復，再也不能賴著不走了。我拿起背包，正想辭行，小青一手把背包搶過去不放，淚汪汪地望著我，央求道：「阿仁哥，不要走好嗎？」

她的話牽動著我的心，我又何嘗想離開？

我望著爺爺，他遲疑了一會兒，說：

「留下來玩玩也好，這裏美得很呢。」

我沒有假意推託，立刻答應，心裏爽極了。

小青帶我到處遊玩，雖是夏季，花蓮仍是小陽春天氣，感覺很舒服。每天清晨，阿旺前邊走，我和小青後面行，走入山谷，爬上山巔，看海上晨曦，遠眺煙霞散彩。一天適逢驟雨，我們躲在岩洞中，聽著雨水在石縫間滴滴答答，其時寒氣襲人，我和小青相擁取暖，她大而軟的胸脯緊貼著我，使我意亂情迷。雨後我們慢慢向下爬行，壁峭路滑，崎嶇難走，小青緊緊拖著我的手，四周只聽吱吱的鳥聲和落葉的沙沙聲。

一天傍晚時分，我們走過田間小徑，來到屋前的小河邊，潺潺流水清澈如鏡，我們躺在河邊草坪上，阿旺懶洋洋地躺在小青腳邊，悠閒自在。有時小青唱著山歌，蹦蹦跳跳的，我看著水中那嬌美的影子，心早已醉了，只覺如幻似夢，幸福之極。

這時對面河堤樹上有一對小巧玲瓏的青鳥，互相依偎在一起，脖子深深伸進對方的羽毛裏，簡直分不出彼此，我正凝神觀望，突然來了一陣風，小青鳥噗一聲飛走了。我的心情馬上沉重下來：老天爺，你不會把我和小青也差散吧？

但我的心從此不再平靜。我常陷入沉思之中，我對小青的愛越來越深，幾乎一刻也不願和她分離，但又不得不回去繼續學業。那時，我的家人已經開始為我的親事操心，我恨不得馬上把小青帶回家，但他們能接受一個只有中學程度的原住民姑娘嗎？我是一個很害怕責任和壓力的人，不知道到時能否面對那種壓力。我也看得出，小青對我的感情也越來越深，想到這裏，我便努力控制自已對小青的感情，但只要和小青待上一會兒，便什麼也不管了，只想一輩子和小青在一起，永不分離。

在矛盾中煎熬著，時間一天天過去，我的心事也越來越重。聰明的小青明白我怎麼想，卻沈默不語。有天晚上，我們坐在花園休息，月光如水，微風飄來一陣陣花香，我對著月光出神。小青問我：「阿仁哥，你在想什麼呀？」

我打趣她說：「我在想月亮啊。」

「胡說，月亮哪裏用去想的，你抬頭看看就不是了嗎？」小青佯嗔。

「但月亮裏面有很多的故事，是看不到的。」

「什麼故事？」

「妳知道嫦娥與后羿的故事嗎？」

「不知道。」

我聽小青不知道這個故事，便開始瞎編，說：「后羿和嫦娥本來是人間一對很好的戀人，後來不知道什麼原因，嫦娥離開了后羿，飛到天上，飛到那個月亮的宮殿裏面去了，后羿不能飛上去，於是就拿箭，想把月亮一下子射下來。」

「哇，他有沒有把月亮射下來啊？」小青非常緊張地問。

「當然沒有，但嫦娥知道了，於是又飛回人間，和后羿結婚，還生了好多孩子。」這一下把小青逗得笑起來：「阿仁哥，你是編故事來逗我高興吧，你知道我心裏在想什麼嗎？」

「妳想什麼？」我問。

「我在想，我是一個農村鄉下姑娘，不配和你做朋友。」小青有些黯然地說。

「別瞎說，什麼配不配的，只要我喜歡妳就夠了。」我連忙打斷小青的話，「如果不想妳做我的朋友，我在這裏住下來幹什麼呢？」

「我以為你只是來這裏度假的。」小青仍然沒有自信，「你怎麼會喜歡一個鄉下丫頭的？你是在騙我的。我知道。」

「我沒騙妳，小青。」我安慰她說：「我是真的喜歡妳，妳放心好了。」

「哼，你若騙我，我就去告訴爺爺，告訴爺爺你是一個騙子，讓爺爺把你趕走。」小青佯裝動怒的樣子，反而更讓我動心了，我摟著她，說：「好，妳去告訴爺爺吧，妳看爺爺會不會把我趕走？他不要妳幹活，讓妳一天到晚陪著我玩，他要是把我當成壞人，就不會放心我們兩個在一起的，我說的對吧？」

小青想了想，說：「就算你對吧。」

六

我知道，我的生活和職業都屬於都市。小青一直生活在這個偏僻的山村，和我的那個世界完全不同。我不知道我們兩個的世界該如何融合在一起。在小青的世界，完全沒有我的職業和生活，我也不知道小青能否適應我的世界。想到這裏我就更加煩躁不安。

一天傍晚，我和小青在園裏除草施肥，爺爺比平時早回來了。爺爺做完晚飯後，我和小青才回到屋裏，和爺爺一起吃飯。我看到餐桌上的飯菜比以前更豐富，不但有土豆、白菜等蔬菜，還有難得吃到的雞和鴨。我心裏有點迷糊，爺爺為什麼突然做這麼多的菜啊？是不是有意要把我送走呀？！可我還沒有做好心理準備，我真的有點捨不得。

飯桌上，爺爺什麼也沒有說，我也沒有問。

晚飯後，我在門前坐下。且極目遠眺，縱觀全景，眼前小河流轉，叢叢綠樹散植雙岸，河谷蜿蜒遠去，一眼望不到盡頭。我呆呆地望著遠處的山峰，山峰上的樹林輪廓朦朦朧朧，我感到非常鬱悶。我在這裏已經快一個月了，從來沒有像今天這樣心事重重。人生真是不可思議，我望著相依為命的爺孫倆，心裏充滿了感激和憐憫。一方面我捨不得離開這旅途中的故鄉，另方面也希望他們能和我一起離開這裏，和我一起生活，但我又為自己的無能為力感到慚愧。我對自己的命運能掌握多少呢？我以後到底該如何做呢？

不知什麼時候，爺爺慢慢走到我身旁，和我一起並排坐在門前。

「你喜歡小青，是吧。」爺爺突然問。

「是的。」我老實答。

「但你有沒有想過，你們是不會有結果的？」

「爺爺，你別這樣說，我對小青是認真的。我不會讓她傷心。」我連忙向爺爺保證。

「保證？你有能力保證嗎？」爺爺反問。

我一時啞口無言。我知道爺爺說的是真話。我確實沒能力作任何保證。我只好望著遠處的山峰，不再作聲。

爺爺看我不作聲，又把原話再重複了一遍：「阿仁，你真的喜歡小青嗎？」

「是的。」我點點頭。

「你知道這是沒有結果的，我不想你傷害得太深，也不想你傷害小青的感情，你明白我的意思嗎？」

我看了爺爺半天，才喃喃說道：「爺爺，我明白。」

「其實我也很喜歡你，你是一個很好的孩子，但是為了小青，我不得不讓你走，我怕她陷得太深，抽身不出來，到那時，你們都會很痛苦的。」爺爺安慰我說。

我的心好像被鐵錘狠狠敲擊了一下，痛極了。我沒想到，在我面前的這位白髮蒼蒼的老人，對事情能夠看得這麼深透，對我的瞭解比我自己還清楚，我對自己都不瞭解，而他對我可以說從頭到尾都看透了。我確實很喜歡小青，但我確實什麼都不能對她承諾。如果任我們兩人的感情發展，最後會是什麼結果，是無法預料的。然而，我怎麼也捨不得離開這裏，這裏的一切太美了。山上的一草一木，都吸引了我。無論是山谷，還是小溪，都能引起我的感情，對小青的感情更不用說了，要我一下子就離開這裏，離開小青，我真的不能接受。想到這裏，我就迷糊了。我問自己我究竟要什麼，但始終找不到答案，因為我真的不知道我要什麼。沈默了老半天，我喃喃地對爺爺說：「爺爺，你再讓我想一想，我明天和你說，好嗎？如果我不能給小青保證什麼，不能給你們兩位帶來什麼，我明天就走；如果我給予我的承諾，你願意我留下來嗎？你願意我和小青在一起嗎？」

爺爺微笑地看著我，說：「當然願意，阿仁。我當然希望你們有個好結果。但是你要好好地仔細想一想，這是個大事情你要慎重。其實，我也很喜歡你這個年輕小夥子的，但是你不能不面對現實：小青只是一個中學生，一直住在這個偏僻的地方，你的父母能接受她嗎？你的那個世界能容她嗎？你們是不可能在一起的，你明白嗎？」

我脫口而出，說：「爺爺，我明白的。即使我不能成為小青的丈夫，我至少可以做她的哥哥吧？」

「做小青的哥哥？這只是你一相情願的事情，小青可不一定同意啊！人是有感情的？你難道聽不懂我的意思嗎？」爺爺反問。

「我明白你的意思，爺爺。不管怎麼樣，明天早上太陽升起以前，我一定給你一個明確的答覆，好嗎？」我沮喪了，只能對爺爺這樣說。

爺爺也有些無可奈何，在他看來，無論我說什麼，都無濟於事的，因為他清楚，我根本沒有能力保證什麼。我突然想起，這一個月來，我從來沒有聽爺爺提起過小青的爸爸媽媽，出於好奇，不由問：「爺爺，你可不可以和我說說小青她爸爸媽媽的事情呀？」

爺爺盯著遠處正在下沉的夕陽，遲疑了一會兒說：「小青的爸爸媽媽在她很小的時候就去世了，小青才兩歲的時候，她的爸爸被日本人拉去當兵，一去再也沒有回來。小青媽媽天天盼，眼淚都流乾了，也不見小青爸回來。在一個七夕的晚上，她一個人跑到對面海邊的山崖上跳海自盡了，留下我們爺孫倆個孤苦伶仃在這裏相依為命。」

「小青的身世真可憐。」我不由感歎，更增加對他們爺孫倆的同情。不過，我看爺爺也不想太多提起過去的事情，我便適可而止，說：「爺爺，你好好休息吧，明天一早我會告訴你我的決定的。」

爺爺再三叮囑說：「阿仁，你千萬不要做你自己勉強的事情，知道嗎？」

「知道，爺爺。」

七

整整一個晚上，我都沒有闔眼，一直翻來覆去睡不著，一會兒想小青，一會兒想家裏和學校的事情，直到凌晨，我才迷迷糊糊地進入夢鄉。

突然，小青偷偷跑進我的房間裏來，把我叫醒，我看見她雙眼通紅，一副無力的樣子，忙問：「小青，發生什麼事情了？」

「爺爺硬要我離開你，我不願意，他把我打了一頓，以前他是從來都不會打我的，他見我難過的樣子，自己也不禁流下了眼淚，對我說了一番令我很難過的話。」

我趕緊問：「他說了什麼？」

「他說：小青，妳是個聰明的孩子，用不著我來提醒，但我不能不提醒妳，人家是富貴人家大公子，妳是窮家小丫頭；人家貪玩和妳好，妳就把心掏給了人家。他人一走，就不記得妳是誰了，真是好傻啊。他說著說著，眼睛都紅了。」

「那妳怎麼說？」

「我說不會的，阿仁哥是好人，不會騙我的。他說，他也知道阿仁是個單純有趣的年輕人，假如他不是來自香港的有錢人家，他倒高興我們配到一塊兒。不過，現在事實是如此，我萬萬不能憑一時高興就胡亂想，他還說我是聰明人，我應該好好使用我頭腦，不要糊裡糊塗地把自己害了。」

我心頭震顫不已，好一個善良可愛的老人。我暗自發誓，我絕不辜負他們。

「我不捨得離開你。阿仁哥，你不是答應我，會好好待我的嗎？你去和爺爺說，你要和我在一起，好嗎？」小青嗚咽著。

我心頭一動，拉著小青的手。小青一下子就撲進我的懷裏，嗚嗚地哭了起來，邊哭邊說：「阿仁哥，我捨不得你離開，你不要走，好嗎？讓我陪著你，做你的傭人也可以。我可以給你洗衣煮飯，只要看到你，我就滿足了，你不一定要娶我的。」

「傻小青，哪能那樣，我要和妳在一起，不會讓妳做我的傭人的。我們兩個是平等的，知道嗎？」我連忙安慰小青。

小青打斷我的話，說：「沒用的，你說什麼都沒用的，因為爺爺不相信你的話。」

我連忙安慰說：「小青，我知道爺爺不相信我的話，但只要妳相信就可以了，不是嗎？何況，我會努力說服爺爺，讓他相信我的。」

小青仍然不放心，說：「可是爺爺對我說，說你們男人最會騙人，你們講的話都不算數的，要是我跟你好，你不要我了，爺爺會把我打死的。」

「小青，別擔心，我會讓爺爺相信我的。」

「其實爺爺不是不喜歡你，就是不相信你，他說你自己都不能保證自己的話，怎麼能讓別人放心呢？你現在在我身邊，每天看著我，當然會說喜歡我，你一旦離開我，就會把我忘記的。因為我不屬於你們那個世界。爺爺說城市裏的男人，尤其是香港男人，是絕對靠不住的。」

我急忙辯白說：「小青，妳放心好了，我不是一般城市裏的男人，我厭惡城市生活，我嚮往自然、嚮往自由，我喜歡妳這樣單純的人，我這輩子若能和妳在一起，我可以放棄一切。妳要相信我，時間可以證明一切。」

小青點了點頭，但仍然有些遲疑，說：「雖然我相信你，但爺爺還是不相信。你叫我怎麼辦？」

「不管怎麼樣，我們兩個不要分開，好不好？」我對小青說。

小青一下子摟住我，把眼睛閉住，我情不自禁地吻起她來。我下定決心，絕不離開小青，辜負小青。我輕輕地對著小青的耳朵說：「一早等爺爺起來，我就對爺爺說，我要和妳結婚，無論誰都不能阻擋。」

小青依偎在我懷裏，一句話也不說，只是點頭。我們就這樣一直相擁到天亮，天剛亮，小青才偷偷地離開，把我留在自己的房間。

我起床後，發現爺爺已把早餐弄好了，小青還沒有從房間裏出來。爺爺對我說：「阿仁，你去把小青叫起來，我們一起吃早餐。」

我走到小青的房間，看見她一個人坐在床邊，傻傻地，不知在想什麼，一看見我進來，眼睛一亮，馬上問：「阿仁哥，你和爺爺講了沒有，你可不要騙我，你騙我的話，我會被爺爺打死的。」

我安慰她說：「小青，妳放心吧，等我們吃完早餐，我就把我昨天晚上和妳說的話，再對爺爺說一遍，好嗎？」

小青仍猶豫，說：「我有點不好意思聽你和爺爺說話，我不去吃早餐了，你一個人和爺爺吃，好嗎？」

我搖搖頭，說：「不行，小青，我們一起吃完早餐，然後我單獨和爺爺說，妳可以不聽我們談話的，但妳一定要去吃。」

於是小青和我進了廚房，和爺爺一起吃早餐。

早餐後，我對爺爺說：「爺爺，可不可以讓我單獨和你說話。」

爺爺說：「當然可以，我可一直在等你呢。」說完，爺爺示意小青離開飯桌。小青放下飯碗，便跑到門外去了。

然後，我對爺爺說：「爺爺，我想了一個晚上，我想清楚了，我決定要和小青結婚。」

爺爺大吃一驚，說：「不行，沒有父母同意，你怎麼能自己做一個這麼大的決定呢！我可不願意小青這樣跟著你，否則將來你父母會瞧不起她，城裏人也會欺負她的。你要是真的喜歡小青，那你念完書以後，回到我們這邊來，到這裏來開業做醫生，反正這個荒山野嶺，周圍都沒有醫生，你來這裏開業，也是對我們這裏居民一個最大貢獻，你有這個決心嗎？」

「有的，爺爺，我有這個決心。」我向爺爺保證。

「你真的捨得放棄都市繁華的生活，來我們這荒山野嶺過一輩子嗎？」爺爺說。

「是的，爺爺。」我再次保證。

「好，那我暫時不阻止你們來往，等你履行你的承諾，你這次回臺北以後，每逢放假可以來看我們。我們暫時就這樣處理這件事，怎樣？」爺爺說。

「好的，爺爺。」我看爺爺語氣鬆動了，很高興，連忙跑出去找小青，告訴她這個好消息。小青聽了，高興地跳起來，抱住我。

那一天，我們倆如膠似漆，一分一秒也不願意分開。然而幾天後，我不得不走了，因為學校就要開學了。

當小青和爺爺把我送走的時候，我看見小青眼裏依戀的神情，幾乎想放棄學業，待在這裏永遠不走了。爺爺也看出我們兩個人不捨得分離，就讓小青一個人單獨送我一程。在路上，小青一句話不講，只是慢慢地走路。最後，我實在忍不住了，我對小青說：「小青，妳是不是覺得我不該離開？」

小青說：「我不是怪你，你不要多心，你的學業也很重要的。不過，你一定要記住你說過的話，知道嗎？」

「我知道，小青，妳放心，我一定會對妳負責的，妳就等著做我的新娘吧！」我對小青說。

小青聽了我的話，心情才開朗了些。

八

我回臺北以後，時時刻刻想著小青和爺爺，整天盼著週末和放假。一到週末和放假，就迫不及待地去花蓮看望他們，每次，我都會給小青帶去各種各樣的禮物，小青每次看了都非常高興。我們的感情也越來越深。在一個月明的夜晚，我在房間裏教小青讀書，讀到李商隱的《正月崇讓宅》：

「密鎖重關掩綠苔，廊深閣迥此徘徊。先知風起月含暈，尚自露寒花未開。蝙拂簾旌終輾轉，鼠翻窗網小驚猜。背燈獨共餘香語，不覺猶歌《起夜來》。」

我說：「這首詩是李商隱的晚期作品，是李商隱晚年回到他那破敗不堪的老家，深夜在孤燈下想起了當初和妻子溫情甜蜜的話語，不由得忽然聽到《起夜來》的歌聲，原來是妻子思念丈夫的歌。令人動容。」

小青似懂非懂地問：「李商隱真好啊，阿仁哥，萬一我死了，你會像他一樣想念我嗎？」

我笑道：「傻小青，妳那麼年輕，怎麼會先我而去呢？」

「我就想先走，唱歌給你聽，要你想我。」小青嬌嗔地鼓起了嘴，紅彤彤的蛋臉，帶著笑意，如幻似夢的神情，有說不出的可愛誘人。

我牽著她的手，走到窗前，欣賞園中的美景。在晶瑩的月光下，園中的秀色千姿百態，百花爭榮，層林盡綠，賞心悅目，美不勝收。我頓覺心曠神怡。一時情不自禁，雙手緊緊地抱著她，吻著她，看著她那兩隻溜圓溜圓的眼睛，就像臉蛋上嵌了一對小海錢兒。漂亮的鼻孔，急促地吐出迷人的香氣令我震顫迷惑眩暈。小青的身體緊貼著我，一陣陣的熱浪在我的身上翻滾著，我輕輕地把她抱起來，放到床上，小青任由我脫下衣服，露出她晶瑩得好像透明的胴體。我吻著一雙高聳挺拔的乳房，小青嬌聲婉囀，氣喘噓噓，不時低聲呼叫我的名字，發出輕輕的呻吟，我們兩個人終於交融在一起。小青連連呼痛，雙手卻緊抱著我不放，一陣陣的激情過後，我們終於平靜下來。她像一隻軟綿綿的小羊依偎在我身邊，我的手仍在她那柔軟的身上游走，她那甜蜜和慵倦的臉蛋兒，顯得更加迷人，再看小青的下體，卻是一片片的殷紅，就像盛開的玫瑰。

此後，我每去一次花蓮，就急不及待地和小青纏綿一番，我深覺對小青的感情越來越深，靈與欲早已交融在一起了。

可惜歡愉總恨時光短，兩年多後，我開始實習了，非常繁忙。那時起，我經常忙得會忘了小青，去花蓮的次數越來越少。我不知道小青是不是從那時開始誤會我的。但那時我年輕，心裏非常矛盾，對小青確實忽冷忽熱的。

畢業前夕，我通過外國醫生資格考試，拿到了加拿大某大學醫學院實習醫生的聘書，這是一個很難得的機會，我非常想要這個機會。但這就意味著我要和小青分開一段日子。在離別的前夜，我到花蓮找到小青告訴她，我想去加拿大留學，讓她等我在加拿大拿到行醫執照後回來。那時，我將帶她去香港，在香港得到我父母的同意後，就和她在香港圓婚，然後到時候再決定在臺灣還是在香港開業行醫。小青聽了，面無表情，不置可否。

我以為小青不高興我以後還想待在香港，又安慰她說，我知道爺爺是想讓我回花蓮的，但我也很喜歡香港，因為我也捨不得離開我的父母，不過這件事現在說起來還早，到時候我們把爺爺接來和我們一起生活，不就兩全其美了嗎？

小青還是不說話，我也不知道說什麼了，但我還是決定一個人去加拿大。又不捨得離開她，真是感觸萬分，分別的夜晚，我們默默無言地相對著，就這樣坐到天明。

第二天一早，吃過早餐，小青送我到車站。我拖著小青的手，在田野間和河邊行走，小青默默不語，像滿腹心事，欲言又止。大地籠罩著薄薄的霧氣，天空飄飛著黑黑的雲層，天氣是這般陰暗，令人煩悶不堪，千萬離愁別緒，漲滿了我的心頭。望著小青依依不捨的樣子，眼淚汪汪的，不由想起柳永的《雨霖鈴》：執手相看淚眼，竟無語凝咽。真是多情自古傷離別，我捫心自問：我若多情，又何須別離？行到河邊的斷橋上時，我一時感觸，對小青說：「小青，我念一首詩給妳聽好嗎？」小青仍不說話，點了點頭。聽我念著：

青青河邊草，
天簌似窮秋。
阿濃哥與妹，
離別在橋頭。

今宵離到後，
相會將可期。
哥心似妹心，
永不負相思。

小青用手指劃著臉，笑道：「何仁哥好不羞，還作歪詩騙人，天罰你，所以作的詩不好。」

我震驚小青的反應。可是那時我是多麼的愚蠢，竟然沒有覺察到小青有不尋常的地方，主觀上只覺得她捨不得我的遠行，和我賭氣。

※　※　※

我說：「換了我，想法和你也差不多啊。」

阿仁繼續說道：

※　※　※

你真不知我當時心裏有多沉重啊。那時我的腳步，好像有千斤重一般，跨過橋頭，穿過柳陰，漸行漸遠，卻是滿目荒涼，江邊的水波旋轉著，河邊冷清寂靜，回憶往日和小青嬉遊的情景，卻似夢一般縹緲不可復得，不禁暗自傷心流淚。

但我還是踏上火車，和小青揮手告別。在窗外看著小青漸漸模糊的身影，愁緒重重堆積在心頭。

九

就這樣，我一個人去了加拿大。一開始我對小青念念不忘，每隔兩天就寫封信，一個星期打個電話，後來學業壓力太重，再加上我的生活也越來越豐富，我給小青寫的信、打的電話也越來越少了，甚至到了後來一個月才寫一封信，或通一次電話。小青給我的信也似乎越來越少，不過我從她的信裏看出，爺爺對我充滿了憤怒，認為我是一個沒有心肝的騙子。

我去加拿大大概半年後，發現小青的信更加少了，有時打電話給她，她也不在，即使接我的電話，說話也非常少。有一、兩個月我幾乎找不到她。我覺得有些奇怪，想小青是不是開始有別的男朋友了。我萬萬想不到的是，原來是小青懷孕了。

我猜想，小青在我離開臺灣的時候就已經知道自己懷孕了，因為當時和她分手的時候，她滿懷心事，吞吞吐吐地，我當時一心想著去加拿大，以為她是不高興我的離開，所以才沒問。現在想起來，肯定是當時她就知道自己懷了孕，但又不想用孩子來綁著我，所以一個人偷偷地傷心。

但紙是包不住火的。我後來才知道，小青的肚子越來越大，終於給爺爺發現了。爺爺非常憤怒，把小青打了一頓，然後爺爺決定託人來加拿大找我算帳，但被小青攔住了，不同意。她說，若是阿仁變心了，找他也沒有用，只是自取其辱。如果阿仁有心，一定會回來的找她和孩子的。

爺爺也是一個堅強的人。他覺得這件事傳出去對小青也不好，讓小青面對現實，於是就逼著小青墮胎，小青堅決不肯。她把自己關在屋子裏兩天不吃不喝，對爺爺說，再苦再累，壓力再大，她也要把孩子生下來，把他養大，從今以後，她再也不會愛上任何一個男人了，她要獨立把小孩子養大，讓他做一個男子漢。爺爺心疼了，這才讓步。

鄰居們初時見小青總是悶悶不樂，只以為她思念遠在加拿大的情人，後來發現她足不出戶，開始議論紛紛了。爺孫倆在家鄉度日如年，好強的爺爺不願再待在那裏了，決定遠走他鄉，因為他覺得沒有臉見親戚朋友了。搬走前，小青曾寫信告訴我。因為換了醫院實習，等到這封信輾轉到我手裏的時候，已經是六個星期以後了。小青是徹底對我失望，終於含淚悄悄地搬離家鄉。

我看到信，連忙請假，飛去臺灣，但還是晚了一步。小青和爺爺已經搬走了。我向鄰居們到處打聽，沒有一個人知道他們去了哪裏，或者知道，但不願意告訴我。不管我走到哪裏，周圍總聚集著一群人，有大人，也有小孩，不約而同，我走近時，一下子都問兩邊分散開，給我讓出一條路，我只聽見其中有一個人說：「瞧，那就是他呀！」另一個人說：「瞧瞧他那雙眼睛！」我只能裝著沒事人似的，心裏卻七上八下地打鼓。

我跑到鄉政府辦公室去打聽，門房坐著一位白髮的老頭在打盹，我輕輕搖醒他，他睜開半昏半睡的雙眼，好奇地問：

「先生，有什麼事我可以為你效勞嗎？」

我說：「幾個月前，你們鄉裏住著一位名叫小青的姑娘和她的爺爺，最近搬走了，你知道他們去了……？」

他還沒聽完，就打斷我的話，叫我離開。態度和藹，神情堅決。

我不死心，徑直走進去，見到一個房間，房門口倒掛著「處長室」三個字，只見裏面坐著四個人在打紙牌，見我進來，開始還很客氣，招呼我在旁邊的一張椅子上坐下，一個人說：「有什麼事呀，先生？」

我說：「大約半年前，這裏住著一個叫小青的……」

我只來得及說到這兒，一個年輕人跳了起來，大叫道：「好哇，你問我，我去問誰？快走快走，我們不歡迎你。」

我還想爭辯，那人毫不客氣地跳起來，把我推出門外，隨手砰一聲把門關上。

我不敢逗留，飛快跑到大街上。

接著我到房屋管理所打聽，裏面坐著一位年輕的姑娘，問我有什麼事，未等我說完，就插嘴道，我們不管尋人的事，揮手就把我請了出去。

我又跑到街坊委員會辦事處，裏面坐著一位老婆婆，我還沒開口，她搶著說：

「你要什麼呀？」

我想終於見到好心人，可以坐下來慢慢談了。我說；「要一杯熱茶吧。」

她沒好氣地說：「如果你到這兒來有什麼事，儘快說吧……我沒工夫陪你胡扯。」

我感到非常委屈，這老婆子也太無禮了，可是在當時的情況下，我最好不要介意這件事，我說：「是關於小青……」

她打斷我的話；「我們這兒沒有小青，你到別處去找吧。」說完就站起來轉身朝裏面走了。

我又找到郵局，排隊到了視窗，裏面坐著一個三十來歲、留著兩撇鬍子的人，問我：買多少郵票？我說，不是買郵票，是來尋人的，接著向他打聽小青的下落，未等我說完，他就搶著說：「夠啦，先生，你找錯地方啦。……」

這回輪到我插嘴了：「總得有個人告訴我他們去了哪裏呀？」

兩撇鬍子的人火了，大聲道：「去你的祖奶奶！怎麼不問你娘，她怎樣生你出來的？嘿！做了壞事還現眼，真是豈有此理！」

「不是這樣的。」我說。

兩撇鬍子吼叫起來：「後面的人等著呢！趕快走吧，我不想再看著你這火燒不死的下流樣！」

排隊的人哈哈人大笑。

我又被莫名其妙嗆了一頓，氣得目瞪口呆，整整三十秒鐘，才回過神來趕忙跑出郵政局，心裏直嘀咕，真古怪，所有的人怎麼一下子全變了樣？全不講道理，全跟我作對似的，真是豈有此理。想著想著，一不小心，跌進一口枯井裏，半天才爬起來。幸好只傷了一點皮膚，沒有把骨頭折斷。

但我還不甘心，索性走到路旁的大樹下坐著，留心過路的行人，看到比較斯文一些的、或者上了年紀的，不論男女，都上前盤問一番。但結果都一樣，多半沒等我把話說完，掉頭就走。只有一個老頭兒，耐著性兒等我說完後，眯著眼睛端詳我老半天，才慢條斯理地說：

「夠啦，先生。我以前已經聽說過你了。因為你，小青爺孫被迫離鄉背井，不知所終，這裏的人恨死你了，你走吧，沒有人會理會你的。」

「不是這樣的！」我說：「這完全是誤會……」

「不用說啦，你糟踏了我們村子裏最漂亮的姑娘，那些年輕小夥子們日思夜夢的姑娘，他們不會原諒你的，你怎麼解釋都沒有用。趁現在還來得及，快快地走吧，我不想見到你被人傷害……，你知道鄉下人做事有時是不可理喻的。」

我終於明白了。在那些村民眼裏，我是一個玩弄姑娘的壞蛋，是小青爺孫逃離故鄉的元兇。他們對我充滿了仇恨。隨後幾天，無論怎麼解釋，他們都不原諒我，不願意和我說話。我真苦惱極了，巴不得自己死了才好。我只好一個人躲在小青原來的家裏傻傻地等，接連三天三夜，不吃不喝地在那裏等。有一個晚上，聽到屋外好像有什麼聲音，我趕忙從床上爬起，從後門逃出，生怕被觸怒和受辱的村民擁進來會對我不利，及至看到只是一場虛驚，才又躺回床上。心想如何才能平息村民們對我的憤恨，但我的頭腦總是昏昏沉沉的，想來想去總想不出一個辦法來，就這樣睜著眼等到天明。後來，終於有一位鄰居對我說，你這樣傻等也不是辦法，你還是先回去，等有什麼消息了他一定通知我。他還拿了一些飯菜給我吃，安慰我說，不管怎樣，你一定要把飯吃飽，身體要緊，只有吃飽了，才有力氣找小青。這幾句口氣親切的話，平息了我的滿腔忿懣。我聽他講得也有道理，連忙向鄰居道謝，把飯菜吃了。我把鄰居的地址和聯繫方式記了下來，又把我的聯繫方式告訴他，千叮萬囑，只要小青有什麼消息，一定要立即告訴我。然後，我又逐一拜訪村子的各家各戶，不管他們給我什麼臉色，我也把自己的聯繫方式留給他們，讓他們一有小青的消息就告訴我。而我幾乎把所有鄰居的電話和地址記下，希望他們中的一個能幫我找到小青。

回了加拿大，我立刻大病一場，等身體恢復後，我又得補實習，幾乎忙得喘不過氣來。有好幾次，我想放棄實習，回臺灣找小青，卻始終沒有勇氣。因為行醫是我多年心願，也是我父母對我的期望，如果我就這樣放棄了，會傷透兩位老人家的心，而且他們很可能也會因此不喜歡小青，那時就更糟糕了。我只好待在加拿大，託人打聽小青和她爺爺的消息。

我每隔幾天便打電話去問小青以前的那些鄰居，音訊全無。

後來一位老伯在電話中對我說：「既然小青存心要避開你，她就不會讓任何人知道她的下落的，你就死了這條心吧。等我們有消息，再告訴你。」

我想想，也只能如此。就這樣過了一年，始終沒有小青的任何消息，心中雖然還是很內疚，但忙碌的生活把我對小青的思念淡化下來。

後來，我終於像家人希望的那樣，拿到了英國行醫執照，並決定到香港開業。我到香港行醫後，我的家人也開始操心我的婚事，不斷給我介紹對象，但我心裏始終忘不了小青。忘不了我和她的孩子。我對家人說，我今生今世也不會結婚了，如果老天有眼，就讓我找回小青和我們的孩子，讓我們一家人團聚；如果找不到，我就單身一輩子，向小青贖罪。可是家人還是不諒解，一天到晚到處找人作媒，先找來一位落選的香港小姐，後有一位富商的千金，媒人說，我是留洋的醫生，人又英俊，很匹配的。我被他們弄得心煩意亂，又不想激怒雙親，不知如何應付，後來想出一個辦法，每逢有人來相親，表面上裝著很喜歡的樣子，大談賭錢與玩女人，結果被人家以為我是敗家浮浪子，於是說媒的都不再上門了。家人被我氣得半死，但拿我也沒有辦法。

十

物換星移，十多年寒暑，在我日思夜想中一晃而過。當時我家裏人一直不原諒我，因為我爸爸媽媽只有我一個男孩子，他們要傳宗接代，不能接受我一直單身。我告訴他們，我已經有了孩子，無論如何都會找到他們，把他們的媳婦和孫子找回來。但是雙親日夜對我糾纏不休，我感到無法在香港待下去，想離開香港，回加拿大或美國行醫。

我對小青的懷念，卻與日俱增，在離開香港前，決定再回臺灣找尋她。

那年秋天，我飛回臺灣，一到花蓮，就如同進入一個離奇的夢境，那時已是中午時分，大雨初晴，巍巍群山染上了一層層白花花的顏色，一派深秋的景象。山路依然是彎彎曲曲的，踏著雨後帶泥的小徑，腦中重疊著小青的影子，迷茫中找到小青以前住的房子。房子早已陳舊不堪，周圍也荒蕪了不少。但看上去有人住在那裏。我心頭一熱，莫非小青和爺爺回來了？便徑直跑去，只見一中年婦人正在門前養雞。

我問她：「請問，你認識小青嗎？」

那婦人用一種奇怪的眼光看著我，問：「誰，誰是小青？」

「小青就是以前這房子的主人。」我解釋道。

「這房子的主人現在是我，我不知道你說的小青是誰。」那婦人很不客氣地回答，眼睛有點異樣。

我連忙解釋說：「十幾年前，是一個叫小青的人住在這裏，她是和她爺爺一起住在這裏的。妳知道他們嗎？妳知道他們現在去哪裏了嗎？」

「不知道，我是十年前把這個房子買下來的，這周圍的都是我的東西，也不知道小青是誰。」那婦人冷漠地說，臉上還是異樣的表情。

「原來如此，但是以前這個房子是屬於小青爺爺的呀，就算妳買下來，妳也應該知道他們現在在哪裏呀。」我不甘心，又問。

「我不是在一個女孩子和她爺爺手上買的，是一位朋友介紹我來買的，我來的時候，已經有好幾年沒有人住了。」那婦人說。

我失望了，看起來我是不可能從她嘴打聽到什麼消息了。我又到周圍鄰居家問，希望他們中有人能給我一些有用的消息，然而我問遍了全村人，沒有人知道小青的下落，甚至許多人連小青是誰都不知道。

我越來越失望，又餓又渴，人也十分疲憊。好不容易找到一個賣零食的地方，吃了一點東西，漫無目的地走來走去，無意中，來到了以前我和小青常常到的那條小河旁，我坐著岸邊，和煦的陽光灑滿山林，雲山依然燦麗，河水也明亮似鏡，我凝視著流水，心裏一陣陣難過。河水還是那麼親切，幾條小魚在河裏快活地遊著，水面上還有幾隻自由自在的蜻蜓在飛翔，然而小青呢？小青，你們到底哪裏去了？我只要想到他們爺孫倆，在他鄉異地重新開始生活心裏就十分難過，我無法想像他們要經歷多少困難，何況小青還帶著一個孩子，想到這裏，我就鼻子酸酸的，想掉淚。

我躺在河邊休息，一闔眼，彷彿看到小青那青春熱情的眼睛和我對視著，搖搖晃晃的在我的腦中重疊著，我沉沉地漸漸睡著了，還做了一個夢。我夢見一大堆孩子在河對面的草地上玩耍，為首的是一個比較壯實的孩子，他得意洋洋地提高嗓門，指著一個小孩子大叫：「大家聽著，他是一個沒有爸爸的孩子，你們都不要和他玩。」

那些孩子都不出聲了，好像很驚奇，為什麼一個孩子沒有爸爸，這可有點奇怪，簡直不可思議。因為在他們眼裏，一個孩子不可能沒有爸爸，除非他是個怪物，是一個違反自然天理的人，肯定是這個孩子做了什麼壞事，才沒有的爸爸的。於是這些孩子都把那個小孩當怪物，不和他玩，還時不時指著嘲笑他。那個被嘲笑沒有爸爸的孩子，頭髮亂糟糟的，臉色蒼白，急得面紅耳赤，兩隻眼睛瞪得圓鼓鼓的，大聲衝著那群孩子說：「你們胡說，我也有一個爸爸。」

「那你的爸爸在哪裏呢？」那個為首的大孩子問。被嘲笑的孩子無言以對，他的確不知道他的爸爸在哪裏，只好傻傻地呆在那裏。於是，那些孩子都幸災樂禍地哈哈大笑起來。

「你沒有爸爸，就像是一個供人騎的驢子！」

「我若是驢子，你就是被驢子吃的大笨豬。」

「你是被豬吃的野山雞。」

「我若是山雞，就飛上笨豬背上叼你的豬耳朵。」

「若是豬有翅膀，牠們也會飛的。不像野山雞只配被人抓來吃。」

「你那麼壞，就像是一隻黃蜂，專門會刺人。」

「刺了你又怎樣，反正你又沒人疼。」

「誰說我沒人疼？回家娘就會疼我。」

「你爸爸呢？沒有爸爸的孩子，就是被人騎的驢子。要不然就是被人吃的野山雞。」

這些在山野間長大的孩子，本來很純樸的，突然間變得殘忍無情，就好像一窩小雞之中，有一隻小雞受了傷，其他小雞不但不同情，還去嘲笑他，欺負他。這時，那個被嘲笑的小孩子突然反應過來，真的，自己真的是沒有爸爸，但他記得媽媽對他說過，爸爸在他出生的時候已經過世了，但是他不懂去世的意思。他見那些孩子們笑得厲害，就反問那個為首的大孩子：「你才沒有爸爸，你才沒有爸爸！」

「你胡說，我有爸爸。」那個大孩子反駁。

「那你的爸爸在哪兒？」

那個大孩子說：「我爸在我家裏，住得好好的，而你回家只能見到你媽媽，你沒有爸爸！」

說完，大孩子洋洋得意地笑起來，那群調皮鬼也隨著哄堂大笑，甚至一起大聲嚷道：「沒有爸爸的孩子，沒爸爸的孩子。」好像沒有爸爸的孩子，在他們眼裏，一定都是做了什麼壞事，是一件非常不光彩的事情。

那位被嘲弄的孩子急了，跑上去狠狠地給那個為首的孩子一拳，那個大孩子將他兩手反撈起來，其他的孩子便撲了上去，把那可憐的孩子壓在下面，開始拳打腳踢，甚至有的孩子向他臉上吐口水，還有的孩子拉著他的頭髮。為首的大孩子指著他說：「你現在給我跪下來，跟我說，我是一個沒有爸爸的孩子，我是沒有爸爸的狗崽子。」

小孩子很倔強地把頭仰起來，兩眼死盯著為首的孩子。

為首的孩子說：「如果你不服氣，那你就到家裏找你爸爸告狀去，把你爸爸帶來給我們看呀。」

小孩子感到一陣委屈，哇哇地哭了起來。那群孩子看見他哭了，好像有些怕了，其中有一個孩子拍著他的肩膀說，我們不欺負你了，你是一個好孩子，我們一起玩吧！

小孩子聽了，終於不哭了，臉上還是很不開心，很難過的樣子。他十分不解地問那為首的大孩子：「你說我為什麼沒有爸爸！」那為首的大孩子也一時怔住，不知道怎麼回答，只是說：「我們剛才是和你鬧著玩的，你不要難過了。你沒有爸爸，但是你至少有媽媽呀，我們回家吧。」那個小孩子卻不肯回家，坐在地上如果重新哭喊起來：「我要爸爸！我要爸爸！」

我聽到這個聲音，猛一驚就醒了。這時，我才發現原來自己在做夢，自己已經睡了很長時間，天色已經很晚，月亮也已經爬上了樹梢。我對著月亮出神，夢中那個沒爸爸的孩子的遭遇令我心痛。我一定要找到小青和孩子，不讓他們母子遭人白眼，受人欺負。

這時，一隻小青蛙從我的腳邊跳出來，我想捉住它，它跑掉了，我撲上去連抓幾次，都沒有成功，我不甘心，追著它，終於把小青蛙抓到了手。小青蛙拼命掙扎想要逃脫，但我緊緊地把它抓著，一瞬間，我把這只小青蛙想成是我那失去下落的兒子，我想好好保護他，然而小青蛙看起來不太相信，在我的手掌上拼命掙紮，十分可憐，我心裏一陣劇痛，把手撒開，把小青蛙放了。小青蛙三下兩下，就跳進水中消失了。

我渾身發抖跪在地上，不由自主的向蒼天祈禱：老天爺，一定要幫我找到小青，找到我的孩子啊。我不知在那裏哭了多久，眼眶像一池清水，不停地滴滴答答，直到一陣陣涼風吹來，我接連打了幾個寒顫，感到有幾分寒意，才想起，今天晚上還不知道到哪裏住宿，心裏有點不安起來，慢慢地走回村莊，找了一個落腳的地方。第二天一早，就飛回香港。

十一

說到這裏，阿仁已經是熱淚盈眶。我拍拍他肩膀安慰說：「阿仁，我現在明白了，為什麼你現在還單身。就衝你這分深情，你一定能找回小青的。」

阿仁說：「後來我就離開香港到美國了，還和你做了同事。」

我笑道：「一個很不錯的同事。」

阿仁不禁又發感慨：「我真不明白，為什麼小青給我送別的那天，不直接告訴我她有了孩子。如果她告訴了我，我一定不會走的。當時她說話吞吞吐吐的，好像有很多話要對我說，但一直到我走，她也沒有開口。我猜想她那時就已經知道懷孕了，她不想用孩子來把綁住我，所以就沒有對我說。你說她傻不傻？我去了加拿大以後，她連書信也慢慢地減少，什麼也不對我說，造成多大的誤會啊？這個傻小青！」接著，阿仁眼睛茫然盯著遠方，不知道是對我說，還是自言自語：「唉，女孩子的心思，真是猜不透，你根本不知道她們的腦袋怎麼想的。」

我連忙說：「阿仁，我聽了你的故事，覺得那個小青是一個很單純純潔的姑娘，她有了你的孩子，但又不想用孩子綁住你，所以她沒有和你明說。」

「可是孩子出生以後，她總要告訴我一下呀。」

「這很難講，當女人如果認為男人變了心的時候，她肯定選擇自己個人把孩子養大，見你的面恐怕都不願意了。」我解釋說。

「要是真的是這個樣子的話，這可是我一生中最大的錯誤。唉，這麼多年來，我一直沒有找到他們，說不定他們早把我忘掉，說不定小青也和別人結婚，成立另外一個家，根本不想和我有任何瓜葛了。」阿仁臉上充滿了痛苦的表情。

「好了，好了，既然你現在已經下了決心，那就盡力去做吧，能做多少就做多少。但願佛祖保佑，讓你得償所願，」我見阿仁又傷心，連忙安慰他。

阿仁歎口氣說：「人世的擔子，到老了的時候，才知道有多沉重。我怕真要找到他們時，變成兒童相見不相識，笑問客從何處來了。」

第二天一早，阿仁看起來已經完全恢復了健康，他決定提前結束這次峨眉山的旅行，回成都逗留了一天，然後飛去臺灣找尋小青，我們相約十天後在臺北見面。

當我飛到臺北的時候，沒有見到阿仁。這已經是我們分開的第九天了，明天就是我和他約定的日子。我希望他帶來好消息，找回了他的小青和兒子。我專心等待阿仁的消息，沒有找以前老同學，一個人悶悶地過了一天，只盼望如期看到阿仁，聽到他的好消息。

好不容易等到第二天，阿仁準時到了我們約定的地方。他滿臉倦容，一副無精打采的樣子，想來事情不順利。我問：「阿仁，小青和孩子找到了沒有？」

阿仁臉上露出痛苦的表情，輕輕地說：「沒有，我幾乎把整個臺灣翻過來了，也沒有找到她們母子的蹤影。」

阿仁稍微休息了一會兒，心情平復了一些，才開始給我講他這次的尋找經歷。

他說……

※　※　※

那天我們在成都分手後，我就趕去花蓮，還是回到小青以前住的房子，還是那個婦人，她正在門前曬衣服

我問：「請問，現在有了小青的消息嗎？」

那婦人仍然用一種奇怪的眼光看著我，不耐煩地說：「你怎麼又來了！我不是已經告訴過你，我不認識什麼小青，你還是問別人吧。」

聽到這種回答，雖然在意料之中，還是感到非常失望。

天邊夕陽西沉，幾隻寒鴉將幽靜的村落點綴得越發寂寥。我滿懷愁緒，失魂落魄地不知所之。

不一會兒，月亮冉冉升起，在夜色中，我走了不知多久，終於看到了一個小客店，把自己安頓下來。這才感到肚子餓了，到餐廳裏坐下，胡亂點了菜吃罷，也不知是什麼味道。只見門外樹蔭下坐著兩個老人在聊天，我趕忙跑去打聽。兩老人倒還客氣，拉了一把椅子過來，叫我把故事從頭

說起。我滔滔不絕地說了半天，回頭一望，一位老人不見了，另一位坐在那裏打盹。我自覺沒趣，趕忙跑回房間，放開水喉，想把晦氣沖洗掉，並把窗門關上，怕看到窗外的落花，觸景傷情。然後喝了一點酒，帶著幾分醉意和衣躺在床上。因為實在是太累，倒頭便睡了，朦朧中見到小青從一個破房子裏走出來，滿面皺紋，頭髮花白，身邊有個衣衫不整的年輕人，兩人邊走，邊沿街行乞。我急忙喊著小青的名字追趕，他們卻視而不見，充耳不聞。我伸手去抓小青，碰到床沿的木杆上，醒了過來，頭痛欲裂。其時天已發白，陽光穿窗而入。不由想，人生能有幾許寒暑，命運卻總是作弄我，是否在考驗我的善心和耐心？我趕忙梳洗下樓，聽到一陣吵鬧聲，我沿鬧聲望去，見兩個女人在吵架，我站在一旁作壁上觀。只聽得一個老的女人說：「妳不要臉，貪慕虛榮，十七歲偷漢子，被人把肚子都弄大了，現在到老沒人要，活該！」另一個年輕的女人聽了，嗚嗚地哭了起來，旁邊圍觀的人哈哈大笑。我不由怒火中燒，急忙走上前，對著那罵人的老婦人，大聲斥責她這人好沒口德，不應該當街悔辱人。那老婦人不甘示弱，回罵我「哪裏跑來的雜種，居然管起我們的家事來了。」旁觀的人不但不同情我的正義之舉，反而七嘴八舌，罵我狗拿耗子。我敗下陣來，心裏氣呼呼的。

我不敢在旅店用餐，隨便在街邊吃了點東西，急忙離開。行色匆匆，不辨方向，不留神和一個老人相撞，把人家的帽子撞到地上，我急忙撿起來還給對方，連連作輯道歉，順便不忘打聽一番。那老人說不認識小青和她爺爺，他建議我到拐彎處的的茶館打聽一下，說那是老字號，可能會找到一些線索。

我找到那家茶館，招牌上的字我都認不全，敢情是一間百年老店。茶館內坐著幾個女人在聊天，有老有少，我向她們講起和小青的故事，她們好像聽天方夜譚，和我開起玩笑，說我編的故事很動聽。我夾在這一群嘻嘻哈哈的女人當中，窘得面青唇白，哭笑不得。

回旅館吃完早餐，好不容易找到願意和我說話的客店老闆娘。我向她打聽：「老闆娘，你知道二十多年前住在這裏的一戶人家嗎？只有爺孫兩個，一個五十幾歲男人帶著一個十幾歲的孫女，就住在河對面的小房子裏，後來他們離開了，妳知道他們去哪裏了嗎？」

老闆娘用很神秘的眼神看著我，上下打量了我好幾番才抿著嘴笑道說：「看你還像個老實人，不像他們說的那樣子。」

我覺得奇怪，問道：「妳說的他們是誰？」

「陳老太太和她的女兒啊。」

「誰又是陳老太太和她的女兒？」

老闆娘說：「就是早上吵架的兩母子，她們是故意表演給你看的。」我恍然大悟，氣他們作弄我，但心中暗喜，原來他們認識小青的。於是把我和小青的故事再從頭說了一遍，請求老闆娘做做好心，幫忙我找到小青。老闆娘說她也不大清楚，但答應我，找那個和女兒演戲給我看的老太太幫忙。她撥通電話，說了一大堆我聽不懂的臺灣話，我在一旁心中暗禱佛祖幫忙。

不一會兒，老太太果然來了，還帶來那個會演戲的女兒。我向她們又雲裏霧裏談了一番，又揖又拜地求她們幫忙找回我那可憐的妻子和兒子。老太太聽後還是一臉不高興的樣子，說我騙人，

「明明是趁人家年輕不懂事，未過門把人占了，然後就一走了之。現在好啦，聽說有兒子了，等人家把兒子養大，又老遠跑回來找人，撿現成的。天下間那有這麼便宜的事！你們香港人就是靠不住，說不定找到兒子不要娘哩。」

我說：「大娘你誤會了，我現在還單身，從未成過親，這就是愛小青的證明。」老太太說：「你油嘴滑舌，我聽不懂。」我說：「大娘我講得很明白，怎麼會不懂？」老太太說：「你想我聽得懂，就得說人話。」我被氣得目瞬口呆，一時說不出話來。旁邊的女兒看不下去，幫我說話，說我不像是騙人的，我們要幫忙他找人。老婦人說：「對壞人做好事，就是往海裏倒水，一個人作了什麼孽，到頭來還得受什麼罪。」女兒說，可能是李太太太武斷了。我問李太太是誰，女兒說就是買小青房子的那個女人，「李太太說你從國外來的，一看就知道不是好人，叫我們不要理你。但我還是不忍心，不是為了你，是為了可憐的小青和她爺爺。後來我們商量了一夜，才想到演出早上的戲來試試你。」

我又急又氣，又覺得好笑，鄉下人就那麼純真可愛。央求道：「大娘就行行好心，替我把她們找回來，我和小青就在這裏再結婚，大娘就做我們的證婚人好嗎？」老太太笑了，女兒也拍手叫好，但旋即母女兩人沉寂下來。我的心隨著沉了下來，急問：「大娘還是不相信我？」老太太說，不是我不相信你，實情我也不知道他們去了哪裏。老太太說：「聽說那個孫女肚子大了，他們待不下去，就偷偷搬走了。誰也不知道他們搬到哪裏去了，從此沒有人知道他們的消息。」

我想起作晚夢中情景，繼續問：「那妳有沒有看過一個二十多歲的單身漢在這裏流浪呢？」

老闆娘更加覺得奇怪，好像又突然想起了什麼，說：「先生，你這樣一問，我倒是想起一件事情來了。」

「什麼事情？」

老闆娘說：「昨天我在街上看到一個二十來歲的小夥子，髒兮兮的樣子，非常狼狽，好像不是我們這裏的人，他說是來我們這裏找媽媽的。」

「他來找媽媽？妳的意思是說他跟媽媽分散了。」我問。

「我想是吧。」老闆娘說，「那個人還拿著一張漂亮女人的照片，到處問別人認不認識那張照片裏面的年輕女人。」

「有人認識這個年輕女人嗎？」我追問。

「我不知道，好像沒有人認識那女人。那個小夥子最後變得神經兮兮的，臉色憔悴，兩眼無神，見到路上走過來的每一個中年女人，都要問是不是他媽媽。有好心人問他是不是迷路了。他老是說一句話：我沒有迷路，我是來找媽媽的，我到處受人家欺負，都說我沒有爸爸。現在我媽媽又不見了，我要找到我媽媽。」老闆娘邊說邊淌下了幾滴眼淚。

我聽到這樣的敘述，心如刀割，眼淚花花地流了出來，心想不管他是不是我的兒子，我都要幫他。於是我又問老闆娘：「妳現在可不可以找到這個年輕人？」

「不知道，我從來沒有留意他的行蹤，不過如果你若真有心一定能打聽到他的下落。」

「那太謝謝妳了，我希望妳也能幫我找一下，好嗎？」

老闆娘有些為難，說：「我這旅店裏的人手不夠，不過我會向所有進來的客人打聽的，我一有消息就通知你，你暫時還不會離開吧？」

「不會，我不會離開，我沒有找到那個孩子以前，我絕對不會離開這個地方。」我斬釘截鐵地回答。

「那好吧，那我們一起找吧！」

我突然想到什麼，連忙問：「妳知道那個小夥子叫什麼名字嗎？」

「不知道，」老闆娘搖搖頭，說：「不過名字沒有關係，反正只要見過他的人，都會認識他。」

我向老闆娘致謝後，便一個人在小鎮上遊蕩。我內心希望能碰到那個年輕人，希望那個年輕人就是我失散的兒子。我向路上碰到的每一個人詢問，就這樣過了幾天。有一天，我又在路上遊蕩詢問，突然有一個人拍拍我的肩膀。我回頭一看，是一個二十幾歲的年輕人，但他那個樣子不像是流浪漢。他眼睛裏閃動著一種怪異的眼光，他對我說：「聽說你是在找一個失去的兒子，是吧？」

「是的。」我點點頭。

「聽說你是在找那個天天在路上找媽媽的小夥子？」那位年輕人繼續問。

「是的。」

「我知道那個小夥子在什麼地方，但是我花了很多時間和精力去打聽，如果你願意給我適當的報酬，我會幫你找到那個小夥子的。」

「那當然，先生。」我滿心驚喜，心想總算有著落了，。雖然知道這位年輕人可能在欺騙我，但只要有一線希望，我都不會放棄。

「好吧！你跟我來，我帶你去見那個小夥子。」

年輕人把我帶到一個破廟。裏面的神台上端坐著媽祖神和媽祖婆，配祀是千里眼和順風耳兩尊護神，另有哪吒與虎爺等雕像。媽祖神正中有一聯雲：「聖跡肇湄洲，浪靜風平監永赫 。天人同感應，慈光普照遍蓬瀛」。兩邊壁上有封神榜神仙浮雕護神。護神手執金鞭，身騎黑虎。旁邊有一副一尺長的黑底金字小對聯，上書：「手執金鞭驅寶至，身騎黑虎送財來。」在眾多神祉的下面，坐著一位神情落寞、面無表情的小夥子，我還沒有走到他身邊，就聞到從他身上傳來的一股臭味。可憐的孩子，我心想，肯定有好幾天沒有洗澡了。那位小夥子看著我，露出十分驚訝的表情。

「年輕人，」我小心地問，「聽說你在找你媽媽，是嗎？」

「是的，我要找到我的媽媽，不知道她跑到哪裏去了。」小夥子點點頭說。

「你媽媽走了有多久了？」

「已經有兩個多月了。」

「你是從哪裏的？」

「我是從高雄來的。」

「你離開高雄的時候，是和媽媽在一起的嗎？」

「本來是的，有一天卻媽媽突然失蹤了，我到處找不到，就找到這裏來了。」

「你為什麼到這裏來找呢？」我十分奇怪，又問。

「我也不知道，反正到處找吧。」

他媽媽可能是小青嗎？我心裏有些疑惑。

「你媽媽叫什麼名字？」

「王惠蘭。」

「蕙蘭？」我重複道，心裏又想說不定小青改了名字，怕有人找到她。或許她就改名叫王惠蘭，我不死心，又繼續問：「你有沒有聽過一個叫小青的名字？」

小夥子看著我，神情很古怪，也很迷惑，說：「沒有。」

「你的母親小名叫小青嗎？」我仍舊不死心。

「不是，我的母親小名就叫阿蘭。」

「那你母親為什麼突然失蹤了呢？」

「我也不知道。」

「她失蹤以前，有沒有什麼異常的行為和言語？」

「沒有。」小夥子搖搖頭。

「聽說你身上有你娘的照片，可以給我著一下嗎？」

小夥猶疑了一下，終於從口袋裏取出一張照片遞給我。那是一個大約四十來歲的女人，樣子清秀，乍看依稀有點像小青，細看又不太像。

過來的呢？」

「那你爸爸呢？」我把照片遞還給他後問。

「我沒有爸爸，我從小就沒有爸爸。」小夥子說。

我一聽，這也是一個沒有爸爸的孩子，心裏發酸，又問：「那這麼多年，你和你媽媽是怎麼樣過來的呢？」

「我天天幫人家做農工，媽媽在一個有錢的人家裏打工。」小夥子說。

「你有沒有從你媽媽口中聽說你爸爸的事情呢？」我問。

「我沒有爸爸，我媽媽說，在我出生以前爸爸就死了。她從來也不提我爸爸。」小夥子淡淡地說。

我心裏越發酸楚，物傷其類，決定無論他是否我失散的兒子，都要幫助他。

這時，帶我來的年輕人對那小夥子說：「這位先生是來找兒子的，你究竟有沒有爸爸？」

那位小夥子聽了，突然眼睛一亮，說：「真的嗎？難道你會是我爸爸？」

我不敢冒然答應，畢竟離開臺灣這麼多年了，對臺灣的現狀一點也不瞭解，說不定有人以為我是有錢人家出來找失散的兒子，就弄虛作假來騙錢，所以我不得不非常小心。便想試他一試，來個心理測試：「年輕人，要是你面前有一疊鈔票，另一旁是有關你父親的資料，你只能要一樣，你選擇哪一樣呢？」

小夥子立刻回答：「我選擇鈔票。」

「你怎麼啦，年輕人？我要是你，一定要資料，絕不要鈔票，鈔票可以賺到，爸卻只有一個呀，難道為了錢，連爸都不要了？」

「誰缺少什麼就想要什麼，沒有錢吃飯，哪有氣力找爸呀。何況人已死了，我去哪裏找他呢？」

「若是他還活著，你會去找他嗎？」

「他連我們都不要了，找他幹什麼？」

「或者他有什麼苦衷，我想他是好人。」

「他只有死了之後才是好人。」

「你恨他嗎？」

「他只有死了我才不恨他。」

他說得好像也有道理。我也不能肯定，他對或是不對。好不容易找到一點希望，絕對是不能放棄的，於是說：「讓我們好好地互相瞭解瞭解。這樣吧，你先跟我回旅店，洗個澡，把身上弄乾淨，我們再慢慢聊，好嗎？」

「好的。」小夥子一骨碌跳起來，眼睛笑成一條縫，答應和我回旅店。

帶我來的年輕人忙拉住我，我知道他的意思，給了他兩百美金做酬勞，他便高興地離開了。

我把流浪的小夥子帶回旅店，讓他好好洗了一個澡，便和他交談起來。我仔細觀察後，發現這個小夥子一點也不像正派人。他言行舉止非常粗俗，酒量驚人，還抽煙。我心裏面充滿了疑問，我想小青她不會把孩子帶成這個樣子的，但我不死心，心想萬一是自己的兒子，我會後悔的。於是第二天，我趁他洗澡的時候，偷偷地取了他幾根頭髮，到附近的醫院裏面做ＤＮＡ檢查。因為怕他懷疑我的動機，所以我沒有等結果出來，我就回到了旅店。我從他的嘴裏，一點也得不到當年小青和我相處的時候小青給我的印象。

吃飯的時候，我又忍不住問他：「你說你媽媽叫阿蘭，那你的爺爺呢？」

「我沒有爺爺。」他說。

我一聽，更增加了我對他的疑問，又問：「那你媽媽沒有送你去上學嗎？」

「有的，但是我很調皮，小學畢業以後，我就沒有上中學了。」小夥子老老實實地說。

「你有沒有去做事呢？」

「有的，我昨天就和你說過，我在農田裏面幫忙。」

「是家裏自己的田嗎？」

「不是，我們家裏沒有田，我是幫人家做臨時替工的。」

「你為什麼不找一個長久的工作，以後好供養你的媽媽。」

他對我的追問，開始有些不耐煩：「我沒念過什麼書，沒有人願意請我做長工的。」

我不屑地說：「偷懶的人總是有藉口的。青年人，上帝造人是要他做工的，不是清閒度日的。工作可以使人免除煩惱和饑寒。」

小夥子不以為然地說：「我現在變成這個樣子，難道把我拋棄的父母，就是善良勤奮的好人？」

「哦，原來不是這樣的。」我說，看他不耐煩的樣子，我沒心思繼續再問，一顆心好像被捅一尖刀。

吃飯的時候，我還發現，他都是點最好的酒最好的菜，卻不願意和我多聊天，即使說話，也常自相矛盾。他的眼睛也不敢直視我，骨碌碌地亂轉，這越發增加了我的懷疑。

又隔了一天，我趁一個空，跑到醫院去，拿我的DNA化驗結果，發現他真的不是我的兒子。當時我又是難過又是慶幸。難過的是我又沒有找到兒子，慶幸的是這個不良青年不是我的兒子。然而，當我回到旅館的時候，發現我所有的私人的東西，連同那個小夥子都不見了。幸好我的錢包和證件都還留在自己身上，雖然損失了不少東西，但錢包裏還有一些錢，夠我今後幾天花銷的。

錢財是身外之物，給這個騙子騙去了就算了，就當自己學個乖吧。我猜想，他肯定也知道我在查他的底細，所以趁我不在，趕緊逃跑了。我向旅店老闆娘打聽那小夥子去哪裏了，她也不知道他的下落。當時心裏苦惱得要命，不知怎樣才好。第二天，我的精神還是糜頓不堪，一個人到處遊蕩，偶爾一陣微風吹過，就彷彿感到可憐的小青和孩子在訴苦，街上的行人都正在談論著找，令我分外傷感。我糊裏糊塗地走入街旁的酒吧，希望借酒消愁。兩杯酒下肚，人就醉昏昏的睡在酒臺上，不知過了多久，感到有人在我背上猛拍了一下，我抬頭見是一個六、七歲的小孩，遞給我一張小紙條，上面寫著：

先生，你那逃掉的小夥子跑到郊外的森林裏，被我抓起來了，你要是帶著獎金來取人，我可以將他交還給你。

被作弄得啼笑皆非，便找到一張紙和一枝鉛筆，惡作劇地寫道：

我拿不出獎金，錢都讓那人偷光了，若能在他身上搜到錢，就算是給你的獎金，人歸你，隨你處置。我走了，再見。

寫完後，我覺得很痛快，心情突然輕鬆了不少。我把紙條折好，笑著交給小孩，讓他送給那個託他帶信人，並拿出十元美金謝他。小孩朝我作了個鬼臉，搖搖頭不肯接受，一溜煙拿著紙條複命去了。

我又走回昔日常與小青同遊的河畔，躺在草地上看著天上的浮雲，好像看到許多精靈仙子和許多頑皮小孩在雲端對我哈哈大笑。

回到旅店，老闆娘看著我無精打彩的樣子，終於告訴我有關那小夥子的秘密：「先生，你猜猜是怎麼回事！怎麼會那麼巧呢？那個小夥子就是在我們村上出生和長大的，他有生以來就不曾離開這地方十英里。他氣不過你把他最羨慕的姑娘騙了，才和人合計編造了那一串傷心的事來哄騙你。」

我說：「我也大約猜到是怎麼回事了，其實我也沒有怪他，起碼他曾給我帶來一絲的希望。」

老闆娘說：「李太太託人帶話，要我轉告你，她簽字買房子的時候，小青他們也是託人代簽的，代簽字的人絕口不提小青爺孫流落何方，其實整個村裏真的沒有人知道他們的下落。」

她的話，讓我徹底失望了。

到了第十天，我們相約的日子到了，就這樣，我人財兩空來見你。

※　※　※

聽完阿仁的敘述，我感慨道：「臺灣東部鄉間民風閉塞，對你這個外來人難免有些偏見。他們認定的事，一條八百磅重的大水牛也拉不轉的。不過他們本性純樸，終歸會幫助你的，千萬不要灰心才好。」

阿仁把兩手一伸，無可奈何地說：

「看來是沒有希望了。」

我說：「希望越少越不能放棄，天下的事就在人為。」

何仁對我投下一個感激的眼光，默然無語。

我拍拍他的肩膀，說：「要換了他人，早就沒信心了，唯獨你老兄如此不屈不撓。以你的耐心和智慧，我相信，終有找到他們母子的一天，除非他們飛出了地球。你已經十分盡力了，就先暫停吧，再耽擱下去，看來也不會有什麼結果，還是先回美國。工作還等著呢。」

阿仁無可奈何地認同了我的話：「也只能如此。但只要一有空，我還會返回來找他們的。」

十二

第二天，我和阿仁就回了拉斯維加斯，繼續我們的工作。不過，這次回來後，阿仁似乎變了一個人，也不出去花天酒地了，整天愁眉苦臉，長吁短嘆，對自己昔日的背德悔恨不已，還不時流露出對青春流逝的哀戚。難道這就是一個成功者的代價？他整天除了工作就是想著怎麼把小青和兒子找回來。

他幾乎向每一個從臺灣來美國的人打聽，或是托他們打聽一個叫小青的中年女人，帶著一個孩子的女人。我聽到後，常常取笑他說：「阿仁，你嘴裏的孩子已經是二十多歲的人了。」

阿仁也笑起來了：「你說的對！」

於是，他向人打聽的時候，就說：「你知不知道一個叫小青的四十歲的女人，還帶著一個二十多歲的孩子。」

我聽了，又取笑他：「二十多歲的人就不是孩子了，他已經是大人啦。」

阿仁咧著嘴說：「以前我就從來沒有想到這一點！我覺得他還是一個小孩兒哩。」

我笑道：「你應該說一個四十多歲的女人和一個沒有爸爸的二十多歲的年輕人。」

阿仁對我說的「沒有爸爸的年輕人」這句話非常不高興，陰著臉跟我說：「你怎麼說那個年輕人沒有爸爸呢？」

我馬上改口說：「那你就說一位很漂亮的四十多歲的女人，帶著一位非常有教養的二十多歲的年輕人。」

阿仁又不高興了，說：「小青剛過四十，怎麼說四十多歲的女人呢？」

我被他逗得笑不直腰，又改口道：「那你就說一位剛到四十歲、很漂亮的女人，帶著一位非常英俊的二十多歲的年輕人。」

時間不知不覺過了半年，阿仁仍然鍥而不捨地尋找阿青和他的兒子。只要有空，他就回臺灣，要麼就是打電話，期間有好幾次上當，但阿仁仍然沒有灰心。後來，我們所有的同事和朋友，甚至臺灣的朋友都知道有阿仁這麼一個人。誰若是不知道阿仁，就有人說：「哦，就是那個一直在臺灣找兒子的醫生！」有一次，聽到有人這麼介紹阿仁，把我笑壞了，便對阿仁說：「阿仁，你現在找兒子的知名度比你當醫生高了，再這樣下去，全世界的人都知道你有個阿青和一個未見面的兒子了。」

阿仁只是苦笑：「嗯，這樣成為名人也不錯嘛！說不定有認識小青的人會主動來找我呢？」

我拍拍他肩膀，鼓勵道：「皇天不負有心人，你一定可以找到小青和兒子的。」

十三

阿仁的寇裏來了一位從臺灣來的叫張磊的年輕醫生。阿仁一看，簡驚呆了。這位醫生的相貌、言行舉止和他非常像，簡直是他年輕時的翻版。從張磊報到的那一刻起，阿仁的眼睛就沒有離開過他，有事沒事就去找他聊天。阿仁產生了一種前所未有的感覺，他幾乎認定，張磊就是他失散多年的兒子。因為上當、鬧笑話多次，他不敢再冒然行事，決定先探聽一下張磊的底細。

阿仁邀請張磊下班後去酒吧喝酒聊天。張磊覺得很奇怪，為什麼阿仁對他那麼熱情，但他沒有拒絕，因為他很早就聽說過阿仁醫生，十分敬佩阿仁的醫術。

在醫院附近找了一個酒吧，兩人坐了下來。阿仁對張磊說：「我去加拿大留學之前，也是在臺北念醫科大學，你對臺灣熟悉嗎？」

張磊搖搖頭說：「哦，對不起，我從小就離開臺灣，我對臺灣不是很熟悉。」

阿仁聽了，有些失望，但仍不死心：「我以前在臺灣花蓮住過一段不短的時間，那裏的風景非常美麗，我真希望有一天能再到那裏。張磊，你去過花蓮嗎？」

張磊說：「哦，我只聽說過這個地方，從來沒有去過。」

阿仁一聽，心就沉了下來，心想，看起來張磊對臺灣的印象十分模糊，雖然他是從臺灣來，但他不像是臺灣長大的孩子，就不太可能是自己的孩子了。他心裏的失望情緒不由表現在臉上，連眼睛也變得呆呆的。

張磊看到他那個樣子，猜想他心裏一定有很多心思，卻也不好直接相問。

阿仁仍抱著一線希望，繼續問張磊，「家裏還有什麼人？」

張磊說：「我本來有爺爺和媽媽的，後來爺爺過世了，我就和媽媽相依為命了。」

聽到這裏，阿仁不由心頭一熱：不會這麼湊巧吧？就只有爺爺和媽媽。於是又問：「你爸爸呢？」

「我爸爸在我沒有出生之前就已經去世了，我是跟著媽媽長大的。」

「你媽媽家裏一定很有錢，否則怎能培養你讀醫學院？」

「你錯了，我家裏沒有錢，在我小的時候家裏苦得不得了，我媽媽到處幫人家做保姆，把我養大的。」

「單憑你媽媽做保姆，哪能賺那麼多的錢送你到醫學院，現在還送你到美國來了。」

「我讀書很用功，一直拿獎學金，我是靠獎學金念書的。」

「那你的成績一定非常好了！」阿仁說。

張磊有些不好意思了，說：「我從小到大都是考第一名，媽媽說我爸爸以前也是一個非常聰明的男人，我遺傳了他的基因，一定也會很優秀的。我媽媽還說，我爸爸以前很用功的，所以也叫我用功，要像我沒有見過面的爸爸一樣。」

阿仁聽到這裏，一股衝動從心底冒出，差一點跳起來，連忙問：「那你知道你爸爸叫什麼樣名字嗎？」

張磊看到阿仁激動的樣子，有些奇怪，搖搖頭，說：「不知道，我媽媽從不願意多講我的爸爸，一提起我爸爸，她就掉眼淚，心裏面充滿了委屈似的。我記得小時候，有一次，我趁她高興，就問她，妳總說爸爸這麼好那麼好的，為什麼我一提起爸爸，妳就很生氣似的，不停地掉眼淚？是不是妳怨恨爸爸早早離棄了我們？我媽媽聽了，用眼睛瞪著我，用從來沒有那麼大的聲音對我說：『我再說一次，我不准你提你的爸爸，知道嗎？』我看媽媽生氣的樣子，非常害怕，從此以後再也不敢問了。但我知道媽媽常常一人偷偷傷心難過，老是一個人坐著發呆流淚。幸好主人家對媽媽非常好，連主人家的孩子們都不叫我媽媽的名字，都叫她阿姨，把她當成自己的家人。我從小跟主人家的孩子一起長大的，他們也沒有把我當僕人的孩子。」

「哦，這麼看來，你的童年過得還是很快樂的。」阿仁猜測說。

「是的，本來是很好的，但在爺爺過世的那一年，媽媽大病了一場。有次她好像話裏有話，對我說，爸爸對不起她。我不明白她的意思，追問她，為什麼說爸爸對不起她的時候，她又不願意說下去了。具體什麼事情我一直沒弄清楚，但媽媽那時候實在是傷心了好一陣子，幾乎大半年才恢復。後來，我大學畢業後，拿到了一份很優厚的獎學金，本來我選擇的是生物化學專業，但我媽媽不贊成我念生物化學，她堅持要我念醫學院。她說你爸爸以前也是醫生，我也要你做醫生，我要讓你成為你爸爸那樣的人。就這樣，我在大學第二年的時候，聽從了媽媽的意思，一邊在餐館給人打工，一邊賺學費轉到醫學院讀書。媽媽聽說我進了醫學院，高興得不得了，病也好多了。我拿的獎學金是醫學院最高的，因此媽媽也不必太辛苦。現在我每年暑假都回去看媽媽，每次回去媽媽就拉著我的手，把我當成小孩。我想，媽媽從小含辛茹苦獨自一人把我養大，吃了那麼多的苦，現在我要好好地補償她，要讓她好好地過上幾天舒服日子。因此，去年媽媽來美國看我之後，我就再也不願意讓她離開，堅持讓媽媽隨我留在了美國，方便我隨時照顧。」

阿仁聽得十分入迷，他幾乎肯定張磊的媽媽就是小青，眼前的這位年輕有為的醫生，就是自己朝思暮想的兒子。他十分激動，幾乎不能自己。聽到張磊說他媽媽就在美國，更是喜出望外，連忙問：「啊，你媽媽在美國，在美國哪裏呢？」

「她現在在洛杉磯我的家裏，她白天還上班。」張磊回答說。

「她還上班？」阿仁聽到這裏有些驚訝。

「是的，媽媽說總是一個人在家有些寂寞，她閒不住，於是就在一個超級市場裏做收銀員。她說不喜歡賭城的繁華和俗氣，待我過些時候真的歡喜這邊的工作，再搬來與我同住。」張磊見阿仁有些不理解，忙解釋說。

「哦！」阿仁聽了，表示理解，然後他猶豫了一會兒，才說：「那你可不可以讓我見見你媽媽？」

張磊聽了，覺得很奇怪，自己和阿仁醫生才認識，剛才和他說了那麼多家裏的事，已經不太合適了，現在又提出要去看自己的媽媽。媽媽從小守寡帶大自己，自己突然帶一個這麼大的男人去家裏，對媽媽有點不尊重，媽媽肯定會不高興的。但阿仁醫生要去看媽媽，也是一番好意，自己怎麼好意思拒絕呢？因此，他面露難色，一時不知道怎麼回答。

阿仁也看出張磊內心的猶豫，忙改口說：「哦，對不起，我一時冒昧了。」

張磊聽了，也說：「沒關係的，等我回家問問我媽媽吧。若是她同意，我就請你到我家去做客。」

阿仁聽了，高興壞了，忙說：「好的好的，是應該先問問你媽媽的意見。不過我真希望能儘快見到你媽媽。」

張磊看到阿仁的高興勁，覺得十分奇怪，他不斷猜想，為什麼阿仁醫生對母親這麼感興趣？為什麼能見到媽媽，阿仁醫生會這麼高興？他看著阿仁，突然發現非常眼熟，和自己居然有幾分相像。突然，他內心一動，腦子裏突然閃過一個念頭：莫非這阿仁醫生和父親有什麼關係？於是，他問阿仁：「阿仁醫生，恕我冒昧問一句，你有兄弟嗎？」

阿仁有些疑惑，回答說：「沒有，我家裏只有我一個孩子。」

張磊不禁有些失望。他想，爸爸已經去世那麼多年了，從來沒有什麼親戚和自己家來往，現在在異國他鄉，怎麼可能會那麼容易碰到親人呢？他又不禁覺得好笑，覺得自己的想像力是否太豐富了一些。問阿仁醫生，還不如自己回洛杉磯的時候，直接問媽媽，從媽媽嘴裏打聽一下有關父親家裏的情況，或許還可靠些。想到這裏，他也不再追問阿仁了。

這時的阿仁，一直沉浸在自己的激動，根本沒有注意到張磊內心的情緒變化。他幾乎欣喜若狂，努力控制自己激動的情緒。因為自己已經弄錯好幾回了，所以這次他不敢冒然說什麼，只是傻傻地坐在那裏，看著張磊。張磊覺得阿仁奇怪極了，可自己和他說話，他又好像什麼也聽不見。沒多久，張磊決定告辭回家。阿仁也沒有再挽留，因為他想迫不及待地把消息告訴我。

十四

和張磊告辭後，阿仁立即跑到我家，把他遇到張磊以及和張磊交談的事情告訴了我。

他不停地搓著手，走來走去，說：「老宋，你說怎麼會有這麼巧，只有爺爺和媽媽，爸爸也是醫生，而且他和我長得很像……老宋，我敢肯定他就是我兒子，他一定是我的兒子。」

看著阿仁激動的樣子，我也替他高興，但阿仁因為找兒子心切，已經上了好幾次當，因此我不得不提醒他再謹慎一些。我說：「阿仁，冷靜些，是你的兒子肯定就跑不了，你再想想，還是有不少疑點的。比如說，他對臺灣一點也不熟悉，而且幾乎沒有去過花蓮。小青他一個人，背井離鄉，能把孩子撫養成人已經不錯了，居然能把孩子培養成一名出色的醫生，是不是有些不可思議啊？」

阿仁被我潑了一瓢冷水，打了個寒顫，想想我說的也有理，笑容僵化在臉上。我看到阿仁可憐的樣子，又有些不忍心，說：「不過，阿仁，說不定你的孩子遺傳了你的基因，憑著自己的意志成為一位美國醫生，也不是不可能的事情。不過，你要慎重，事情要慢慢打聽，不要心急。反正張磊現在和你一個科室，機會有的是。你千萬不要一時心急，又做什麼傻事啊。何況小青這麼多年沒見你，若是她還在誤會你，不接受你，你這樣冒然行事，說不定她更加生氣，要是出了什麼問題，到時候你就後悔莫及了。」

阿仁聽了，覺得也是，連忙坐了下來，說：「老宋，我現在腦子一團糟，你說說，我該怎麼做？」

我想了想，向阿仁建議道：「阿仁，你不妨先到洛杉磯，到張磊媽媽工作的那個超級市場去看看，遠遠地看看，看看她是不是小青，然後在從長計議，怎麼樣？」

阿仁聽了，覺得這個主意不錯，便和我商定，一到週末就去洛杉磯。

星期天的早上，阿仁一早就來叫我，和我開車一起去洛杉磯。一到那裏，他便迫不及待地找到張磊說的那個超級市場。然後拉著我在裏面轉，盯著每一個服務人員看，然而看了一個多鐘頭，他也沒有看到一個長得像小青的女人，阿仁不禁十分失望，沮喪著臉，幾乎要哭出來了。

我看他的樣子，安慰他說：「阿仁，別急，說不定小青還沒有來上班，你要慢慢來，不要心急，我們要麼先休息一下，然後再回到超市找。」

阿仁想想也是，正要和我一起離開，突然他叫了起來：「啊！老天爺！老宋，你看，那就是小青！老宋你看！」

我順著阿仁手指的地方看去，一位看來只有三十多歲的女人，穿著超市的服裝，正在櫃檯和別的收銀員交接，準備上班。她打扮非常樸素，但掩飾不住她的清秀，看得出來，年輕的時候一定是一位非常漂亮的姑娘。

我說；「看來她沒到四十歲呢？你不要認錯人才好。」

阿仁說：「你好笨！難道你不知道漂亮女人永遠不會老的嗎？」

我笑道：「算你對。」

阿仁簡直急不可耐，連忙想沖上去，我一把拉住他，說：「阿仁，冷靜點，大庭廣眾下，不要嚇著小青了，你暫時不要出面，我再去打聽一下，你在這裏等我。」

於是，我故意在超市買了一些小東西，到小青的櫃檯上結賬，小青很熟練地為我結賬，我便在一邊仔細打量她。小青果然長得很漂亮，而且看得出是一位純樸善良的女人，眉宇間和張磊也有幾分相似。看樣子，阿仁這次沒有弄錯。因此，等結賬快結束的時候，我對小青說：「請問這位大姐，妳的名字是不是叫小青？」

小青睜大眼睛，從上到下端詳了我幾秒鐘，然後說：「對不起，你認錯人了，我叫張淑華，不叫小青。」

「哦，妳叫張淑華，對了，妳的兒子是不是叫張磊，在拉斯維加斯醫院做事，是嗎？我也是那個醫院的醫生。」我突然意識到自己可能太直接了，連忙把話題轉到張磊身上。

「是嗎？先生，這麼說你是張磊的同事，還是長輩啊，失敬了。」提到兒子張磊，小青的臉色果然柔和多了。

「是的，我和張磊是同事，他很不錯。我很想和妳一起聊聊，不知妳是否願意？」我見小青的口氣鬆動了，連忙趁熱打鐵說，「我能不能等妳下班後，請妳一起出去吃飯或喝杯咖啡？」

小青聽了，有些猶豫，說：「既然你是張磊的同事，我當然我很高興和你一起吃飯聊天，但我現在還在上班，你能不能等我兩個鐘頭，等我下班以後再說，好嗎？」

小青說話的時候十分友好，看起來她不會拒絕和我一起喝個咖啡。我向她致謝後，就連忙把這個消息告訴了阿仁，阿仁聽了，高興得一把把我抱起來。

「嗨！阿仁注意點，我可不是小青！」我連忙把阿仁推開，開玩笑說。

阿仁的臉一下紅了，佯裝生氣說：「老宋，你別打趣我，我只是高興，我現在不僅想抱你，還想親你啊，哈哈哈……」

十五

我和阿仁在超市附近找了一個咖啡館，坐下來等小青下班。阿仁一直坐立不安，和我不停地說小青。兩個鐘頭終於過去了，阿仁早已迫不及待地把我趕去超市接小青，我回到小青的櫃檯，看到她已經準備下班了，正準備和我一起出去。

小青看到我來了，很大方地向我笑了笑。我微笑走過去，和她握了握手，說：「對不起，這麼冒昧把妳約出來，妳不介意吧？」

小青大方地笑了一笑，說：「你是我孩子的同事，也是他的長輩，我怎麼會介意呢？是不是張磊有什麼事？」

我看小青誤會了，連忙解釋說：「妳別誤會，張磊是一個非常出色的醫生，我們對他很欣賞的，他沒有事情，我是找妳有些事。」

小青聽了，臉上露出一絲為兒子驕傲的微笑。看得出來，年輕時候的小青確實很漂亮，即便是現在，她的魅力也無法掩蓋，難怪阿仁會為了她終生不娶。

我和小青出了超市，找了一間優雅安靜的餐廳坐了下來，兩個人點了菜，我一直在想，怎麼開頭對小青說阿仁的事情，但看到小青似乎一點也不知情的樣子，又不敢冒然開口。小青見我那個樣子，有些奇怪，又問：「你這次約我出來，到底是什麼事？要是張磊出了什麼事情，你千萬不要瞞我！」

「不是，當然不是張磊，我們都很欣賞他的。」我看小青又要誤會，連忙解釋說：「我這次冒昧約妳出來，是想和妳打聽一件事情。」

「什麼事情？」小青非常奇怪地問。

我說：「我有一個非常要好的朋友，他以前在臺灣的時候，在蓮花認識一個叫小青的女朋友……」

小青面上徒然變色，但旋即鎮定下來，故作平淡地問：「哦，你這個非常要好的朋友一定也是個了不起的大醫生哩，對吧？」聲音難掩震顫。

「是的，一個很好的醫生。」

「更是一個了不起的情人哩？」

「是了不起的情人。」

還沒等我說完，小青突然站起來，說：「噢，對不起，我想起來了，我有一些事情要趕快回家處理，對不起，我要走了，實在抱歉！」

話一講完，小青便頭也不回，正要衝出餐廳，引得餐廳裏的人直往這邊看。我也趕緊衝出去，追上小青說：「對不起，是我冒昧讓妳生氣了，但我實在不明白，妳聽都沒有聽我說完，就生這麼大的氣，就要走。」

小青幾乎衝著我嚷：「我不想聽！我不想聽！請你以後也不要來這裏找我了。」說完頭也不回地往外跑，正彷徨間，阿仁一頭撞了進來，一把拉住小青，焦急地說：「小青，我找得妳好苦！」

小青用力想掙脫阿仁的手，大聲嚷道；「我不是小青！」

阿仁急道：「妳是小青，妳的名字就叫小青，妳是可愛的小青，妳是世界上最美麗的小青。妳是我日間想念夜間夢著的小青，所以妳要聽我訴說：我——我——我——」阿仁急了，結結巴巴地說不出來。

餐廳裏的客人們，起初被阿仁的舉動弄得莫名真妙，接著聽到他一連串的獨白，雖然聽不懂阿仁在講什麼，看著阿仁那可笑滑稽的模樣，哄堂哈哈大笑起來。

阿仁被弄得不知所措，小青趁機掙脫阿仁的手，飛快走到街上，攔了一輛計程車走了。阿仁一時愣在那裏，來不及追趕，我也要回餐廳結賬，不能一走了之。心想看樣子事情得慢慢去解決，看來小青對阿仁還是充滿了誤會。

我們很失望地回到餐廳，實在吃不下，阿仁傻呆呆地坐在那裏，像是受到了電擊一般。他原本很高興，自己終於找到了小青，終於可以對她解釋一切，但他沒有想到小青的反應這麼大，對他的誤會這麼深。他難過極了，不停地問我：「老宋，你說我該怎麼辦？你說，我該怎麼對小青解釋？」

我看他傷心著急的樣子，連忙安慰他說：「阿仁，你別難過，不管怎麼說你總算找到了小青，這就是天大的喜事。誤會是需要慢慢融解的，冰山也不是一下子可以打破的。其實，我看你們兩個都深愛著對方，只要把誤會解釋清楚，你們就可以一家團聚了，只要把誤會這張白紙捅破，就什麼事都沒有了。」

阿仁聽了，心裏稍微輕鬆了些，說「老宋，你是我的好朋友，你得替我想辦法把這張紙捅破，讓小青回到我身邊，讓我的兒子回到我身邊，讓我們一家人團聚。我現在腦子一團糟，根本不知道怎麼辦。」

我聽了，哈哈一笑說，「沒問題，阿仁，包在我的身上，等到功成圓滿之時，你可要好好地謝我這個功臣。」

「那是當然，這還用說。」阿仁說。

於是，我又建議道：「現在暫時讓大家都冷靜下來，暫時不要著急。反正張磊在寇裏，跑不掉的，實在不行就先對張磊說，總不可能連張磊都不認你。總之一切的一切都要從長計議。」

這天，我和阿仁乾脆就在洛杉磯遊玩，放鬆了一下，決定第二天還去超市找小青，一起好好地談談，把誤會解釋清楚。

十六

就在我和阿仁遊玩洛杉磯的時候，在拉斯維加斯，張磊的手機響了，張磊一看是媽媽打來的，連忙接聽。電話中，張磊聽見媽媽似乎很激動，劈頭蓋腦對他說：「張磊，你要想辦法儘快離開你現在的醫院，不要再到那個醫院上班了。」

張磊覺得莫名其妙，問：「媽媽，出了什麼事，為什麼要我突然離開這裏？」

「不要問原因，反正你趕緊離開醫院，馬上離開醫院。我以後向你解釋。」電話那頭，小青幾乎是用命令的口氣對張磊說。

張磊還是覺得不可思議，因為媽媽從來不干涉自己的工作的，突然要自己做這麼大的決定，他實在想不通。他對媽媽說：「媽，這個工作不是說走就可以走的，何況我離開這裏了，一時去哪裏找別的工作呀？而且就這樣冒然離開的話，對我的前途是有影響的，以後就沒有人願意給我寫推薦信的，沒有人願意介紹我到任何地方工作的。」

然而電話那頭，張磊媽媽仍然不鬆口，說：「張磊，不管怎麼樣，哪怕你以後不能做醫生了，你也要立即離開那個醫院，和我一起走。你無論如何，也不能繼續在那個醫院工作了，也不要對醫院裏人講任何要走的理由。」

張磊聽了更是一頭霧水，說：「媽媽，妳能不能等我下班回家以後再和妳聊，我們見面說，好嗎？」

「不行，不管怎麼樣，你現在就去辭職，今天就離開，再也不要回去了。」小青斬釘截鐵地說。

「媽媽，可妳總得有個理由啊。」張磊聽了，簡直不敢相信自己的耳朵。

「理由嘛，就當是為了我和你太爺爺，你就說我吧，說我病了，要回臺灣。」小青在電話那頭依然不讓步。

「可我的工作與妳和太爺爺有什麼關係呢？」張磊依然不解，問，「媽媽，是不是出了什麼事？」

「沒有什麼事。小磊，你就當為了媽媽吧。媽媽想回臺灣看爺爺了，想立即回臺灣。我從來沒有要求過你什麼，這次就當媽求你吧。你立即到醫院辭職，然後回家，和媽媽一起回臺灣。」說完，小青就把電話掛了。

張磊拿著手機，喊了幾句，結果電話已經掛了。他有些驚恐，實在想不明白究竟是什麼原因，讓媽媽要這樣做。他也不知道自己該怎麼辦，一方面他太愛這份工作了，另一方面，他也愛自己的媽媽。何去何從，他真的不知道該怎麼辦。從出生懂事起，張磊就從來沒有看到媽媽發這麼大的脾氣，也從來沒有看到媽媽今天這樣強橫，他百思不得其解，心裏猜想媽媽肯定是遇到什麼大事情了。他再也沒有心情工作下去了，為了避免出差錯，也為了把事情弄明白，他不得不向他的上司請假，然後回到宿舍。一到宿舍，他就打電話給他媽媽說：「媽媽，我實在想不出理由，妳一定要我離開這裏，妳知道這個工作對我多麼重要嗎？」

電話那頭，小青歎了一口氣，說：「我知道，孩子，你聽話，媽媽沒有必要是不會讓你做出這麼大的犧牲。我知道你突然離開醫院，對你將來的前途、信譽都有很大的影響，但是媽媽有媽媽的苦衷，媽媽實在不想在這裏呆下去了。媽媽已經把超市的工作也辭掉了。我們立即離開這個地方，回臺灣去，你總不可能在臺灣也做不成醫生吧？」

張磊說：「我們離開臺灣已經很長一段時間了，現在回臺灣不合適？媽媽，我們一定要在回臺灣去嗎？」

小青說：「是的，明天就走，我已經買好飛機票了，你今天晚上就趕來。」

張磊聽了，才知道事情已經無法挽回了。他是一個孝順的孩子，他知道媽媽一定有回臺灣的理由。雖然媽媽不肯講，但他也不好違抗媽媽的話。因為他知道媽媽不是那種蠻不講理的人。於是他只好匆匆忙忙辭去醫院的工作，連夜收拾了自己東西趕回洛杉磯。張磊本來還想問問媽媽到底是怎麼一回事，然而看到媽媽臉色蒼白，神色非常不好，自己還沒有開口，媽媽便示意他不要再說，只讓他幫忙收拾東西。就這樣，張磊滿腹狐疑，第二天一早，和媽媽一起飛回臺灣。

與此同時，就在張磊和他媽媽離開洛杉磯去臺灣的時候，阿仁和我還在洛杉磯的一家旅館仔細商量如何去找小青，如何當面把誤會解釋清楚。好不容易等到上班的時間，我們兩早早趕到超市，向那裏的經理打聽小青。誰知，經理告訴我們，小青昨天下午下班後，又突然回來，辭去超級市場的工作，也沒有講什麼理由，連補她的薪水也不拿，就走了。

那位經理非常不解地說：「我們都很想找她問個究竟，可是從今天一早開始打她的電話，始終沒有人接。她的手機一直關機。你們是她什麼人？她家是不是出了什麼事？」

我和阿仁都驚呆了，也不知道怎麼解釋，只好對那位經理說：「哦，我們只是她過去的老朋友，本來打算來看看她的。我們也不知道怎麼一回事。」說完，我便拉著失魂落魄的阿仁，一起向那位經理道別。那位經理還在那裏嘟囔著：「真是奇怪，像她這樣做事認真負責的人，怎麼會突然離開的，真是想不通啊……」

我和阿仁明知沒有希望，但仍然在超市又問了幾個小青的同事，但都問不出所以然來，誰也不知道小青去哪裏了，甚至連小青的聯繫方式都沒有問到。我們倆非常沮喪，只好開車回拉斯維加斯去找張磊。

到了拉斯維加斯我們倆才知道，張磊也把醫院的工作辭去了，人也走了。我們找到張磊的宿舍，張磊的宿舍已經搬空了，一夜之間，兩個人就像從人間蒸發了似的。這對阿仁真是一個打擊，好不容易找到了小青和自己的兒子，誰知一夜之間都不見了，又不知所蹤。我也萬萬沒想到，自己一番好心的打聽，結果會是這個樣子。好在張磊辭職的時候，對醫院說了，他要到臺灣陪他媽媽，以後會在臺灣的醫院找工作。

事已如此，我只好勸阿仁把事情往好的方面想，說：「阿仁，不管怎麼說，你至少知道小青和自己的兒子還活著，而且活得很好，就這一點，你就應該好好謝謝佛祖。何況，小青和張磊不可能一點線索不會留下，我們可以慢慢找，只要有誠意，總有一天能夠撥開雲霧見晴天的，你們一家人一定會團聚的。」

聽了我的話，阿仁寬心多了，畢竟自己已經見到小青了，還看到自己這麼有出息的兒子。他說：「老宋，我知道，佛祖已經對我夠好了。不過，老宋，你一定要幫我繼續找。」

我笑了，說：「那當然，阿仁，你不要著急。既然我們已經知道張磊回臺灣了，那他肯定要在臺灣的醫院找工作的。你知道的，我在臺灣有很多同學和朋友的，他們大多數都是醫生，現在都是臺灣各大醫院主任級的人物。何況你也有不少在臺灣做醫生的同學和朋友。只要張磊一露面，我就不信我們找不到張磊。然後再找一個機會和張磊好好解釋，相信張磊會接受你的。接下來事情就很好解決了。這個事情本來就是一場誤會，只要有機會和他們解釋，很快就會很圓滿結束的。」

阿仁聽了，覺得十分合理。他本來想立即到臺灣，我把他攔下了，說：「阿仁，你現在就去不太合適，首先你得工作啊。即便你現在就去，你去哪裏找他們。你想想，張磊和小青剛到臺灣，也需要一段時間才能安頓下來，張磊也不可能立即找到工作的。你最起碼要等到張磊找到了工作，我們再從醫管局那邊去打聽，有了他們確切的消息，你才好行動。」

我看阿仁那著急的樣子，又建議道：「阿仁，即便你打聽到小青和張磊下落，也先不要冒然見他們，你先打聽到張磊的地址，去封信好好解釋一下當年為什麼沒有去見小青的原因，千萬不要讓張磊以為你拋棄了他們母子兩，而是因為你沒有收到小青的信，等收到信趕去時已經太晚了。你把事情向張磊解釋清楚了，然後讓張磊對小青解釋，這樣事情會順利得多。」

阿仁聽了，覺得這個主意十分不錯，便決定暫時先不去臺灣，等有了小青和張磊的消息，再請假去臺灣找他們。並決定吸取教訓，再也不冒然去見小青了，以免她又走了。他向我保證，在見到張磊和小青之前，他一定先寫信給小青解釋清楚一切，小青雖然不願意見他，總不能連信都不看，何況是她兒子張磊轉交的信。

十七

接下來幾天，阿仁對著一份密密麻麻、全是臺灣同學朋友的通信錄，不停地打電話，讓他們幫忙留意一位叫張磊的從美國回臺灣的年輕醫生。只要有他的消息，就趕緊通知他，但千萬不要告訴張磊，只要把張磊的通信地址和電話打聽出來就好。打完所有的電話，接下來，阿仁幾乎天天就守在電話邊，或者時不時地看手機，希望能得到臺灣那邊傳來的好消息。這一等就等了兩個多月，終於有一天，阿仁的一個同學打電話過來了，說有一個叫張磊的年輕醫生剛從美國回來，現在在花蓮的一個小醫院工作。阿仁連忙托同學把張磊工作的醫院地址打聽出來，當天晚上，阿仁便給張磊寫了一封長長的信，用快件寄到臺灣張磊工作的醫院。

沒兩天，張磊就收到了阿仁的信，打開一看，發現信不是寫給他的，居然是寫給媽媽的。張磊看了看落款，卻是拉斯維加斯的阿仁醫生寫來的。這引起了他的極大好奇，心想莫非和媽媽突然一定要回臺灣有關？不禁自己先看了信。

看完信，張磊才知道原來自己的爸爸還在這個世上，原來他的爸爸就是他非常敬佩的阿仁醫生，他高興得眼淚都掉下來了。他沒想到，原來是媽媽誤會阿仁拋棄他們，所以弄得一家人到現在還不能在一起。現在一切都清楚了，自己從小到大的疑惑都弄得清清楚楚了，張磊心中充滿了不可形容的快樂，他決定一定要和媽媽解釋清楚，不能讓她再繼續誤會了。

下班的時候，張磊先是買了一大束鮮花，然後在最好的餐館裏訂了一個臺子，然後打電話給媽媽，請媽媽一定要去到餐廳和他一起吃飯，他賣關子說，有一個驚喜送給媽媽。

小青聽了電話，有些奇怪，但她也沒多問，因為她知道張磊是個孝順的孩子。於是她便準時來到餐廳。那時，張磊已經在餐廳等她了，一見到她，張磊便把鮮花送給小青，小青高興地接過花，同時也感到奇怪：「小磊，今天什麼日子，怎麼想到送花給我？」

張磊一邊安排媽媽坐下，一邊繼續賣關子說：「媽媽，這束鮮花不是我送給妳的。」

小青笑了，說：「張磊，你在搞什麼鬼，除了你，還會有誰送我花？」

「有一個妳朝思暮想、想了二十多年的、英俊蕭灑、好得不能再好的人送給妳的。」張磊調皮地說。

小青更加疑惑了，她看著張磊的臉，那副青春洋溢的臉，那副和阿仁十分相似的臉，突然想起了阿仁，難道是阿仁？不，不，不可能是他的。她不由激動起來，緊緊抱住鮮花，聲音有些顫抖，對張磊說：「好了，別胡說了，我已經收下花了，你可以告訴我了，到底是誰送給我的？」

「是我爸爸，也是妳的丈夫。」張磊輕鬆地說，臉上露出得意的微笑。

「胡說，我跟你說了多少遍，你爸爸早就死了，你哪來的爸爸？」小青一時情緒失控，高聲叫道。

張磊連忙握著小青的手，說：「哦，媽媽，妳別激動。我已經知道我爸爸是誰了，我爸爸沒有死，妳的丈夫也沒有變心，他一直沒有拋棄我們。」說著，張磊把阿仁的信拿了出來，遞給小青。

小青有些疑惑，還是把信拿了過去打開，一個字，一個字看下去，還沒看完，她的眼淚就已經流出來了。

張磊看到媽媽的樣子，不禁也跟著媽媽流出眼淚，他走過去，坐在媽媽旁邊，緊緊地抱住媽媽，對媽媽說：「媽媽，這麼多年，妳一直誤會爸爸了。原來爸爸沒有拋棄我們，他一直沒有忘記我們，直到今天他還單身等著妳。現在誤會解釋清楚了，妳就不要再生爸爸的氣了，讓我們一家人團聚吧！」

小青看完信，心中早已原諒阿仁了，只是沒有想到，所有的一切竟然都只是誤會，只可惜爺爺一直到死也沒有原諒阿仁。想到此，她忍不住哭出聲來了，嗚咽地說：「可惜，爺爺看不到這封信，爺爺看不到他的好孫女婿了，他到死的時候，還一直不肯原諒阿仁。」

張磊也不禁一陣傷感，想起可憐的太爺爺，一時也說不出話。看到媽媽傷心的樣子，他安慰說：「媽媽，妳別傷心了。太爺爺在天有靈，他一定知道的。他一定知道爸爸是個好孫女婿，他沒有拋棄我們。現在，我們一家人團聚了。我也有出息了，太爺爺在天國一定會為我們高興的。」

張磊拿起紙巾，給媽媽擦了擦眼淚，說：「好了，媽媽，現在一切都真相大白了，我現在知道妳這什麼要我離開拉斯維加斯回到這裏來，媽媽呀，妳真是魯莽。」

小青笑說：「小磊，你怎麼說我魯莽？」

張磊幽默地說：「媽媽，如果妳當時見見爸爸，聽他解釋一下，我們就不用那麼急匆匆地離開美國回臺灣了。妳看，我把好好的工作拋掉了，我現在要妳賠。」

聽到張磊要她賠償工作損失，小青不禁笑了，說：「好，小磊，我賠，你要我賠什麼呢？」

張磊調皮地說：「嗯，很簡單，那就是妳要立即打電話給爸爸，說妳原諒他了，讓他回來，讓我們一家人團聚！」

小青笑了，說：「他把你太爺爺氣死了，我才不打電話給他，要打你自己打。說不定他還不願意回來呢？」

「他一定會，我知道他一定會回來的。爸爸曾經那麼辛苦跑到臺灣來找妳，現在找到了，他怎麼會不肯回來呢？」張磊肯定地說。

「但是你爸爸現在在美國有工作呀，他總不可能把工作也扔了吧。」

「要不然，我們再去美國，我到美國重新找工作，我們一家到美國團聚怎樣？」張磊建議說。

小青聽了，十分猶豫，說：「可是我心裏還是更喜歡臺灣，你看花蓮多美啊，而且我還想回去我和爺爺住過的地方，在那裏買個房子，然後我們一家在那裏生活，而且你們可以在那裏開一家診所，那裏的醫療條件不是很好的，你們可以照顧那裏的老百姓，這樣不是很好嗎？」

張磊聽了，心裏十分感慨，原來媽媽還是在想著小時候生活的地方，還想著以前和爺爺生活的時光、和爸爸一起相戀的時光。他問：「那太爺爺呢？太爺爺的墓地在茂林啊。」

小青這時才想起，自己當年搬到茂林去了。她說：「沒關係的，我們先到茂林去祭拜爺爺，然後把爺爺的墳墓遷到花蓮。你知道嗎？爺爺一直想回花蓮，我們把他帶回花蓮，也算完成了爺爺的心願。」

張磊聽了，心裏雖然有點不太願意，但覺得媽媽的主意也不錯，於是便順從了媽媽的主意。突然，他想起了什麼，說到：「媽媽，我們兩個說了這麼多，我還沒有給爸爸打電話呢。爸爸可一直在美國等我們的電話。我現在就打電話給爸爸，當我的面給爸爸賠罪。」

小青聽了，開玩笑說：「你這個傻孩子，你怎麼要我向你爸爸賠罪呢？這麼多年可是我一直帶大你的，我不和他計較也就算了。你應該讓他給我打電話賠罪。」

張磊聽了，撒嬌說：「不要，媽媽，還是妳先打電話。爸爸他可一直在等我們的電話。這麼多年了，妳一直有我在妳身邊，爸爸他可一直是一個人，何況他為了找我們，也受了不少苦。是妳自己把自己藏起來了，才弄出這麼多誤會的，不能全怪爸爸。」張磊邊說，邊把自己的手機遞給媽媽，執意要小青給阿仁撥電話。

小青一邊接過電話，遲疑了一會，把手機遞回給張磊，一邊說：「我才不會給他打電話，一想起爺爺，我心裏就有氣，你要他回來，你自己打，我保證他不願意回來」

張磊無可奈何地接過手機，連忙給阿仁打了電話。可是打了幾天仍沒人接電話。

十八

那幾天在美國，阿仁一直等電話。自從把信寄走後，他就像熱鍋上的螞蟻，坐立不安，不停在想：什麼時候信到了張磊的手裏，什麼時候張磊給了小青，什麼時候小青看了信。然後又想像小青的反應，到底是原諒他了，還是依舊不想見他。就這樣，他一個人不停地想來想去，一會兒喜一會兒憂，可是一連好幾天了，臺灣那邊仍然一點消息也沒有。他知道自己不能再這樣一個人待下去了，否則要崩潰的。他打電話讓我去他家陪他等電話，但因為我有些事情走不開，我讓他乾脆到我家等電話，我家人多，他也可以分散一些注意力，時間也會好過些。阿仁聽了，立即收拾了些東西，就到我家來住了。

誰知，阿仁始終等不到電話。他性急疏忽，並沒有把自己的手機號寫在信裏，只留了家的電話。張磊打電話給他，當然接不到。一連好幾天了，不管什麼時候打電話，始終沒有人接，小青覺得很奇怪，不禁有些擔心。而這邊的阿仁，始終等不到電話，越來越煩躁，終於有一天，阿仁忍不住了，對我說：「不行，老宋，我不能再等了，這次無論如何也要去臺灣和小青見面，不管她怎麼對我，我也要和她見面，把事情解釋清楚。」

我看到他不顧一切的樣子，提醒他說：「你回臺灣之前，是不是可以和張磊聯繫一下？問問他們到底收到信沒有？我想張磊總不會連你的電話都不聽吧？」

阿仁一聽，覺得有道理，連忙找出從同學那裏問的張磊的電話，撥過去一問，這才知道，原來是自己疏忽，沒有給張磊自己的手機號碼，只留了一個家裏電話，所以始終聯繫不上。阿仁聽了，連連責怪自己粗心大意。他聽說小青原諒自己了，驚喜萬分，恨不得馬上就能看到小青。電話中，張磊建議說，他要給媽媽一個驚喜，因此要阿仁立即飛來臺灣，而他要為爸爸媽媽準備一個溫馨的燭光晚餐，讓經歷這麼多波折的爸爸媽媽能夠好好聚聚。

阿仁聽了，喜不自勝，一放下電話，便迫不及待地買機票、辦理各種手續飛回臺灣。為了增加氣氛，他邀請我和他一起去。於是，我們兩個連夜飛回了臺灣。

在臺灣，張磊做了一個精心的安排，他在飯店的貴賓房準備了一個很溫馨的酒席，他先把小青請到那裏，然後等待著阿仁和我到來。那時，小青也知道了孩子的安排，知道阿仁馬上就要來，便順著孩子的意思坐下來等阿仁到來。

阿仁和我準時到達了賓館。阿仁手裏拿著很大一束鮮花，跪在小青面前，說：「小青，我終於找到妳了！妳知道我心裏有多麼想念妳、多麼掛念妳嗎？妳知道我為了找你們，把整個臺灣都翻了個底朝天嗎？妳知道我有多麼後悔當年離開臺灣去加拿大了嗎？……」

看到千辛萬苦才找到的小青，阿仁很激動，對著小青話語滔滔，恨不得把藏在心底多年的話一口氣全講完，小青聽得十分害羞，實在不好意思，便打斷阿仁說：「好了，好了，我們現在不是團聚了嗎？你再說下去，連我們的客人聽了都會取笑我們的。我們都幾歲了，你也不害臊？」

阿仁委屈地說：「可妳還沒有說原諒我呢？」

小青一下把阿仁扶起來，說：「我為什麼要原諒你，你又沒有做對不起我的事，怪只怪我小氣，把你誤會而已。」

我在一邊感歎說：「好了好了，現在雨過天晴，我祝你們從此不分離。」

張磊也說道：「爸爸，很奇怪的，我第一次看到你的時候，我就有點想到你是我的爸爸，但是媽媽一直告訴我，爸爸死了，我就沒有仔細想了。」

阿仁聽了，哈哈大笑：「親人就是親人。我第一次看到你，我就知道你肯定是我的兒子。」

阿仁的話把大家都逗笑了，於是大家一起坐下來吃飯，一家團聚的快樂氣氛一直洋溢在飯桌上。阿仁的眼睛一直盯著小青不放，想找回以前的日子，小青被他看得不好意思了，嗔怪道：「阿仁，你這樣一直看著人家，不怕別人笑話？」

張磊開玩笑說：「爸爸是在看著新娘子，生怕心裏來不及，已經晚了二十多年，不能再拖了。爸爸，我建議你把新娘子抱起來，好好地親親她，」

我不由也跟著起哄，阿仁便站起來，向小青想走去，正要親她，小青突然想起可憐的爺爺，硬把阿仁給推開，眼睛突然紅了起來，啐道：「誰是你的新娘子？這麼多年了，還不知道你在外頭有多少美小姐、俏嬌娘，回來找我這個黃臉婆幹什麼？」

阿仁一怔，臉紅得像關公，傻傻的站在小青旁，可憐兮兮的央求道：「我親愛的小青，妳原諒我吧。老天作證，還有老宋作證，我無日無夜地在找妳，我總在別人面前提起妳，稱讚妳的賢慧，妳的美貌嬌姿，雖然我嘴裏說的話，還不如妳好處的一半，全世界的人都被我感動了，連觀音娘娘、媽祖神都被我的真誠感動了，所以先把小磊送回我身邊，要不然天下那麼大，會有那麼巧嗎？小青，原諒我吧，讓我永遠做妳的奴隸。」

我被阿仁的絕妙臺詞弄得笑得肚子都痛了，腰也彎了，半天直不起來，可小青仍不甘休：「你叫我原諒你可以，但先得爺爺答應。」

阿仁一臉委屈樣，卻急中生智，說：「爺爺昨夜托夢給我，還把我罵了一頓，說你這蠢蛋，怎麼信內忘了寫手提電話。他叫我馬上飛回來，說你們正等著我呢。」

張磊笑道：「爸真是好演員，怪不得娘當年被你騙了，還不肯說你壞話。」

小青對張磊笑道：「你爸滿嘴花言巧語，只會用謊話騙人，怪不得當年爺爺不信他。」

張磊笑道：「我看爸也怪可憐的，妳就可憐他罷，不要再作弄他了。」

小青又是抿著嘴說道：「要我原諒他也可以，不過他得先答應我兩件事？」

阿仁一骨碌地跳起來：「莫說兩件事，就算一百件，也答應妳！」

「真的，我就怕你做不到。」

「好小青，快說罷，我可急死了。」

「第一件，我們去茂林，你給爺爺叩三個響頭，說：當年你是木頭，不懂得疼人。」

張磊忙插嘴：「當年媽媽肚子裏已經有小孩我了，爸還裝作不知道哩。」

阿仁白了張磊一眼，忙陪笑臉道：「妳不說，我也會做。第二件呢？」

小青不說話，望著張磊欲言又止。

阿仁好像想起了什麼似的，把我拉到一旁，低聲道：「我想起來了，我們還未結婚呢？」

「對啦，我看小青就等著你向他求婚。」

阿仁突然靈機一動，想起了什麼，於是得意洋洋地拿起手機給香港家裏撥電話，大聲道：「媽媽，我把妳媳婦給找回來啦，妳媳婦可了不起啦，當年我去加拿大跑江湖，她一個人把我們的孩子養大，年年考第一，現在已在美國做大醫生。真的，不騙妳，他長得比我當年英俊得多，妳知道為什麼？不知道？媽，妳好糊塗，告訴妳吧，因為他媽媽是全臺灣第一大美人，又是臺灣最賢慧的好姑娘，媽現在明白了？算妳聰明，快告訴爸爸，我們要補行婚禮，怎麼？你們馬上飛來美國？我們現在在臺灣。好的，我們去臺北接你們。」

我們又被阿仁弄得笑彎了腰。只見他手舞足蹈跳到小青面前，迫不及待地告訴小青：他父母高興得快瘋啦，要立即趕來臺灣見她和小磊，再商量補行婚禮的事。張磊高興得大叫了起來：「好哇，爺爺和奶奶也來啦，新娘子終於要見家翁啦。」

小青瞪了張磊一眼，再問阿仁說：「張磊小孩子說話沒有分寸，你怎麼也不懂事。小磊，你快告訴你爸爸，說我們不想他們老人家奔波勞累，我們去香港舉行婚禮。我們也不回美國去了，讓你爸爸乾脆搬回臺灣，我們一起回花蓮，我們一起到那裏開個診所，為那裏的百姓服務，小磊，問問你爸爸是否答應？」

阿仁聽小青終於鬆動了，雖然有些驚訝，但還是毫不猶豫地答應了小青，答應小青在花蓮開一個診所，照顧他們母子倆，一家三口到那裏過日子。我聽了，雖然不捨得阿仁的離開，但也為他的安排感到幸福，我連忙表示支持說：「好啊，阿仁，我支持你。」

那天的晚餐，可能是阿仁這輩子吃得最香的晚餐，雖然他幾乎一口飯菜都沒有吃，但我知道他的心已經醉了。他不停地給小青夾菜，問她這麼多年來是怎麼過的。當得知爺爺去世時還在誤會自己，阿仁不禁有些傷感。好在張磊非常懂事，他連忙安慰阿仁。阿仁看著張磊，心中十分欣慰。看到阿仁他們一家三口終於團聚了，我也為他們感到幸福。

十九

當我獨自一人飛回拉斯維加斯的時候，我突然發現，那天正好是九月十五日，一年前的九月十五日，正是我和阿仁兩人突然去峨眉山，開始我們兩個男人的旅行的日子。這讓我非常感慨。

人的一生就像一次旅途。無論多麼迂回曲折，經歷多少風雨挫折，最重要的是要記住自己的責任。只要以自己的良心做嚮導，在適當的時候自動管束自己，才不會迷失方向，才能獲得真正的心態平衡，擁有自己幸福的家。年輕的情懷，喜歡一個人，愛一朵花，其實並沒有錯，因為只要愛過、喜歡過，就是美麗的。但永遠不要在悔恨過去和擔憂未來中拋擲大好時光。因為在人的一生中，可以有所作為的時候只有一次，那就是——現在。把握住現在，不僅需要高超的心智，更需要良好的心態，泰山崩於前而色不變，風波驟起而泰然處之，只要記住，良心所在地方就是自己前進的方向，人生怎麼不會美麗呢？

國家圖書館出版品預行編目

月光下的拉斯維加斯 / 尹浩鏐著. -- 一版. -- 臺北市
秀威資訊科技, 2010.05
面； 公分. --（語言文學類 ; PG0367）
BOD版
ISBN 978-986-221-457-2（平裝）

857.63 99006573

語言文學類 PG0367

月光下的拉斯維加斯

作 者 / 尹浩鏐
發 行 人 / 宋政坤
執 行 編 輯 / 胡珮蘭
圖 文 排 版 / 郭雅雯
封 面 設 計 / 陳佩蓉
數 位 轉 譯 / 徐真玉 沈裕閔
圖 書 銷 售 / 林怡君
法 律 顧 問 / 毛國樑 律師
出 版 印 製 / 秀威資訊科技股份有限公司
台北市內湖區瑞光路583巷25號1樓
電話：02-2657-9211 傳真：02-2657-9106
E-mail：service@showwe.com.tw
經 銷 商 / 紅螞蟻圖書有限公司
台北市內湖區舊宗路二段121巷28、32號4樓
電話：02-2795-3656 傳真：02-2795-4100
http://www.e-redant.com

2010 年 5 月 BOD 一版
定價：380 元

讀　者　回　函　卡

感謝您購買本書，為提升服務品質，煩請填寫以下問卷，收到您的寶貴意見後，我們會仔細收藏記錄並回贈紀念品，謝謝！

1.您購買的書名：______________________________

2.您從何得知本書的消息？

☐網路書店　☐部落格　☐資料庫搜尋　☐書訊　☐電子報　☐書店

☐平面媒體　☐ 朋友推薦　☐網站推薦　☐其他__________

3.您對本書的評價：(請填代號　1.非常滿意 2.滿意 3.尚可 4.再改進)

封面設計____　版面編排____　內容____　文/譯筆____　價格____

4.讀完書後您覺得：

☐很有收獲　☐有收獲　☐收獲不多　☐沒收獲

5.您會推薦本書給朋友嗎？

☐會　☐不會，為什麼？______________________________

6.其他寶貴的意見：______________________________

____

____

____

讀者基本資料

姓名：____________________　年齡：______　性別：☐女 ☐男

聯絡電話：________________　E-mail：____________________

地址：______________________________

學歷：☐高中(含)以下　☐高中　☐專科學校　☐大學

☐研究所(含)以上　☐其他______________

職業：☐製造業 ☐金融業 ☐資訊業 ☐軍警 ☐傳播業 ☐自由業

☐服務業 ☐公務員 ☐教職　☐學生 ☐其他__________

請貼郵票

To：114

台北市內湖區瑞光路583巷25號1樓

秀威資訊科技股份有限公司　收

寄件人姓名：

寄件人地址：□□□

(請沿線對摺寄回,謝謝!)